古典文獻研究輯刊

六 編

曾永義 主編

第 2 冊

回顧與反思
——古代文論研究七十年

張 海 明 著

國家圖書館出版品預行編目資料

回顧與反思——古代文論研究七十年／張海明 著 — 初版 —
新北市：花木蘭文化出版社，2012〔民101〕
序 6+ 目 2+212 面；19×26 公分
（古典文學研究輯刊　六編；第 2 冊）
ISBN：978-986-254-946-9（精裝）
1. 中國文學 2. 文學理論
820.8　　　　　　　　　　　　　　　　　　101014835

ISBN-978-986-254-946-9

9 789862 549469

古典文學研究輯刊
六 編 第 二 冊　　　　　　ISBN：978-986-254-946-9

回顧與反思
——古代文論研究七十年

作　　者　張海明
主　　編　曾永義
總 編 輯　杜潔祥
出　　版　花木蘭文化出版社
發 行 所　花木蘭文化出版社
發 行 人　高小娟
聯絡地址　新北市永和區中正路五九五號七樓
　　　　　電話：02-2923-1455／傳眞：02-2923-1452
網　　址　http://www.huamulan.tw 信箱 sut81518@gmail.com
印　　刷　普羅文化出版廣告事業
初　　版　2012 年 9 月
定　　價　六編 18 冊（精裝）新台幣 30,000 元

回顧與反思
——古代文論研究七十年

張海明　著

作者簡介

張海明，男，1957 年出生，雲南昆明人。1982 年 7 月於北京師範大學中文系畢業獲學士學位，1985 年 7 月獲北京師範大學中文系文藝學專業碩士學位並留校任教，講授文學概論、中國古代文論等課程。1991 年在職從啟功先生讀中國古典文獻學專業博士，1994 年 7 月獲博士學位。1997 年評為教授，1999 年增列為中國古典文獻學專業博士生導師。1997 年年由文藝學教研室調到古典文學教研室，曾擔任北師大文學院古代文學研究所所長，兼任文藝學研究中心專職研究員。2007 年調入清華大學人文學院中文系，現為該系文藝學教研室教授，博士生導師。

主要從事：1、有關中國古代文論範疇和學科史的研究；2、有關魏晉玄學與文學相互關係的研究；3、有關中西比較詩學研究史、比較詩學的學科定位的研究。自 1999 年擔任博士生指導教師以來，分別在中國古典文學文獻學、中國古典文學唐宋文學方向、文藝學中國古代文論方向招收、指導碩士和博士研究生。

主要著述：1、《經與緯的交結——中國古代文藝學範疇論要》，雲南人民出版社 1994 年版，陝西人民教育出版社 2006 年再版；2、《玄妙之境》，東北師範大學出版社 1997 年出版；3、《回顧與反思——古代文論研究七十年》，北京師範大學出版社 1997 年出版；4、《中國文學思想史》（主要撰稿人之一），湖南教育出版社 2004 年出版。在《文學評論》、《文藝研究》、《文學遺產》等刊物上發表論文多篇。

提　要

進入九十年代以來，對學科史的研究成為一種帶有普遍性的趨勢，值此新舊世紀交替之際，人們不約而同地駐足回顧自本世紀初至今學科發展的歷程，反思這近一個世紀各自領域研究的發展變遷及經驗教訓，以期從中總結出若干具有規律性的東西，更好地指導今後的研究。就古代文論研究領域而言，雖然從八十年代中期已有零星的學科史研究文章散見於報刊，但系統而全面的專著尚未出現，《回顧與反思：古代文論研究七十年》正是在這樣一種學術氛圍下，對創立於本世紀二十年代的新興學科——中國文學批評史，作了較為全面的學科史的研究。應該說，該課題的研究，對於系統瞭解中國古代文論研究七十年來的發展概況，客觀估價七十年來研究所取得的成果與存在的不足，進一步促進學科建設，有著積極的意義。該課題的完成，對於廣大古代文論研究者和古典文學研究者，乃至文藝理論研究者，都具有一定的參考價值；對於高校中文專業的本科生、研究生，也不失為一本帶有指南性質的古代文論研究的入門導讀。

全書約 22 萬字，除篇首《導言》外，共分為九章：1、古代文論研究的歷史與現狀；2、古代文論研究作為一門獨立的學科；3、對中國古代文論特性的認識；4、古代文論與現代文論；5、走向比較詩學；6、資料整理；7、史的編撰；8、專題和範疇研究；9、海外和台港地區的中國古代文論研究。正如以上各章題目所示，本書首先追溯了古代文論研究的歷史，描述了古代文論研究的現狀，並對成就與不足作了客觀的評判。在此基礎上，較為深入地分析了古代文論研究作為一門獨立學科的性質，包括其特殊的研究對象與目的，研究方法，以及對研究主體的若干要求等。從建設具有民族特色的馬克思主義文藝理論出發，本書分別討論了近十年來學界對中國古代文論體系和特徵的認識、古代文論與現代文論之之間的關係，進而就建設具有民族特色的馬克思主義文藝學的可行性提出了自己的看法。本書認為，比較詩學是當前乃至今後一個時期內古代文論研究的發展趨勢，具有十分廣闊的發展前景，它將縱向研究與橫

向研究融為一體，對於實現古代文論向現代文論的轉換，尋求跨越東西古今共同的文學規律，有著頗為重要的意義。大概而言，前 5 章偏於綜論，集中探討學科理論層面的問題；後 4 章則按研究範圍的不同，分別評述了七十年來古代文論研究在資料整理、史的編撰、專題和範疇等方面取得的成就及存在的問題。毋庸置疑，在這幾個方面，我們已做了大量的工作，取得了巨大的成績，但存在的問題也是不容忽視的。譬如我們的資料整理還沒有一部較為詳盡的彙編，還沒有運用現代化的研究手段；批評史的編撰還停留在傳統的按類編排的階段，未能真正體現史的意識，尤其是文學批評史自身的發展規律；在專題範疇研究和專人專著研究方面，如何既尊重歷史又立足當代，更好地處理歷史還原與現代闡釋的關係仍有待於進一步的探討；此外，本書還對海外和台港地區的中國古代文論研究作了初步的介紹，儘管佔有的資料遠非全部，但管斑窺豹，亦可為我們今後的研究提供若干借鑒。

在研究方法上，注重史論結合是本書的一大特色。作者並不止于對學科史的描述評判，而且注意從史的追溯中發現存在的問題，尤其是那些關係到學科建設與發展的問題，加以分析，盡可能理清頭緒，給出答案。在描述學科發展軌跡的同時，作者常常將自己對問題的理解融入其間，雖然只是一家之見，卻使本書具有了一定的理論深度，能夠予人啟迪，引人思索。顯然，較之一般性的介紹，這更有助於深化對問題的認識。

對學科史的梳理研究是一項相當耗費時力的工程。七十年來，古代文論研究的專著多達百十種，文章數千篇，以個人的時間精力，幾乎不可能一一過目，全部瀏覽一遍，因此，本書雖然盡量勾畫出學科發展的輪廓，但遺漏也在所難免。以古代文論研究的重要性而論，本該有一部更為詳盡、系統的學科研究史，有從不同角度入手的分類梳理，評論總結，以期對歷史、對存在問題有更全面完備的認識，而目前這方面的研究問津者不多。另外，儘管本書就若干存在問題提出了自己的見解，卻並不意味著問題已經得到徹底的解決，限於個人的學力眼界，對問題的認識或許不無謬誤。對一些長期困擾研究界的問題，譬如古代文論和現代文論的關係，吸收、借鑒傳統文論以發展建設具有民族特色的馬克思主義文藝學，以及如何使古代文論研究更上一層樓等等，都需要我們進一步去探討，而且這種探討應該既在理論層面，也在實踐層面。就是說，學科史研究的最終目的，仍須落實為具體的理論研究，其意義和價值也只能通過學科的進展、開拓體現出來。

學術研究需要反思

蔡鍾翔

　　「學科史」（或專題學術研究史）已越來越受到學術界的關注。因爲學術研究需要掌握研究的歷史和現狀，需要瞭解已有的研究成果和已達到的研究水平，需要總結前人的經驗教訓，這樣才能避免重複勞動，虛耗無用之功，才能避免重複失誤，再走過去曾經走過的彎路，才能正確地選擇主攻目標，在研究的廣度或深度上向前推進或有所突破，那麼，學科史可以給研究者提供切實的幫助。就古代文論研究領域來看，具有學科史性質的論文已屢見發表，如牟世金爲《文心雕龍研究論文集》撰寫的《龍學七十年概觀》，羅宗強、盧盛江寫於 1989 年的《四十年古代文學理論研究的反思》，都是很有分量的，此外一些專業雜誌也刊登過階段性的研究綜述，一些大型工具書如《文心雕龍學綜覽》也開闢了研究概述的專欄。但是，儘管研究者呼喚這門學科史的出臺，卻至今還沒有一部專著問世。原因是顯而易見的，這是一項吃力不討好的工作。古代文論研究的圈子不算大，但據我粗略的估計，八十年代中期以來論文年產量（包括古代美學）約在六、七百篇到近千篇，專著年產若干種，單是掃描一遍，就得付出大量的時間和精力，而更爲艱難的是評騭優劣，分辨是非，發現問題的癥結，指明前進的道路，這不僅要下踏實的功夫，而且須有高明的識見。學科史是研究的研究，回顧以往，瞻望未來，肩負爲學術導航的使命，毋怪眾多學者會望而卻步了。現在看到了張海明博士的新著《回顧與反思——古代文論研究七十年》，我深深地欽佩他執著的毅力和開創的膽力。雖然全書不過二十餘萬字，還不能說已臻完美，但畢竟是第一部古代文論研究史的專著，從 1927 年到 1996 年，時間跨越之長也是前所未有的。作者的投入是很大的，七十年中古代文論研究的主要論著都須涉獵，其廣搜

博采的辛勤是可以想見的。當然還不免有掛漏之處，部分章節有以論代史的
缺陷，還不能全面展示研究的狀況，但如果著眼於對研究的反思，就會讚賞
作者思考的深刻性。除了介紹性地列舉評論各類研究成果外，作者把力量集
中在幾個理論熱點上，如中國古代文論的民族特性、古代文論的現代轉換、
中西文論的比較研究等，都設立了專門的章節。對於這些一度成為焦點的論
題，作者確實經過了深思熟慮，因而能在分歧的意見中抓住要領，或者在某
一較合理的觀點的基礎上更上一層樓，生發出相當精闢的見解。

在《對中國古代文論特性的認識》一章中，他提出了「民族特色」概念
的界定問題：

> 我們需要澄清：所謂古代文論的民族特色，究竟是只為中國古代文
> 論所獨有的若干特徵，還是既體現了某種古今中外共通文心，同時
> 又具備獨特的表述形式的部分？也就是說，只是其特殊性，還是某
> 種普遍性與特殊性的統一？對於後者，我們則需要區分不同的層
> 面：是理論體系本身的特徵，還是在一些具體問題上的特殊表現？
> 是整個中國古代文學理論的總體特徵，還是只屬於某些特定領域的
> 具體特徵？

在中國古代文論民族特點的討論中，可謂眾說紛紜，言人人殊，一個重要的
原因就是對概念的把握不確定，因此概念的釐清的確是解決問題的關鍵。作
者把中國古代文論和西方文論比擬為兩個相交的圓，接著又提出相交的部分
究竟有多大的問題：

> 如果這部分足夠大，那就意味著中西文學理論之間並不存在明顯的
> 差異；相反，如果相交部分遠遠小於不相交的部分，則說明中西文
> 學理論有著本質的不同。……如果我們贊成前一種觀點，那麼古代
> 文論的民族特色便只是局部的、外在的；而如果我們持後一種觀點，
> 則古代文論的民族特色就應是整體的、內在的。

不管得出的結論是什麼，沿著這樣的思路追索下去，就把探討引向更深的層
面。作者也鮮明地表達了自己的看法，如把原道觀（把文學看作是道本體的
外化）作為古代文論體系的核心，這個論點還可以商榷，但不可否認這是一
種探本之論，較之以重抒情、重表現為民族特色之類的說法更接近了古代文
論的本質。關於民族特色的討論熱潮已經過去，但遠沒有達成共識，形成定
論，作者的反思對於以後的繼續深入是有啟發性的。

　　「古代文論的現代轉換」近來又成爲文藝理論的熱門話題。在古代文論研究剛剛起步的時候已涉及這個問題，歷經七十年仍然沒有解決，因此歷史的經驗更值得注意。古代文論研究的發軔正是緣於五四以後中西文化的撞擊，無論是陳鍾凡首創的中國文學批評史的編撰，還是以楊鴻烈、朱光潛爲代表的中國詩學的構建，都借鑒了西方的現代文學概念、理論框架以及研究方法，同時也肯定了古代文論的現代價值。古代文論研究並沒有侷限於封閉自足的經院式研究。解放以後，古代文論的冷落是由於被視爲封建性糟粕而遭摒棄，但時間不長，五十年代末周揚倡議建設有民族特色的馬克思主義文藝學，古代文論的研究重新興起。後來因文化大革命而中斷。文革以後，古代文論研究復振的勢頭很猛，古代文論的當代意義一再列爲中心議題。然後因西方文論的大潮湧入而降溫，直到最近又提上議事日程。由於痛感缺乏民族特色的中國文論在世界上沒有自己的地位，古代文論的現代轉換已是迫在眉睫的當務之急。歷史的追溯顯示，古代文論研究的幾番起落都和對古代文論的現代意義的估價密切相關，認識的大幅度擺動延誤了研究的進程。但在認識了古代文論的價值之後，問題是否能迎刃而解，實踐卻告訴我們，事情並不那麼簡單。一是古代文論的現代闡釋問題，大家幾乎一致認爲，既不能以古釋古，也不應改鑄古人，使古人現代化，但由於古今之間失去了延續性，現代概念大都來自西方，因此只要是現代闡釋就不可避免地會變形、走樣，難以做到眞正的「還原」。這種二律背反的兩難處境一直困擾著古代文論的研究者們。再是建設中國特色的當代文藝學融匯吸收古代文論的問題。現在通行的方式是仍然保留源於西方的現代文論框架，而充填古代文論的材料於其中，但這樣古代文論終究處於從屬的附庸的地位，無以體現中國特色。也有一些學者贊成以古代文論的體系爲框架的方案，這樣做難度很大，因爲古代文化中存在的「潛體系」還有待於發掘探索，而且這種「古色古香」的文藝理論能否與現代文藝相適應也很成問題。看來「西體中用」或「中體西用」都不理想，那麼還有沒有第三種選擇？本書作者在周密地分析了「延續性和斷裂性」、「兼容性和互補性」、「顯在性和潛在性」這三種關係之後，提出了一個立足點的問題：「究竟立足於何處，才是建構新理論的理想而又切實的根基？」這的確是解開扣子的樞機所在。他認爲：「無論何種選擇，在建構具有中國特色的現代文藝理論這一工程中，中國古代文論確實必須佔有一個舉足輕重的位置」。「從建設有中國特色的現代文藝理論的角度來看，研究古代文

論的意義或價值，首先是爲理論建設提供一個堅實的根基，同時這個根基又不是傳統文論體系的簡單照搬，而是經現代意識審視、改造了的產物。在此意義上說，傳統是發展了的傳統，當代是與傳統相承續的當代，如此，我們就不會在立足點問題上左右爲難，進退失據，遊移於傳統與當代之間」。我們且不論作者是否已爲古代文論研究指明了「走出誤區」的路線，但作者的結論在大方向上是不錯的。必須以傳統爲根基，但傳統與當代之間這條斷裂了的線索應連接起來，這裏突出了傳統的改造，經過改造，「傳統是發展了的傳統，當代是與傳統相承續的當代」，就庶幾可以擺脫進退失據的困境了。因此，作者提出，「古代文論要想在建設有中國特色的現代文論中發揮效用，前提是激活它，使之與現代接軌」。這個提法很好，先要讓古代文論在當前的文藝活動中活起來。在具體的操作上不妨從局部的範疇、命題入手，但不能僅此止步，還應該「考察其理論體系和表現形態方面的意義，由此深入到思維方式和文化心理的層次，……才能眞正推進當代文藝理論的建設」，否則仍不免陷入鑲嵌拼貼的模式。就古代文論的現代闡釋來講，也不能僅僅理解爲用相對應的現代話語來翻譯，這樣勢必只能傳達其共通性，而不得不抹殺其特殊性，因此應該深入到「人類之心理歷程和審美現象」的深層次來溝通古今。眼下恰逢「古代文論的現代轉換」在學術會議和學術刊物上展開討論，張海明這一家之言，是一份較爲全面、辯證的答卷，他從紛繁複雜的成堆問題中理清了頭緒，找準了核心，一定能推動這場討論的深化。

七十年來，古代文論從史的研究到比較研究，到範疇研究，到體系研究，一步步向橫廣、向縱深發展，其中史的研究開始最早，成果也最多，而且規模越來越大，如今已出版了五卷本的《中國文學理論史》、七卷本的《中國文學批評通史》，八卷本的《中國文學思想通史》正在陸續推出。本書作者在肯定了這些成績之後，發表了一段很值得重視的議論：

> 學科研究的拓展，更多的是表現爲批評史卷帙的增加，以材料收羅的完備和闡釋的細緻取勝，而不是表現爲執簡馭繁，由博返約，以對歷史發展內在軌跡的深刻認識見長。……一部優秀的簡史，不應只是繁重之批評史的簡寫本，它首先必須具備史的意識，能夠準確把握批評史發展流變的脈絡，於提要鈎玄中見出批評史自身的總體特性和內在規律。……

我作爲五卷本《中國文學理論史》的作者之一，對這一主張深表贊同，今後

史的編寫不必再加大加細，更迫切需要執簡馭繁，由博返約，寫出一部優秀的簡史。我們不揣淺薄，正醞釀著一卷本《中國文學理論史》的寫作，我們也意識到簡史比多卷本實際上更難寫。

張海明博士誠懇地邀我作序，我本來是不具備資格的，因爲我沒有對七十年來的古代文論研究作過認眞的回顧和反思，如今勉強寫出，不過是一些粗淺的感想。但讀了這部著作，我的收穫是很大的，最重要的一點就是：更深地領悟了學術研究需要反思。

1997 年 3 月 15 日

目

次

引　言

　　或許與臨近世紀末不無關係，進入八十年代中期以來，學科史的研究正開始成爲文學研究的一個新的熱點。在經過紛至遝來的觀念變革，方法嘗試之後，研究者們不約而同地感到有必要對以往的研究作全面系統的總結，以期更好地認識其特徵，把握其規律，進而實現學科研究的科學化，並在此基礎上將研究推向深入。所以，儘管學科不同，層面不同，但這種總結性的學科史研究的確開始形成一種趨勢，一些各具特色的學科史研究著作也陸續面世。

　　還有更深一層的原因。一般說來，五四以來的中國現代學術研究，尤其是社會科學的研究，大體上都經歷了三重轉折：一是五四新文化運動帶來的近代西學的影響，這對傳統觀念、思維和治學方式是一個巨大的衝擊，其結果是若干新人文學科的誕生，或舊有學科的重新建構；二是五十年代以後意識形態的更替，馬克思主義的辯證唯物主義和歷史唯物主義成爲社會科學研究的指導思想，這一轉變同樣導致了學術研究在觀念與方法上的革命，使之呈現出不同於先前的新的面貌；三是發軔於七十年代後期的思想解放運動和改革開放的社會背景，使這一時期的學術研究普遍趨於多元化發展的格局，而且從一開始就帶有濃厚的反思與探索色彩。值得注意的是，這三個歷史轉折時期的每一個，都是以對先前研究的批判甚至否定爲起點的。雖然隨著人們認識的發展，早先簡單化的弊病得到一定程度的糾正，但總體而言，中國現代學術研究的發展進程基本上是按照不破不立，破字當頭，立在其中的思路來演進的，因此，這種發展進程必然表現爲一種「之」字形的搖擺，一種不斷地推倒重建的循環。而經過這樣三重轉折，到了八十年代中期，人們才

得以在一個更高的視點上來反觀本世紀以來的整個學術歷程，對之進行全面的反思、總結。應該說，這既表現出學人的心態趨於成熟，同時也反映出歷史發展的某種必然。

中國古代文論或批評史的研究同樣如此。如果說，七十年代末和八十年代初的回顧性文章主要著眼點還只是對文革十年的批判的話，那麼從八十年代中期開始，人們回顧、反思的視野已轉向新中國成立後的三十年，並進而向學科草創時期延伸，一些經過認真思考，較有份量的論文開始見諸報刊。至八十年代末更引發了大家的興趣，以至於成為專題討論的重要內容。這本小書的構想與寫作，就是在這樣一個學術背景之下對於七十年來中國古代文論研究史的一種思考，一種述評。

既然是一種述評，那麼，對於八十年代中期以來有關中國古代文論研究史的種種認識、評判，當然也就有必要在本書中佔有一個特殊的位置，事實上，它正是本書《引言》討論的主要內容。我以為，由此入手，一方面可以作為認識和瞭解七十年古代文論研究史的一個捷徑，且可藉以展示本書之概要；另一方面，本書參考這些回顧性或綜述性文章之處甚多，書中雖已注明，但散見各處，故仍應在此介紹其基本觀點，以便讀者對之有較全面的瞭解。此外，儘管將要介紹的這些文章本身已是對學科史的回顧與反思，我們仍可以將其作為回顧與反思的對象，恰如本書日後也不免被人品頭論足一樣。「後之視今，亦猶今之視昔」，學科史研究正是如此。後來者雖未必一定居上，卻有責任檢視、述評此前人們所做的工作，至於所述是否客觀，所評是否公允，那是後來者水平、能力的問題，可以盡力而難以盡善了。

就我所見，最早對建國以來古代文論研究進行全面回顧的文章，當是董丁誠的《古代文論研究的崛興》。〔註1〕該文有一個副標題：「為慶祝建國三十五周年而作」，可見其總結三十五年來古代文論研究情況的意圖。不過，文章雖然略述了三十五年來古代文論研究所取得的成績，但主要內容還是對八十年代初期古代文論研究情況的評述。董文肯定了古代文論研究的目標在於建設民族化的馬克思主義文藝理論，認為新方法特別是比較方法的引入對於開闊視野，重新認識古代文論的價值具有重要的意義，而進入八十年代以後古代文論研究隊伍的壯大、學術爭鳴的風氣更表明形勢喜人。恰如作者自己所

〔註1〕 董文發表於《西北大學學報》1984年第3期，後收入華東師範大學文學研究所選編的《中國古代文論研究方法論集》。

說，寫作此文的用意，「不過是表示對古代文論以至整個學術研究蓬勃發展的大好局面的喜悅之情」。至於這大好局面之後所隱藏的問題，作者尚未明確意識。

張兵於 1985 年初發表的《建國後古代文論研究述評》一文，〔註 2〕開始比較系統地梳理總結自五十年代以來的古代文論研究。文章對五、六十年代古代文論研究史作了回顧，充分肯定了這一時期在資料整理和理論研究方面的成就，以之爲「我國古代文論研究史上的第一個發展高潮」。與董丁誠文相似，張文的重點也在新時期以來的古代文論研究，所不同者，張文從資料工作、史論研究和隊伍三個方面對新時期以來古代文論研究的進展擇要作了述評，並在總結經驗的同時，提出了一些當前研究中應注意的問題。其中有些如古代文論研究應聯繫文學史上的創作實際，加強資料的收集、整理、出版等，在此後發表的同類論文中得到應和。

同年刊出的牟世金《古代文論研究現狀之我見》，是一篇經過認眞思考，頗有見地的總結性論文。〔註 3〕作者的意圖，在於認清古代文論研究的現狀和探討今後發展的方向。所以，文章在肯定古代文論研究已取得巨大成果的同時，指出古代文論研究「近年來不僅已迅速進入它的茁壯成長時期，且面臨著一個急劇的變革和深化時期」。牟世金認爲，古代文論研究在八十年代初的長足發展主要得益於思想解放和新方法的運用，而目前存在的問題亦在思想的繼續解放和不同方法的相互補充。牟文還特別提到了對古代文論民族特色的研究應著眼於本質性、規律性、全局性，要端正學風，提倡實事求是的科學態度，將宏觀研究與微觀研究、理論闡發和資料整理結合起來，在「從容按節」的基礎上實現「長轡遠馭」。與前兩篇文章相比，牟文更多冷靜的思考，更側重探求現象之後的根源，對存在問題也有著更敏銳的感受。

也就是從牟世金這篇文章開始，對古代文論研究之歷史與現狀的思考、對存在問題及解決途徑的探尋逐漸成爲人們共同關注的課題。此後陸續發表的同類文章，重心都移在了這一方面。如吳調公的《老樹新花的啓示——新時期十年古代文論研究隨想》明確指出，新時期古代文論研究發展的第一步，「是對過去研究的自我反思」，而只有處在隨體制改革而來的歷史轉折時期，「站在十字路口的人們才有可能進行理論上的反省」，正是因爲有這種反省，

〔註 2〕　張兵文載《齊魯學刊》1985 年第 1 期。
〔註 3〕　牟世金文載《文學遺產》1985 年第 4 期。

這種前所未有的自覺，新時期十年的古代文論研究才出現了前所未有的創新高潮。具體些說，即是有意識地將宏觀的研究與微觀的研究結合起來，將歷史的研究與美學的研究結合起來，從而既有對古代文論的整體辨識，又有對特定理論家及其著作個性的深入探討。吳文認為，「以人為中心，由此多維地探求古代文論家的心靈，探求作用於他們的群體意識」，是為新時期十年古代文論研究所給予的啟示。〔註4〕張少康的《古代文論研究的現狀與發展》一文在肯定十年來取得成績的同時，著重對古代文論研究中存在的學風不正現象作了批評。文章概括了學風不正的四種表現，即：輕率概括、實用主義、輾轉引用、望文生義，以之為影響研究深入的主要障礙；進而指出，古代文論研究要想有新的突破，除了具備嚴謹的學風之外，還必須做到三個結合：宏觀研究與微觀研究的結合，理論批評研究和創作實際研究的結合，古與今、中與西的科學結合。〔註5〕應該說，無論是對新時期十年古代文論研究取得的成績的肯定，還是對存在問題的批評，這兩篇文章的見解都是公允的、客觀的，所進行的思考、提出的意見也是具有建設性的。作為長期研治古代文論的專家，他們對這一領域的發展變化自然有著真切的感受。

不過，若論見解之深刻，褒貶之得當，述評之全面，則無疑是羅宗強、盧盛江二人於1989年撰寫的長達兩萬餘字的《四十年古代文學理論研究的反思》一文。〔註6〕這篇文章所以給人高屋建瓴、深穩厚重之感，並非因為它的篇幅，或討論的範圍超出了新時期十年，而在於作者通過對四十年古代文論研究史的回顧，更為深入地把握到存在問題的實質，並以一種歷史的辯證的眼光來看待存在的問題，從而後來居上。文章首先指出，迄今為止，關於古代文論研究的目的問題並未真正解決，我們一向主張的為建設具有民族特色的馬克思主義文藝理論服務，其實並不就是研究目的的全部，除此之外，古代文論的研究還可以有助於提高民族的文化素質，幫助我們瞭解、研究歷史，為文化承傳服務。「有時候，對於歷史的真切描述本身就是研究目的」。作者並不反對古為今用的提法，然而，「把視野人為地限制在一個小範圍內，對於研究領域的拓展、方法的選擇、價值的衡定，都會有不好的影響」。其次，作者認為，四十年來古代文論研究的主要精力是用在理論分析上，成績不小，

〔註4〕吳調公文載《文藝理論研究》1987年第1期。
〔註5〕見《求索》1988年第2期。
〔註6〕見《文學遺產》1989年第4期。

但值得思索的問題也不少。譬如還不適應理論論證的嚴密性要求，在理論分析中往往表現出模糊不清、感想式的毛病；同時，我們也未眞正建立起自己的理論體系，未能創造出自己的研究方法，而大多是套用、照搬。至於資料工作方面的進展，則不及理論研究，有待改進、甚至塡補空白之處也較理論研究爲多。如資料的收集、彙編，史實的考訂，工具書的編纂等等，都還不盡如人意。資料工作的滯後，「使我們的整個研究工作缺乏一個較爲堅實的根基，也限制了理論分析在更高學術水準上的開展」。最後，文章還重點討論了如何處理當代意識和歷史實感的關係問題。作者承認古代文論研究必須運用現代科學的方法和現代文學理論的成就，以彌補古代文論在表述上不夠嚴謹確切的欠缺，進而對古代文論的範疇、命題作出明晰的界說和科學的闡發。然而，作爲一種史的研究，「我們運用現代科學方法，運用理論思維和現代文學理論成就，是爲了更確切更嚴密地闡釋與評價古文論，還它以歷史的本來面目，決定取捨，而不是以現代的面目去改裝它」。所以，古代文論的研究必須強調歷史實感，必須把還原工作擺到首要的位置。具體些說，應該結合特定的創作實際、文化背景和文論家獨特的生平思想來進行研究，從而呈現歷史的本來面目。

《反思》是一篇具有相當力度的深思熟慮之作，儘管文章對有些傾向、認識的批評未必會被所有人認可，但它提出的問題卻是不容忽視的。尤其是它對研究目的、方法多元化的呼籲，對資料工作和歷史實感的強調，的確給當時的古代文論研究界以警醒。文章本身也寫得嚴謹、通達，反思色彩頗爲明顯。可以說，這篇文章的出現，標誌著我們對古代文論研究的認識進入到一種成熟的心態。

1989 年 3 月，《文學遺產》編輯部邀請京、津兩地二十幾位研究古代文論的專家學者，以「古代文論研究四十年之反思」爲題進行座談。其中部分專家的發言以短文的形式於當年第四期《文學遺產》刊出，恰與上述羅、盧文章同期。文章雖然不長，卻不少眞知灼見，從不同的角度、層面對四十年古代文論研究的經驗教訓作了總結。發言的內容主要集中在兩個方面：一是對古代文論研究史的回顧與審視。如黃保眞將七十年來古代文論研究歷程劃分爲三個階段（二十年代到五十年代，五十年代到七十年代，七十年代末至今），對這三個階段各自的成績、不足和研究特徵作了粗略而精當的述評；蔡鍾翔著重對四十年的研究進行評估，在充分肯定成績的同時，指出近年來古代文

論研究正從順境轉入逆境，表露出潛在的危機；蔣寅則從理論、理論史、文學史、文化史四個方面指出了四十年來古代文論研究存在的不足。二是對今後研究的發展、深化提出建設性意見。如敏澤認為，要進一步發展古代文論的研究，應該加強資料的發掘與整理、具備現代意識、打破文史哲各人文學科的界限和中外地域觀念的侷限；徐公持認為深入反思是發展古代文論研究的重要前提，諸如研究目標的多元化、現代意識、拓寬思路等，都有必要進行深入的思考；張少康、李壯鷹則提出要加強對古代文論作宏觀橫向的研究，探討古代文論的理論體系和民族特色。不難看出，這組短文所表達的見解，很多與羅、盧文章不謀而合，實際上不妨看作是自 1985 年張兵、牟世金文章以來思考的深入。當然，較之四年前，人們的認識無疑更為成熟，也更為深刻。

進入九十年代之後，對古代文論研究歷史及現狀的反思仍在繼續，不過已沒有八十年代後期那種熱情，在理論深度上也差了不少。1992 年第 2 期《文藝理論研究》刊發了申建中的《關於對古代文論研究的全面估價》，似乎針對羅宗強、盧盛江《反思》一文而發，對羅、盧文章中強調還原性研究等觀點表示了不同意見。其實羅、盧文章的意義，就在於將某些以往被忽略、被掩蓋的問題亮了出來，引發人們的思考，並非偏執一端或矯枉過正；倒是申文看似全面執中，反而缺少一種理論的洞見和穿透力。賈文昭發表在 1994 年 2 期《文藝理論研究》上的《對改進古代文論研究的一點淺見》，重申了理論聯繫實際的重要性，尤其強調要聯繫今天的實際，似乎也有對羅、盧文章的糾偏之意。這的確是一個很有意思的現象。平心而論，無論是主張古為今用，還是提出「對於歷史的真切描述本身就是研究目的」，事實上都是古代文論研究的不同方面，都有益於研究的發展。二者的關係，是相須而不是相斥，互補而不是互拒。一定要人為地將二者對立起來，或強行分出高下，揚彼抑此，則非但無益，而且有礙於古代文論研究的健康發展。

此外，蔣述卓 1995 年撰寫的《八十年代以來中國古典文論研究略評》，對自 1980 到 1995 十五年間古代文論研究的情況作了述評。〔註 7〕文章分別從研究隊伍、範圍、方法等方面肯定了十五年來的成績，至於不足，則主要表現為王元化所說之「三個結合」（古今結合、中外結合、文史哲結合）尚未臻於理想之境，「具有重大啟發或劃時代意義的成果還未出現」。因此，今後有

〔註 7〕見《文學遺產》1996 年第 2 期。

待努力的方向也就在於走向綜合性的跨學科研究。蔣文最後提出，古代文論研究應該考慮五四以後古代漢語轉換爲現代漢語這一因素，更多地研究一下古代文論的語言表達問題，從而使古代文論轉換生成爲現代文論。

　　在研究專著方面，有兩部書應該提到。一是陸海明的《古代文論的現代思考》，該書 1988 年由北嶽文藝出版社出版，約 12 萬字，其中某些章節曾以論文形式在《文學評論》等刊物上發表過。全書除引言外共 8 章，依次爲：1、在新的歷史選擇中誕生；2、在當代學術背景下的新拓展；3，方法論斷想；4，範疇研究芻議；5、古代文論通變史的啓示；6、古代文論通變觀心解；7、古今文論與科學意識；8、古爲今用與現代意識。可以看出，書名所說「古代文論的現代思考」，實際上包括了兩方面的內容：一是對五四以來古代文論研究的歷史與現狀的思考，二是對古代文論本身的思考（如第五、六、七章的內容）。前者對早期的古代文論研究及其在當代的發展作了論述，有一些很好的概括和分析；後者則和我們討論的問題關係不大。是對古代文論的思考，但不是對這種思考的再思考，故嚴格說來並非學科史研究的內容。

　　另一部是羅宗強等人編著的《古代文學理論研究概述》。該書 1991 年由天津教育出版社出版，作爲該社出版的「學術研究指南叢書」之一種，但從羅宗強所寫《後記》看，其實際的編著時間當在 1989 年，大約與羅宗強、盧盛江寫作《四十年古代文學理論研究的反思》一文同時或稍後。全書共分四編。第一編《古代文學理論研究述略》包括四部分內容，前三部分分別敘述了近七十年來人們對古代文論研究的對象、目的的種種認識和古代文學理論研究的歷史；第四部分則對中國古代文論專著和雖非專著而在文論史上有重要價值的資料載籍作了簡要介紹，作者特別強調了中國古代文論的最大量的資料存在於別集和總集、史籍之中，必須予以重視。第二編《古代文論理論研究綜述》爲近七十年來具體研究情況的客觀介紹，按朝代、人物編排，依次爲先秦兩漢、魏晉南北朝、隋唐五代、宋金元、明、清、近代，最後加一個「理論範疇研究」。態度則「力求客觀、準確，不附以己意，不加褒貶」。第三編《古代文學理論研究專著簡介和書目》包括一個簡介和兩種書目，即古代文學理論研究專著簡介，和古代文學理論研究專著書目、近七十年印行的古代文學理論批評專著、譯注者著作書目。第四編《古代文學理論研究論文目錄索引》，對二十年代初至 1988 年底公開發表的四千五百餘篇論文作了編目，分爲概論，儒佛道與文學思想，範疇，分體文學批評與理論，中外文

學思想比較，研究目的、方法的討論，書評、書序，學術動態、研究綜述、目錄索引共八個部分。全書的重心顯然是在第二編和第四編，實際上這兩編也占了全書九成以上的篇幅。故若作爲工具書，自有其不可低估的價值，但如果從學科自省意識的角度來看，則恐不及《四十年古代文學理論研究的反思》一文。

應該承認，與我們在批評史的撰寫和理論研究方面取得的成績相比，我們對學科自身的關注要落後得多。儘管這裏列舉了若干回顧與反思的文章，但其數量實在有限。而且，即使是對研究自身的思考，也往往是現狀重於歷史，對於早期的經驗、教訓多有忽略。這種自省意識的貧弱無疑極大地阻礙了古代文論研究的拓展與深化。譬如批評史編撰體例的單一，理論研究選題的重複，乃至方法、角度的缺少變化，在一定程度上都可以由此得到解釋。孔子有云：「三十而立，四十而不惑，五十而知天命，六十而耳順，七十而從心所欲不逾矩。」古代文論研究已走過了七十年的歷程，謂之已過而立之年固然不虛，但我們真的進入不惑，能夠知天命，從心所欲而不逾矩了麼？只怕未必。如果不能認真總結歷史的經驗教訓，如古人所謂「三省吾身」，那麼，我們又怎能指望在對問題的認識和研究心態上趨於成熟呢？

道理其實不難明白，問題在於真正去做的人不多。這也難怪，此種研究之研究本來就是一項吃力而不討好的工作，翻閱大量的文獻材料姑且不論，由於個人眼界、水平所限，往往不免於有所遺漏，甚至褒貶失當，更何況對有些問題的認識，原屬見仁見智，難以一概而論呢？既然是學科史的研究，則除了客觀敘述之外，尚須有研究者自己的評判，然而要做到客觀就相當不易，至於評判的公允，其難度又遠在客觀之上。而且，學科史研究的主要目的，在於總結成敗得失，進而揭示出某些帶有規律性的因素，以爲今後學科發展的借鏡。這也是不待言的。但真正要達此目的，實在不是只要主觀努力就能做到的事，不對全局了然於胸，沒有親歷其事的切身感受，率爾操觚，放言高論，其結果當然只能見笑於方家，爲識者之談柄而已。

所以，筆者雖深知此課題的重要性與價值所在，且不揣讓陋去做，然眼手俱低，加之個人聞見有限，材料收集不易，疏漏、失誤之處當在所不免。儘管也努力按照課題的應有之義去做，卻不敢存客觀公允之想，指點迷津之望。如果這本小書能夠給對中國古代文論研究有興趣的人一些幫助，起到一種類似導讀的作用，使之從中多少知道七十年來古代文論研究發展的大致的

情況，也就算有個交待了。如果還能得到研治古代文論的專家學者的注意，無論以爲參考，抑或以爲斧質，那自然更是我的榮幸。

本書章節的安排，大體上可以分爲兩部分：前五章側重從學科發展和若干基本問題入手來回顧七十年的古代文論研究，試圖將學科的發展與我們對這些基本問題的認識聯繫起來，以見出古代文論研究史的整體走向；後四章則分述古代文論研究中不同方面各自的進展，使之能夠較爲集中地顯示各個方面的成績與問題。本來在寫作計劃中，還列有「理論家和專著研究」一章，但考慮到牽涉的材料太多，難以決定取捨，且已不乏對之論列的專書或專文（如上述《古代文學理論研究概述》及《文心雕龍學綜覽》之類），故思慮再三，還是藏拙爲好。不過，如果能從接受史的角度對七十年來古代文論之理論家、專著的研究作一番回顧，考察一下若干熱點的起伏消長及其背後的現實根源，未必不是一件很有意味的事。各章的寫作，儘量述、評結合，並略申自己對問題的理解，以不負書名「回顧與反思」之責。曝背獻芹，孔見而已。

最後要說明的是，本書提及的各位前輩學者，皆爲我所敬重，書中直稱其名而不冠先生，只是爲了避免行文的繁複，非敢不敬也。

第一章 古代文論研究的歷史與現狀

　　如果從 1927 年陳鍾凡先生出版其《中國文學批評史》算起，那麼作爲一門新興學科的中國古代文論研究迄今已有近七十年的歷史了。七十年來，中國古代文論研究經歷了一個怎樣的發展過程，有哪些值得總結的經驗和應該記取的教訓，這是我們首先應該進行梳理的。只有當我們正確把握古代文論研究的歷史發展軌跡、脈絡，我們才會正確認識、評估古代文論研究的現狀，也才能居高望遠，眞正明白該學科發展的態勢和未來的走向。通過梳理古代文論研究的歷史，考察古代文論研究的現狀，我們可望尋找出那些影響古代文論研究的因素，澄清若干理論上的困惑，從而使我們今後的研究少走彎路，避免再在某些非必要的方面作無謂的努力，以確保學科研究本身的科學性和嚴肅性。

　　關於七十年來古代文論研究的階段性劃分，學界的意見比較統一，即將其劃分爲三個階段：一、五四以後到新中國成立之前，爲第一階段；二、五十年代到六十年代中期，爲第二階段；三、新時期以來至今，爲第三階段。這三個階段的古代文論研究，既有歷史的承續性，又有各自相對獨立的特徵，大體上說，這是一個由疏入密，由淺趨深的不斷發展、成熟的過程，儘管其間也有失誤，有低谷，但恰如長江之由涓涓小溪匯爲滔滔巨流，如黃河之曲折縈回、峰迴路轉而終歸向東，七十年來的古代文論研究畢竟是向前推進的。

　　我們先對這三個階段的研究情況作一粗線條的勾勒。

一、早期的古代文論研究

　　從本世紀二十年代初到四十年代末，是中國古代文論研究的第一階段，所以稱爲早期，一是在時間上相對於後來而言，二是從學科發展來看，這一時

期還屬於草創階段。將這一階段的下限定在四十年代末，這應該沒什麼問題，因為以49年為界，前後兩個階段的研究確有各自明顯的特色，不容混淆。但上限的具體時間則不易確定，我們上文曾說從1927年陳鍾凡先生出版《中國文學批評史》算起，實際上這只是中國文學批評史編撰的開端（而且是由中國人自己撰寫），還不能作為現代人研究古代文論的始點。根據中國人民大學古代文論資料編選組編撰的中國古代文論研究論文索引（解放前部分），〔註1〕 雖然在1920年以前已有幾篇零散的論文（如發表於1910年的陳受頤的《文學批評發端》，1913 年廖平的《論〈詩序〉》，1916 年劉師培的《文說五則》、《文筆辭筆詩筆考》等），但真正比較集中地開展對古代文論的研究，真正較有份量的論文的出現，是二十年代以後的事。因此，將中國古代文論研究第一階段的時間上限定在二十年代初，恐怕更接近史實。

最能代表這一時期古代文論研究成果的，首先當然是幾部文學批評史。即陳鍾凡的《中國文學批評史》，方孝岳的《中國文學批評》，郭紹虞的《中國文學批評史》，朱東潤的《中國文學批評大綱》，和羅根澤的《中國文學批評史》。

陳鍾凡之作於1927年由上海中華書局出版，在中國古代文論研究史上，這應該說是一件大事。在此之前，雖有日本學者鈴木虎雄的《支那詩論史》等研究著作，但中國學者尚無人問津這一領域，所以，陳著的面世，可以說填補了國人撰寫中國文學批評史的空白，其篳路藍縷之功，在古代文論研究史上無疑應有一席之地。以現在的眼光看，陳著自不免失之粗疏，全書不過七萬餘字，卻幾乎涵蓋了整個中國古代文學批評史；然而若就體例而言，則有其特殊價值在，如陸海明所說：「該書的特點是簡約，是後出批評全史格局的先導」。〔註2〕是書共十二章，分別為：1、文學之義界；2、文學批評；3、中國文學批評史總述；4、周秦批評史；5、兩漢批評史；6、魏晉批評史；7、宋齊梁陳批評史；8、北朝批評史；9、隋唐批評史；10、兩宋批評史；11、元明批評史；12、清代批評史。在每一時期之下，或以文體，或以觀點，或以人再分小節具體予以述評。從這個結構可以看出，著者力求用科學的態度來從事批評史的研究，故先列兩章討論文學之義界和文學批評之含義。在對批評史的分期方面，也與後來研究者的觀點多有吻合，其中魏晉六朝分為三期，雖嫌過碎，但亦可說明著者對這一時期的重視。

〔註1〕 《中國古代文論研究論文集（1919－1949）》，上海古籍出版社1989年版。
〔註2〕 陸海明：《古代文論的現代思考》，北嶽文藝出版社1988年版，第13頁。

　　1934 年是中國文學批評史大獲豐收的一年，在這一年，先後出版了方孝岳的《中國文學批評》、郭紹虞的《中國文學批評史》（上冊）、羅根澤的《中國文學批評史》（周秦兩漢魏晉六朝部分）。這種時間上的巧合，正表明經過一定時期的醞釀準備，對中國文學批評史的研究已初見成效，作爲一門新興學科，中國文學批評史已以其實績奠定了自己的地位。

　　方著於 1934 年 5 月間由上海世界書局出版，爲劉麟生主編的《中國文學叢書》八種之一。該書題爲《中國文學批評》而不以「史」名，是有作者自己的考慮的。在體例上，方著不像一般文學批評史那樣以時代分期，而是以人爲綱來展開論述。全書分上、中、下三卷，分別討論先秦文學批評，漢魏六朝文學批評和唐以後至清代的文學批評。這個劃分，似乎表明作者對中國古代文學批評發展階段的理解，但具體的篇目則以人爲專題。書前有一篇《導言》，集中闡述了作者的文學批評觀和批評史觀，並談到該書的寫作構想。依作者的初衷，這部書「大致是以史的線索爲經，以橫推各家的義蘊爲緯」，可見作者試圖史論並重，在爬梳史的脈絡的同時突出各家的基本主張。值得注意的是，作者對前人的觀點見解多有自己的闡發，並非簡單地羅列史料，這可說是該書的一個重要特色。

　　與方著同時問世的是郭紹虞的《中國文學批評史》。也是在這一年的 5 月間，郭著批評史上冊由商務印書館出版，由於抗日戰爭爆發，該書下冊直到 13 年後，即 1947 年才得以出版。此書爲作者積多年功力的悉心之作，故雖非首創，卻能後出轉精，在當時就產生了很大的影響。朱自清曾經指出：郭著批評史「雖不是同類中的第一部，可還得算是開創之作；因爲他的材料與方法都是自己的」。〔註 3〕的確，與此前同類著作相比，郭著在材料的收羅方面更爲完備，他擴大了研究範圍，所論不限於傳統的詩文評，諸如史籍中的文苑傳或文學傳序，乃至筆記、論詩詩等，都攝入自己的研究視野，這樣首先在材料的佔有上就超出時人。作者在該書《自序》中寫道：「我總想極力避免主觀的成分，減少武斷的論調。所以對於古人的文學理論，重在說明而不重在批評。即使是對於昔人之說，未能愜懷，也總想平心靜氣地說明他的主張，所以致此的緣故。因爲，這是敘述而不是表彰，是文學批評史而不是文學批評。總之，我想在古人的理論中間，保存古人的面目。」〔註 4〕由此可以看出，

〔註 3〕　《朱自清古典文學論文集》，上海古籍出版社 1981 年版，第 540 頁。
〔註 4〕　郭紹虞：《中國文學批評史》，商務印書館 1934 年版，第 2 頁。

對歷史的尊重是該書的一大特色。另外，郭著突出了史的意識，書中特別討論了中國文學批評的發展與分期。依作者之見，中國文學批評的發展大致可以分成三個時期，即文學觀念演進期，文學觀念復古期，和文學批評完成期。具體而言，周秦至南北朝為第一期，隋唐至北宋為第二期，南宋以後至清為第三期。而所以如此劃分，最基本的理由，即是根據不同時期人們的文學觀念。在具體理論觀點的討論中，作者也注意淵源流變，影響傳承，因而該書內在的聯繫較為明顯。應該說，郭著批評史的問世，標誌著對中國文學批評史的研究在第一階段的成熟。

8 月，羅根澤的《中國文學批評史》由人文書店印行。這次印行的，只是全書的周秦至南北朝部分，篇幅約 14 萬字，後至 1943 年，又完成隋唐五代部分，改由商務印書館重排，分為《周秦兩漢文學批評史》、《魏晉六朝文學批評史》、《隋唐文學批評史》、《晚唐五代文學批評史》四書出版。1957 年，上海古典文學出版社將四書合為二冊出版。1961 年，羅根澤故世後，又由中華書局上海編輯所出版了第三冊（兩宋文學批評史）。或許因為書非全璧，故其影響不及郭著，但平心而論，羅著的成就實不在郭著之下。尤其是體例的縝密，材料的爬梳，以及論述評判的客觀公允，很能見出作者的功力。該書兼編年、紀事本末和紀傳數體之長，較為靈活，顧及不同方面，且研究視野更為廣闊。朱自清曾將羅著與郭著比較，認為羅著體例漸趨勻稱，持論漸趨公平，而且內容較郭著還要詳盡一些。「就已出版的三冊（指上述四書中的前三種）而論，這是一部值得細心研讀的《中國文學批評史》」。〔註 5〕後來郭紹虞為其兩宋部分作序，尤其稱譽羅著在材料方面下的功夫：「雨亭（羅根澤字）之書，以材料豐富著稱。他不是先有了公式然後去搜集材料的，他更不是摭拾一些人人習知的材料，稍加組織就算成書的。他必須先掌握了全部材料，然後加以整理分析，所以他的結論也是持之有故，而言之成理的」。〔註 6〕

朱東潤的《中國文學批評史大綱》初版於 1944 年，後又於 46 年、47 年再版兩次，可見也產生了一定的影響。該書既以「大綱」名，則所論便以簡明扼要為其特色。與它書相比，朱著突出了批評家的個體存在，基本上以人為綱來結構全書，而不是將批評家歸屬於某個朝代或派別，同時在具體論述

〔註 5〕《朱自清古典文學論文集》，上海古籍出版社 1981 年版，第 545 頁。
〔註 6〕羅根澤：《中國文學批評史》（三），上海古籍出版社 1984 年新版，第 1 頁。

時，也將其所有理論見解合而觀之，以求見出該批評家的全貌。再就是朱著一反時人遠詳近略的做法，採取近詳遠略，這就使得一些爲別人忽略或遺漏了的批評家佔有一定的篇幅，如清代的葉燮、紀昀、趙翼、金人瑞、李漁等，從而彌補了同類著作的不足。

總之，這些文學批評史著作的問世，共同推進了中國古代文論的研究，奠定了該學科的基礎，儘管還存在若干侷限、不足，但作爲古代文論研究的先行者，我們應更多地肯定其開創之功，而不必過於苛求。

除批評史的編撰之外，對中國古典詩學的研究也令人矚目。這裏說的詩學取其狹義，即詩歌理論。在這方面，有兩部書必須提到，那就是楊鴻烈的《中國詩學大綱》和朱光潛的《詩論》。前者完成於 1924 年，1928 年由商務印書館出版。這是最早運用西方文學觀念來研究中國詩學的專著，作者自己說：「我這本書是把中國各時代所有論詩的文章，用嚴密的科學方法歸納排比起來，並援引歐美詩學家研究所得的一般詩學原理來解決中國詩學裏的許多困難問題，如詩的起源的時代，分類，和功用等項。……我這本書於研究中國詩的人有無大的益處，雖不敢斷定，但最小限度，總可使讀者於中國各時代詩學家的主張有系統的和明澈的瞭解。因爲這個緣故，所以本書雖是橫的——原理的研究，而徵引例證，卻是隱隱的按著時代的先後排比起來，這樣，有些地方便不厭其過繁，在別一方面看來，又差不多是縱的——詩的原理的歷史的研究了。」全書共九章，分別爲：1、通論；2、中國詩的定義；3、中國詩的起源；4、中國詩的分類；5、中國詩的組合的原素；6、中國詩的作法；7、中國詩的功能；8、中國詩的演進；9、結論。在今天看來，該書的價值恐怕主要不在具體的論斷，而在所表現出的作者的研究意識和方法。

朱光潛的《詩論》初版於 1943 年。這是作者在完成《文藝心理學》的寫作之後，應用文藝心理學的「基本原理去討論詩的問題，同時，對於中國詩作一種學理的研究」的產物。〔註7〕朱先生認爲，「中國向來只有詩話而無詩學」，究其原因，一是囿於偏見，以爲詩的精微奧妙可意會而不可言傳；二是中國人的心理偏向重綜合而不喜分析，長於直覺而短於邏輯的思考。因此《詩論》之作，就是將科學的精神與方法應用於對中國詩的研究。〔註8〕顯然，這

〔註7〕 朱光潛：《文藝心理學·作者自白》，《朱光潛美學文集》第一卷，上海文藝出版社 1982 年版，第 3 頁。
〔註8〕 朱光潛：《詩論·抗戰版序》，《朱光潛美學文集》第二卷，上海文藝出版社 1982

樣一種出發點，與楊鴻烈寫作《中國詩學大綱》的意圖頗爲相似，只是楊鴻烈並不否認中國有自己的詩學，而朱光潛則認爲中國詩學零亂瑣碎，不成系統。另外一個相似之處是兩書所論多結合具體作品，而不止於傳統的論詩著作。比較而言，朱著更偏於對一般詩學原理的探討，但其中關於詩之境界、舊詩之聲律的現代闡釋仍是中國詩學的研究，且給人別開生面之感。

據中國人民大學古代文論資料編選組提供的論文索引，這一時期發表的古代文論研究論文多達 700 餘篇，而且涉及的範圍相當寬泛。作爲一門新興的學科，一個新闢的研究領域，能有如此多的研究成果，應該說是不容易的。如果考慮到其間還有抗戰八年的影響，那就更令人驚歎了。由此可以看出，古代文論研究在起步之後，很快就有了較大的發展，形成了第一個研究高潮，從而表現出旺盛的學科生命力。

朱自清當年曾經指出：與文學史淵源甚早不同，「中國文學批評史的出現，卻得等到『五四』運動以後，人們確求種種新意念新評價的時候。這時候人們對文學取了嚴肅的態度，因而對文學批評也取了鄭重的態度，這就提高了在中國的文學批評——詩文評——的地位。……這也許因爲我們正在開始一個新的批評時代，一個重新估定一切價值的時代，就得認識傳統裏的種種價值，以及種種評價的標準；於是乎研究中國文學的人就有些將興趣和精力放在文學批評史上。」〔註9〕的確，古代文論研究能夠成爲一門獨立的學科並在較短的時間內有長足的發展，首先應歸因於五四新文化運動和文學革命的沾溉。正是有了文學觀念的變革，新的批評意識的萌生，才導致作爲新學科的中國古代文論研究的出現。早期古代文論研究的一個顯著的共同點，就是借鑒西方近代以來的文學觀念、文學理論，強調科學的邏輯的方法。這恐怕也是當時整個學術界的一種帶有普遍性的趨勢。而研究古代文論和編撰批評史的動機，一是作爲中國文學史研究的一種補充，二是試圖通過對傳統的研究尋找有助於指導當代文學創作的規律，所以，正如我們看到的，古代文論研究從一開始就縱向與橫向兩個方面同時發展，既有史的梳理，又有論的分析。換句話說，研究者的目的，既在古代文論的歷史價值，又在其現實意義。這樣一種研究態度和指導思想，對於學科的健康發展無疑是有積極意義的。

年版，第 3 頁。

〔註9〕《朱自清古典文學論文集》，上海古籍出版社 1981 年版，第 544 頁。

但另一方面，對西方文學觀念、文學理論借鑒的同時也帶來了潛在的負面影響，那就是以西方文學批評標準和價值尺度來考察、評估中國古代文論。朱自清當年已經注意到這個問題，他評郭紹虞《中國文學批評史》（上卷）時便說：「現在學術的趨勢，往往以西方觀念（如文學批評）爲範圍去選擇中國的問題；姑無論將來是好是壞，這已經是不可避免的事實。」郭著雖然較爲審慎，但也不免此累，如書中對純文學與雜文學的劃分即是一例。朱自清的批評是有道理的：「所謂純文學包括詩歌小說戲劇而言。中國小說戲劇發達得很晚；宋以前得稱爲純文學的只有詩歌，幅員未免過窄。而且這裏還有一個問題，漢賦算不算純文學呢？再則，書中說南北朝以後『文』『筆』不分，那麼，純與雜又將何所附麗呢？書中明說各時代文學觀念不同，最好各還其本來面目，才能得著親切的瞭解；以純文學、雜文學的觀念介乎其間，反多一番糾葛。」〔註10〕在古代文論研究的早期，以西繩中、削中就西的問題尚不十分突出，還沒有引發大的爭論。其對研究的影響，至多不過是對中國古代文論自身的特殊性關注不夠，但到了五十年代以後，這種潛在的負面影響由於特殊的研究環境逐漸增強，以至使古代文論研究逸出了正常的學術範圍。

二、五十年代到六十年代中期的研究

從 1949 年到 1966 年十七年間一般被看作是一個相對獨立的時期，但若就古代文論研究的實際情況而言，主要是在 1955 年到 1964 年。這不難理解，建國之初，百廢待興，尚無精力顧及學術研究；而 65 年以後，文革已開始醞釀，學術則讓位於政治。所以，準確些說，古代文論研究的第二個階段應爲 1955 到 1964 這十年間。

建國以後，我們的文學理論基本上是照搬蘇聯模式，突出的是社會學的研究方法，文學觀念和批評標準較先前發生了徹底的變革。這主要表現爲以反映論爲文學理論的哲學基礎，強調階級分析，注重文學的認識價值，以及推崇現實主義的創作方法，將典型人物的塑造視爲文學創作的中心問題等。這樣一種體系的轉換，對古典文學和古代文論的研究產生了重大的影響，它迫使研究者改弦易轍，重新審視以往的研究，形成新的認識和做出新的評判。另一方面，早期的文學理論教材，還只是將蘇聯當時通行的教材翻譯過來直

〔註10〕《朱自清古典文學論文集》，上海古籍出版社 1981 年版，第 541 頁。

接使用，如季莫菲耶夫和畢達可夫等人的著作，而這類教材並不完全適合中國的國情，尤其是中國有幾千年歷史的文學傳統。於是，到了五十年代後期，繼承中國古代優秀的文學理論遺產以彌補翻譯教材之不足，乃至建設有民族特色的馬克思主義文藝學的要求被提了出來。1957 年 8 月號的《新建設》發表了應傑、安倫題爲《整理和研究我國古典文藝理論的遺產》的文章，文章指出：「近幾年來，有許多人用教條主義的方式去學蘇聯的文藝理論，而不顧中國過去和現在的實際。在文藝理論領域內，雖然也闡述了文學的一般規律、構造學說、發展學說，起了一定的作用，但嚴重的是，它沒有被移植到我國既有的文藝理論的土壤上，跟我國古代所流傳下來的文藝理論遺產形成了嚴重的脫節現象。」這種忽視我國古代文論遺產的做法使我們的文藝理論和教學缺少生氣，並使人誤以爲中國過去沒有文藝理論。作者認爲，整理和研究古典文藝理論遺產的時機應該到來了，古典文藝理論遺產應當是建樹我國馬克思主義文藝理論的一個重要來源。「我們應當把蘇聯的文藝理論種植在黃帝子孫的土壤上，讓黃河、長江來灌溉它，在中國現代文學工作者的培植下成長起來，成爲中國的花朵。」應該說，這篇文章提出的問題是很有現實性的，但在當時卻未能產生應有的反響，直到 60 年代初，隨著文藝民族化問題被確定爲中央的文藝政策，如何批判地繼承古代文論遺產以發展民族化的馬克思主義文藝理論才形成了全國範圍的討論，並基本上達成了在馬克思主義文藝思想指導下批判地繼承古代文論的共識。相應地，有關古代文論的研究論文一時間多了起來，僅 61、62 兩年間就發表了 400 餘篇論文，成爲古代文論研究史上的第二個高峰期。〔註11〕

　　正因爲是這樣一種研究背景，所以這一時期論文數量雖然不少，但視野並不開闊。從流行的文學理論體系及價值取向出發，人們關注的熱點，主要是傳統的儒家詩文論，因爲它與所謂現實主義文學理論有某些一致或相似；相反，受傳統道家和佛學思想影響的詩文論則被置於批判的境地。另外，出於建設新的文論體系的需要，同時也不無與外來文論相對峙的潛在心理，傳統文論中最富於體系性的《文心雕龍》自然吸引了眾多研究者的目光，而大量零散的、經驗形態的材料卻被忽略了。視野既窄，方法上又過於以今繩古，使得這類文章大多缺少理論的深度，成爲曇花一現的應時之作。

〔註11〕 此處統計數字據張兵《建國後古代文論研究述評》，《齊魯學刊》，1985 年第 1 期。

　　當然也有一些優秀的文章。這可以分爲兩類：一類爲不隨流俗，眞正堅持科學求實的態度，以現代的眼光對傳統文論深入探討而有所發明，如錢鍾書的《通感》（1962 年）；另一類雖不免於時代風氣的影響，卻以其理論功底的厚實和見解的新穎而令人矚目，如李澤厚的《意境雜談》（1957）。這些文章之所以在當時和後來都產生了較大的影響，最主要的一點，在於它們既道人所未道，但又有著堅實的歷史依據和理論依據，從而給我們當代的文藝學理論提供了新的內容。

　　與第一階段相比，這一時期的批評史的編撰無疑要遜色得多。除去再版、改作之外，眞正能夠稱爲新作的只有一部半，即黃海章的《中國文學批評簡史》和劉大杰主編的《中國文學批評史》（上冊）。至於羅根澤的《中國文學批評史》（兩宋部分），歸爲舊作新版之列似乎更適宜些。而無論新著還是改作，都明顯帶有那個時代的印跡。

　　黃海章的《中國文學批評簡史》出版於 1962 年。該書以近 16 萬字的篇幅，對上自先秦，下迄清末的中國古代文論的基本情況作了簡要介紹，較朱東潤之《中國文學批評史大綱》還要簡略。受時代風氣的影響，黃著將階級分析的方法應用於批評史的研究，突出了所謂現實主義和反現實主義兩條道路的鬥爭。作者認爲：「在古代文學理論和批評中，有些是含有現實主義文學的因素，可以推動文學向前發展的，有些是偏於唯美主義、形式主義，會把文學拉向後退的。文學史上進步的，向上的，和落後的，反動的，兩種矛盾的鬥爭，在文學批評史上也同樣的顯現出來。」〔註 12〕正如當時一篇評論文章所說：「我國文學批評發展的歷史，總結了歷代作家的創作經驗，鮮明地貫穿著文學領域的兩條道路鬥爭」，而黃著則「扣緊了這一規律，並初步注意到問題的複雜性」。〔註 13〕

　　相比之下，於 1964 年問世，由劉大杰主編的《中國文學批評史》（上冊）雖然也屬那個時代的產物，卻較少那種常見的簡單化的弊病。該書論述的時間跨度爲先秦到唐五代，分爲先秦兩漢、魏晉南北朝和隋唐五代三編，具體論述則以人或重要問題、派別展開。值得稱道的是，該書在將社會學的方法應用於古代文論研究時，注意到了問題的複雜性，能夠尊重客觀史實，採取一種較爲審愼的態度。所以該書對分屬於不同情況的古代文論家及其觀點的

〔註 12〕黃海章：《中國文學批評簡史》，廣東人民出版社 1962 年版，第 3 頁。
〔註 13〕湯大民：《簡評〈中國文學批評簡史〉》，《學術研究》，1963 年第 5 期。

介紹比較全面，立論也較爲公允。應該說，這部文學批評史是繼郭紹虞、羅根澤著作之後又一部具有較高學術價值的批評史。

還應該提到郭紹虞對其舊作的改寫。1955 年，郭紹虞的《中國文學批評史》經作者稍加修改後由新文藝出版社出版。但這次改動並不很大，主要是在體例、篇目上作了一些調整。而之所以如此，原因有二：一是作者自認對「馬克思列寧主義的文藝理論研究不夠，舊觀點不能廓清，對各家意見不能給予應有的評價」；二是作者身體欠安，病中工作，力不從心。因此，修改的結果仍只是一部「資料性的作品」。〔註 14〕至 1959 年，經過再次修改的《中國文學批評史》（上冊，先秦至晚唐部分）易名爲《中國古典文學理論批評史》由人民文學出版社出版。與上次不同，這次修改，作者是花了大力氣的。書前有作者用以代序的兩首詩，頗能見出作者此番修改的心境：

> 我昔治學重隅隙，鼠目寸光矜一得。
> 坐井窺天天自小，迷方看朱朱成碧。
> 矮子觀場隨人云，局促徒知循往跡。
> 客觀依樣畫葫蘆，主觀信口無腔笛。
>
> 自經批判認鵠的，能從階級作分析。
> 如聾者聰瞽者明，如剗腸胃加漱滌。
> 又如覓路獲明燈，紅線條條遂歷歷。
> 心頭旗幟從此變，永得新紅易舊白。

在這樣一種思想指導下，我們看到修改後的《中國文學批評史》將現實主義與反現實主義的鬥爭作爲貫穿全書的中心線索。不僅在書前的《緒論》中特別增加了「發展規律中的鬥爭問題」，將中國古典文學理論批評史理解爲「現實主義文學批評發生發展的歷史，也就是現實主義文學批評和反現實主義文學批評鬥爭的歷史」；〔註 15〕而且在此種認識的基礎上，對古代文論的歷史分期重新作了劃分，將批評史分爲春秋戰國、秦漢、魏晉南北朝、隋唐五代、北宋、南宋金元、明代、明清之際與清中葉以前共八個時期，以便和中國古代社會發展的分期相吻合。按照作者的解釋，所謂反現實主義，具體指

〔註14〕郭紹虞：《中國文學批評史》，上海古籍出版社 1979 年新版，第 698 頁。
〔註15〕郭紹虞：《中國古典文學理論批評史》（上冊），人民文學出版社 1959 年版，第 5 頁。

形式主義或唯心主義。於是，對歷史上各個時期不同的文論家、學派及其觀點，該書基本上分爲四類來予以論述，即現實主義（唯物主義）、唯心主義、形式主義和反形式主義，且突出了對立面之間的鬥爭。譬如魏晉南北朝一章，就完全圍繞形式主義與反形式主義之爭來展開；而隋唐五代一章亦復如是，李白、杜甫、白居易，乃至古文運動中的韓愈、柳宗元，都成了反形式主義的代表。不能說這樣安排全無歷史的依據，但以唯物與唯心，現實主義與反現實主義來分高下、定優劣，無疑是將複雜的文學理論問題簡單化了。教條主義對於學術研究的影響，這是一個很有代表性的例子。

郭紹虞到底不是那種風派人物，作爲一個嚴肅認眞的學者，他很快便意識到這次修改的失敗。1961 年，當《中國文學批評史》需要再版時，作者選擇了 1955 年的修訂本，由中華書局印行。他之所以如此選擇，固然考慮到 59 年修改的只是部分，但更重要的，則是對那次修改的不滿。我們注意到，在作者爲該書 61 年版寫的《後記》中，特別提出了研究批評史應當有兩個標準：一是要有比較深入的研究，二是「要求深刻掌握馬克思列寧主義的文藝理論，看問題看到它的本質，才能運用新的觀點得出新的結論。這新的結論必須是歷史主義地對各人的理論作適當的評價，而不是簡單化教條化的結論」。顯然，這表明作者對先前修改的失誤已有所認識。

在 1934 年《中國文學批評史》初版時寫的《自序》中，郭紹虞曾寫過這樣一段文字：「《文心雕龍·序志篇》之批評以前各家，議其『各照隅隙，鮮觀衢路』，在我呢，願意詳詳細細地照隅隙，而不願粗魯地觀衢路。所以縮小範圍，權且寫這一部《中國文學批評史》。」可見，注重具體問題的探討原是作者的初衷。但到 1959 年修改版以詩代序（該詩實寫於 1958 年），態度就發生了根本的變化，謂「我昔治學重隅隙，鼠目寸光矜一得」，完全予以否定了。有意思的是，到 1982 年作者又給自己文集定名爲「照隅室古典文學論集」，並在《自序》中作了說明：「《文心雕龍》在論述各家論文之後，給以一個總評，稱謂『各照隅隙，鮮觀衢路』。我以爲這個評語，可以用來對照自己的治學方法，因即以照隅名室；而且『照隅』二字的字音和『紹虞』有些相近，取以爲徽，恰正合適。」〔註 16〕如果說，郭紹虞上述兩次變化可以稱之爲否定之否定，那這種否定之否定的確很有些象徵意義，它從一個側面對五十年代中期到六十年代中期的古代文論研究作了評估：一方面，這十年的研究總

〔註16〕郭紹虞：《照隅室古典文學論集》，上海古籍出版社 1983 年版，第 1 頁。

體上說是一段彎路,其教訓多於經驗;另一方面,這種迂廻又實屬不得不然,正是有了這十年的教訓,在粉碎「四人幫」,進入八十年代以後,古代文論的研究才在反思中得到長足的發展。

三、新時期以來的古代文論研究

新時期以來的古代文論研究是以對先前教訓的反思作為起點的。

黨的十一屆三中全會以後,隨著實踐是檢驗真理的唯一標準思想的確立,古代文論研究領域也開始解放思想,撥亂反正,呈現出勃勃生氣。從 1978 年起,報刊上又陸續有研究古代文論的文章發表。1979 年 3 月,由教育部委託郭紹虞主編的《中國歷代文論選》編寫組和雲南大學中文系聯合召開的中國古代文學理論學術討論會及教材編寫會在昆明舉行。召開這樣的討論會,在我國還是第一次。會議討論了研究古代文論的重要意義,對先前研究的弊病和存在問題作了清理,對如何處理好古代文論研究中的中外關係、古今關係及理論與創作實際的關係也有了新的認識。特別應該提到的,是這次會議還成立了中國古代文學理論學會,選舉產生了理事會和通過了學會章程。根據學會章程,中國古代文學理論學會的宗旨為:「團結從事中國古代文學理論教學和研究工作的同志,加強對本學科的研究,開展學術討論,促進國際國內學術交流,提高教學質量,普及古代文學理論知識,培養古典文學研究隊伍,以建立民族化的馬克思列寧主義文學理論體系,繁榮社會主義文學創作」。〔註17〕中國古代文學理論學會的成立是古代文論研究史上的一件具有里程碑意義的大事,學會成立十幾年來,通過每兩年召開一次學術年會,出版會刊《古代文學理論研究》,發展和壯大了古代文論研究的學術隊伍,有力地促進了古代文論的研究,對學科建設產生了積極的推動作用。

從七十年代末到八十年代前期,以反思為起點,古代文論的研究明顯呈現出以下幾個特徵:

首先是由社會學的研究轉向美學的研究。這也許和八十年代初興起的美學熱不無關聯,但更主要的,則是對先前庸俗社會學研究的反感與反撥。研究者們不再斤斤於理論家階級成分的考察,不再糾纏於唯物還是唯心的分辨,而轉為注重某一理論家及其著作、觀點真正的理論內涵,尤其是所闡發

〔註17〕《中國古代文學理論學會章程》,見《古代文學理論研究叢刊》第 1 輯,上海古籍出版社 1979 年版,第 424 頁。

的文學自身的內在規律。一些先前被看作形式主義、唯美主義的理論著作重新得到肯定，相反，那些曾因強調文學的教化作用而被予以很高評價的理論家和著作則受到質疑。這也許可以作為一個例證：《古代文學理論叢刊》第一輯將郭紹虞、王文生合著的《審美理論的歷史發展》置於卷首，重要的並非該文對中國古代審美理論的梳理或述評，而是文章所取的新的視角。在這一輯中，還收入了徐中玉的《古代文論中的「出入」說》，袁行霈的《魏晉玄學中的言意之辨與中國古代文藝理論》，羅宗強的《清水出芙蓉，天然去雕飾——李白審美理想蠡測》等文，這些文章的共同點，即是從審美的角度切入來考察、評判古代文論意義。與此相關的另一方面，則是中國古典美學史的研究。1981 年，李澤厚的《美的歷程》由文物出版社出版，雖然嚴格說來，《美的歷程》描述、考察的是中國古代審美思潮史而非中國古代文論或文學批評史，但它的確對當時的古典文學和古代文論研究產生了不小的影響。這部十多萬字的著作以其視角、見解以至行文方式的別開生面給人耳目一新之感。由《美的歷程》開頭，一批研究中國古典美學的通史、專論陸續問世。這種對中國美學史的研究與從美學角度研究古典文論往往融匯起來，使得古代文論的研究與古典美學的研究常常很難截然分開。事實上，相當一部分古代文論研究者同時也涉足古典美學研究，更有一些人由研究古代文論轉向研究古典美學，如以撰寫《中國文學理論批評史》知名的敏澤在八十年代末出版了三卷本的《中國美學思想史》，而作為五卷本《中國文學理論史》撰寫人之一的成復旺，後來則有《神與物遊》、《中國古代的人學與美學》等古典美學研究專著。

其次是研究視野由狹窄轉向開闊。早期的古代文論研究，由於多少囿於傳統的文學觀念，研究重點主要集中在詩文理論上，而對小說、戲曲等理論注意不夠；五、六十年代的研究，以現實主義為正宗，則又偏於儒家一派的文學理論，研究面更是狹窄。進入新時期以後，隨著思想的解放，學術氛圍的活躍，古代文論的研究視野漸趨開闊，不但小說、戲曲理論得到了應有的重視，而且受傳統道家、佛家（主要為禪宗）影響的文學理論也開始引起人們的注意。事實上，正是因為有了從社會學研究向美學研究的轉變，道家、佛家思想對文學理論影響的重要性日益顯現出來。摘除有色眼鏡之後的研究者們發現，恰恰是先前被看作唯心主義、神秘主義的老、莊哲學、禪宗哲學，對於傳統詩文論中偏重文藝內部規律探討的一派有著直接的影響。從美學的

角度來看，所謂唯心主義、神秘主義正代表了中國古人對文藝之本體，對文藝創作、鑒賞規律的深刻而獨到的認識。於是，道家思想、禪宗思想與中國古代文論、古典美學的關係一時間成為研究的熱點，而對其評價也與先前截然不同。

再次是由削中就外轉向注重自身特點、個性的研究。從我們對早期古代文論研究史的追溯可以看出，古代文論研究作為一門新興的學科，一開始就是在借鑒、參照西方近代以來文學理論體系、框架的背景下來建構的，因此它必然多少受西方文論價值標準的規範。不過在早期的古代文論研究中，由於研究者大多具有較好的國學根底，而研究目的又側重在對史料的梳理，所以削中就外的問題尚不十分突出。但到五十年代以後，全盤照搬蘇聯文論模式的結果，使得古代文論研究完全喪失了自己的特點和個性，儘管在當時已經有人意識到這一問題的嚴重性，卻未能在研究實踐中從根本上予以扭轉。因此，作為一種反撥，新時期的古代文論研究特別突出了對中國古代文論民族性的探討，以肯定中國傳統文論的獨特價值。另外，出於建設具有民族特色的馬克思主義文藝學的需要，也迫使理論家重新審視本民族的傳統文論，考察其特殊性，這自然又是促成古代文論研究注重自身特點、個性的另一原因。從八十年代初開始，對古代文論民族性的研究成為一個理論熱點，報刊上陸續發表了數十篇有關中國古代文論特色（民族性）的論文，對古代文論的價值取向、形態特徵以及產生的根源作了廣泛的探討，提出不少很有價值的見解。

最後是研究方法由單一轉向多元。伴隨思想解放而來的，是研究方法的革新與拓展，封閉了幾十年的中國，一旦開啓國門，頓感外面的世界是如此琳琅滿目，豐富多采。這與五四時期頗為類似，大量的翻譯介紹，大量的引進，各種方法紛至遝來，給先前那種封閉禁錮的研究心態以強烈的衝擊，也帶來了理論界的勃勃生氣。在短短的幾年間，我們的理論界將西方二十世紀以來的各種方法都操練了一遍，從系統論、控制論、信息論等若干原屬自然科學的研究方法，到文藝心理學、形式主義、新批評、結構主義、闡釋學、接受美學、比較文學等文藝理論流派，都被用於新時期文學和文學理論的研究。古代文論研究當然也受此風氣的影響，其中固然不乏簡單的牽合，但更多成功的嘗試。方法的多元化不但促成了研究的繁榮，同時方法論本身也引起了研究者的關注。1987 年，齊魯書社出版了由華東師範大學文學研究所編

選的《中國古代文論研究方法論文集》，收入自 1979 年到 1985 年發表在全國
報刊上的有關古代文論研究方法的論文二十餘篇。這些論文共同肯定了新方
法引入之於開闊視野，深化研究的必要，也指出了若干值得注意的問題。

　　進入八十年代後期，古代文論研究進一步向縱深發展，視野更加開闊。
與八十年代前期相比，又有一些新的變化。一是宏觀研究的提出。先前的古
代文論研究當然不能說全無從宏觀角度進行的考察，但所占比例極小，絕大
多數論文、專著還是偏於單個理論家、單篇論著或某個具體命題、範疇的研
究，至多不過某個流派、某個時期文學理論的綜論，眞正對整個中國古代文
學理論作縱向或橫向的宏觀研究，以尋繹其基本規律和總體特徵的著述可謂
鳳毛麟角。隨著古代文論研究的日趨深入，宏觀研究開始被提上議事日程。
1984 年第 5 期《上海文學》發表了南帆題爲《我國古代文論的宏觀研究》的
論文，文章在肯定微觀研究的重要性的同時，特別指出：「倘若我們希望古代
文論作爲一種藝術原理的概括而以其理論威力介入當代文論，那麼，我們還
必須有意識地開始側重一種開放性的宏觀研究。」1985 年，《文學遺產》編輯
部組織關於當前古典文學研究與方法論筆談，陳伯海撰文強調古典文學研究
應該注重宏觀。文章寫道：「研究中國文學史，如果毫不著眼於民族心理素質
的發掘、民族審美經驗的總結以及在這種審美心靈支配下的民族文學傳統發
展規律的探討，而只是停留在一人一事的考訂、一字一句的解析上，那是遠
遠不能滿足時代對我們的要求的。總之，在古典文學領域，我們面臨的是一
個宏觀的世界，迫切需要我們去從事宏觀的研究。」〔註18〕1986 年，《文學遺
產》闢出專欄，徵集宏觀文學史研究論文，陸續刊出一批較有份量的文章，
其中既有文學史研究的，也有關於古代文論的。古代文論的宏觀研究由此蔚
爲風氣。二是比較文學的方法被廣泛運用於古代文論的研究，比較詩學成爲
一種新的發展趨勢。在八十年代初，比較文學作爲一種方法雖不乏影響，但
於諸多方法中尚不突出，而進入八十年代後期以來，其影響則遠遠超出了別
的方法，儘管具體運用中仍存在這樣或那樣的問題，但對於開拓研究視野，
深化認識的確產生了積極的作用。就古代文論研究而言，中西比較、古今比
較、中國與其它亞洲國家如日本、印度的文論的比較，乃至不同藝術門類間

〔註18〕陳伯海：《宏觀的世界與宏觀的研究》，《文學遺產》，1985 年，第 3 期。陳伯
　　　　海後來與董乃斌領銜主持國家七五社科規劃重點項目「中國文學宏觀研究」，
　　　　組織撰寫「宏觀文學史叢書」，其中之一爲陳良運的《中國詩學體系論》。

的跨學科比較等，都成為研究的課題，一大批論文、專著相繼問世。在上文提到的《中國古代文論研究方法論文集》中，直接涉及比較方法的就有五、六篇，其餘論文不少也附帶提到，由此可看出該方法在古代文論研究中的巨大影響。三是研究隊伍的更新。八十年代前期，古代文論研究的主力已經是一批五十年代畢業，已步入中年的學者，一些老先生雖然仍筆耕不輟，但畢竟年事已高，著述不比當年了。而從八十年代中期開始，一批恢復高考後畢業的新人開始嶄露頭角，他們組成了古代文論研究隊伍的第三梯隊，為古代文論研究注入了新鮮血液。這些青年學者大多有較好的現代文論素養，思路活躍，在對古代文論作現代闡釋方面表現出一定的優勢，同時，舊學根底的薄弱，輕視材料的考辨也是其中不少人的通病。如果能揚長補短，假以時日，則可望在他們手上能使古代文論研究有一個大的躍進。

新時期以來古代文論研究所取得的成果是相當豐碩的。

在理論研究方面，首先批評史的編撰有長足的進展。新時期較早問世的是敏澤的《中國文學理論批評史》兩卷本（1981 年）。與先前同類著作相比，這部批評史有兩點值得注意：一是更為完備，包括了上起先秦，下至舊民主主義革命時期，也就是說，包括了近代批評史部分。二是比較注重理論闡釋，作者將歷史唯物主義和辯證唯物主義方法運用於古代文論研究，在對古代文藝思潮、理論觀點的闡釋與評價上有所突破，除對具體理論家、流派、觀點的述評外，在每一重要時期前特別寫有「緒論」，集中論述這一時期若干重要的理論問題，從而在一定程度上避免了只見樹木不見森林的缺陷。據作者《後記》所說，該書初稿完成於「文革」之前，初版前作了某些修改，但五、六十年代古代文論研究的某些弊病書中仍很明顯。所以後來作者又在此書的基礎上作了一次較大的改動，增補了若干內容，於 1993 年出版了修訂本。劉大杰主編的《中國文學批評史》上冊於 1979 年再版，其中冊、下冊則由王運熙、顧易生等人編寫完成，分別於 1981、1985 年出版。該書也產生了很大的影響，曾被國家教委列為全國高等學校文科教材，並獲優秀著作獎。不過，更能代表新時期批評史編撰成就的，應該說是由中國人民大學蔡鍾翔、黃保真、成復旺編寫的《中國文學理論史》五卷本，和由復旦大學王運熙、顧易生主編的《中國文學批評通史》七卷本。前者出版於 1987 年，後者由 89 年開始陸續分卷出版，目前已經出齊。這兩部批評史的一個最主要的共同點，就是由多人合作，篇幅浩繁，在材料的收羅上力求完備詳盡，理論的闡釋則力求客

觀公允。尤其是就篇幅而言，不但遠在先前的幾部同類著作之上，就是再有繼作，恐怕也很難再超出。正在編寫出版中的多卷本，還有羅宗強主編的八卷本《中國文學思想通史》，現已出兩種：《隋唐五代文學思想史》（羅宗強）和《宋代文學思想史》（張毅）。多卷本批評史的出現，標誌著古代文論研究又上了一個新的臺階，特別是在史的研究方面，由簡而繁，由單卷到多卷正意味著觀念的成熟、認識的深化，以及研究的細密完備。批評史編撰的另一趨勢是從簡。不論是從一般教學還是從普及古代文論考慮，簡寫本都有其特殊的不可替代的優勢，故自八十年代初開始，繼早先黃海章的《中國文學批評簡史》之後，又陸續有周勳初的《中國文學批評小史》（1981 年）、徐壽凱的《古代文藝思想漫話》（1984 年）、諶兆麟的《中國古代文論概要》（1987年）、和朱恩彬的《中國文學理論史概要》（1989 年）等一批簡本面世。這類書的共同點是以史為經，重點介紹那些批評史上最有影響的理論家、著作及其觀點，以期給讀者一個批評史的大致輪廓，其中如諶作還選錄了若干古代文論原著，加上注譯，便於讀者學習。雖然簡略，仍具通史的性質。此外，若干分體文學理論史的出現，也是新時期批評史編撰的重要成果。譬如小說方面，有王先霈、周偉民的《明清小說理論批評史》（1988 年）、陳謙豫的《中國小說理論批評史》（1989 年）、方正耀的《中國小說批評史略》（1990 年）、陳洪的《中國小說理論史》（1992 年）等；戲劇方面，有夏寫時的《中國戲劇批評的產生和發展》（1982 年）、葉長海的《中國戲劇學史稿》（1986 年）等；再如詞學方面，有謝桃坊的《中國詞學史》（1993 年）、方智範等人的《中國詞學批評史》（1994 年）……這些分體文學理論史從不同的角度豐富了古代文論的研究，並突出了不同文體各自的理論特色。

其次，古代文論中專題和範疇研究也成績斐然，不論是廣度還是深度都明顯超出前兩個時期。新時期以來的古代文論研究或借鑒某種新方法以改變視角，或將對象置於某種背景之下以更趨深入。譬如文藝心理學方法的運用，就有劉偉林的《中國文藝心理學史》（1989 年）、皮朝綱、李天道的《中國古代審美心理學論綱》（1989 年）、陶東風的《中國古代心理美學六論》（1990年）、童慶炳等人的《中國古代詩學心理透視》（1994 年）；比較詩學方面，則有曹順慶的《中西比較詩學》（1988 年）、黃藥眠、童慶炳主編的《中西比較詩學體系》（1991 年）、狄兆俊的《中英比較詩學》（1992 年）；再如韓經太的《中國詩學與傳統文化精神》（1990 年）、張文勳的《華夏文化與審美意識》

（1992 年）、張法的《中西美學與文化精神》（1994 年），從傳統文化的角度
切入來考察中國古代文論的特徵；而諸如漆緒邦的《道家思想和中國古代文
學理論》（1988 年）、張伯偉的《禪與詩學》（1992 年），則著眼於傳統哲學、
宗教與詩學的聯繫。橫向研究還有另一類，重在對古代文論體系框架的把握
與描述，如蕭馳的《中國詩歌美學》（1986 年）、胡曉明的《中國詩學之精神》
（1991 年）、陳良運的《中國詩學體系論》（1992 年）。這些研究往往另闢蹊
徑、別開生面，從橫向的分析比較彌補乃至拓展了批評史，體現了新時期古
代文論研究的發展與突破。至於對理論家、文論著作、重要理論問題、範疇
的研究，較前也更趨深入，從劉勰到王國維，從《文賦》到《人間詞話》，從
創作論到鑑賞論，從比興到意境，差不多都有研究專著問世。尤其值得注意
的是一些先前較少論及的問題也有了系統的研究，例如關於批評方法，近年
來出版了賴力行的《中國古代文學批評學》（1991 年）、陸海明的《中國文學
批評方法探源》（1994）等專著；關於批評文體，則有劉德重、張寅彭的《詩
話概論》（1990 年）、蔡鎮楚的《詩話學》（1990 年）等。總之，新時期以來
的古代文論研究所取得的理論成果的確是巨大的，從量上說數倍於前兩個時
期的總和，從質上說更是不可同日而語。

在資料整理方面同樣如此。對古代文論資料的比較系統的整理基本上起
步於五十年代，到六十年代中期，已有若干重要的收穫：一是由郭紹虞、羅
根澤主編、人民文學出版社印行了一套《中國古典文學理論批評叢書》（後改
爲《中國古典文學理論批評專著選輯》），該叢書選取批評史上較有代表性的
文論著作加以校點，爲古代文論研究者提供了便利；二是由郭紹虞主編的《中
國歷代文論選》上、中、下三卷，以及由舒蕪等人編選的《中國近代文論選》
上、下冊，這類選本取精用弘，前者還有註釋和簡介，對於一般讀者學習瞭
解中國古代文論極有幫助；三是在戲曲理論著作方面，由中國戲曲研究院整
理出版了《中國古典戲曲論著集成》十冊，收入古代重要的戲曲理論著作 48
種。必須承認，五六十年代這些資料整理工作，爲後來八十年代初期古代文
論研究的繁榮奠定了一定的基礎。

進入新時期以來，對古代文論資料的整理又有了進一步的發展。首先是
加強了對重要理論著作的校點註釋，諸如《詩品》、《文心雕龍》、《二十四詩
品》、《人間詞話》等都有好幾個注本。以《文心雕龍》爲例，除早先范文瀾
的《文心雕龍注》和劉永濟的《文心雕龍校釋》之外，又新出了王利器的《文

心雕龍校證》（1980 年）、楊明照的《文心雕龍校注拾遺》（1982 年）、馮春田的《文心雕龍釋義》（1986 年）、詹鍈的《文心雕龍義證》（1989 年）、祖保泉的《文心雕龍解說》（1993 年），以及陸侃如、牟世金的《文心雕龍譯注》和周振甫的《文心雕龍今譯》等一批註譯本。一些較有影響的文論著作如遍照金剛的《文鏡秘府論》、皎然的《詩式》、王世貞的《藝苑巵言》、葉燮的《原詩》等也都出了校注本。其次，在先前已出的《中國古典文學理論批評專著選輯》的基礎上，繼續擴大範圍，推出了一大批新的古代文論專著點校本。其中特別值得提到的是重新點校出版了由清人何文煥輯錄的《歷代詩話》（1981 年）、近人丁福保輯錄的《歷代詩話續編》（1983 年），以及由郭紹虞編選的《清詩話續編》（1983 年）和由唐圭璋匯輯的《詞話叢編》增補本（1986 年）的出版。〔註 19〕這些詩話、詞話彙編本的出版，極大地方便了研究者，儘管不能說收羅無遺，但比較重要的、產生過較大影響的著作確實都在其中了。第三，在古代文論選注方面，除先前郭紹虞的《中國歷代文論選》由上中下三冊擴充為四冊再版之外，又陸續出版了若干新的選注本，如趙則誠等人的《中國古代文論譯講》（1984 年）、霍松林的《古代文論名篇詳注》（1986 年）、李壯鷹主編的《中華古文論選注》（1991 年）等，都有自己的特色。另外，像黃霖、韓同文選注的《中國歷代小說論著選》（1982 年）、吳世常的《論詩絕句二十種輯注》（1984 年）等，也從不同的角度發展、豐富了古代文論的選注。此外值得注意的，是開始了對少數民族文學理論的整理工作。1987 年，新疆人民出版社出版了由買買提・祖農、王弋丁主編的《中國歷代少數民族文論選》；1994 年又出版了王弋丁等人主編的《少數民族古代文論選釋》，從而填補了少數民族文學理論研究的空白。第四，出版了一批古代文論類編和工具書。為著適應理論研究，特別是橫向與宏觀研究的需要，按專題編排、便於檢閱的類編應運而生，先後出版了胡經之主編的《中國古典美學叢編》（1988 年）、賈文昭、程自信主編的《中國古代文論類編》（1988 年）、賈文昭選編的《中國近代文論類編》（1991 年）等。此外正在編撰出版中的還有吳調公主編的《中國美學史資料類編》八卷本，徐中玉主編的《中國古代文藝

〔註 19〕 丁福保所輯之《清詩話》曾於 1963 年由中華書局上海編輯所印行，1978 年，經郭紹虞對舊版前言作了較大的修訂補充後由上海古籍出版社再版。唐圭璋的《詞話叢編》初版於 1934 年，收錄詞話 60 種，86 年增補本又增加了 25 種。

理論專題資料叢刊》多卷本。屬於工具書一類的，有山東大學中文系古代文藝理論史編寫組編輯的《中國古代文藝理論資料目錄彙編》（1981 年）、吳文治主編的《中國古代文學理論名著解題》（1987 年），以及趙則誠、張連弟、畢萬忱主編的《中國古代文學理論辭典》（1985 年）、張葆全主編的《中國古代詩話詞話辭典》（1992 年）、成復旺主編的《中國美學範疇辭典》（1995 年）等。總之，從以上簡要的羅列中，可以窺見新時期古代文論在資料整理方面取得的進展，而較之以文革前十年，同樣可以看出前進的步幅。

　　七十年來，古代文論研究經歷過許多挫折，有不少可以記取的教訓；也取得了輝煌的業績，有相當可以總結的經驗；同時，回顧七十年來的古代文論研究史，我們仍有這樣或那樣的困惑。與學科草創時期相比，我們的研究無疑是成熟多了，但這不等於對所有問題都有了清醒正確的認識，不等於我們現在乃至今後的研究不會再犯先前的錯誤。有七十年研究史的借鑒，我們可以從中找出促成研究繁榮和學科發展的內外因素，可以通過學科自省而達到一種成熟的研究心態，更可以充分佔有前人的研究成果以攀登新的高峰，然而，七十年古代文論研究業已形成的格局，所取得的巨大成就，也對我們今後的研究構成一種挑戰，當前和今後的古代文論研究如何超越自身，如何實現新的突破，特別是實質性的突破，這應該說是古代文論研究學科目前面臨的重大課題。總結歷史的目的並非僅僅在於對歷史作出正確的評價，同時還在於昭示未來的發展趨勢，在這個意義上說，由歷史引發的思索當更重於對歷史的評判。

第二章　古代文論研究作爲一門獨立的學科

　　儘管我們習慣上認爲古代文論作爲一門學科是五四以後的事，但嚴格些說，對古代文論研究的歷史至少可以追溯到中古時期。因爲所謂「古代」只是相對而言，在批評史成爲一門學科之前，古人早已開始了對他們之前的文學批評和理論的研究，只是還不曾有意識地將其作爲專門之學。譬如劉勰作《文心雕龍》，首先就對他以前的文論著作進行反思，總結經驗教訓。這就有古代文論研究的意味。又如宋人的某些詩話，明、清人對前人詩文評的彙編，以及對諸如《文心雕龍》、《二十四詩品》的評點注疏等，應該說也是一種對古代文論的研究。不過，這些研究畢竟不同於現代意義上的古代文論研究，它們還沒有上升到學科研究的高度，我們之所以指出這一點，意在說明作爲一門獨立學科的古代文論研究有其質的規定。

　　然而，令人驚異的是，儘管有七十多年的歷史，我們對古代文論研究的學科性質仍不甚了然，在諸如研究對象、研究目的、研究價值，以及與相鄰學科的關係等一系列基本問題上，仍存在不少的困惑，甚至誤解，就連學科的準確名稱，到目前仍未得到統一。我們對批評史的研究碩果累累，但對學科史的自省卻極爲貧弱：陸海明在其《古代文論的現代思考》中有一個統計，《古代文論研究叢刊》第一輯至第十輯共刊論文約 200 篇，其中最多的是對歷代文論家及著作的研究，占二分之一強，而關於學科建設的論文一篇沒有。〔註1〕這是 85 年以前的情況，進入八十年代後期，局勢雖有所扭轉，但

〔註 1〕 陸海明：《古代文論的現代思考》，北嶽文藝出版社 1988 年版，第 24、25 頁。

仍未引起足夠的重視。顯然，這與具有七十餘年歷史的古代文論研究是很不相稱的，也是作爲一門成熟的學科所不該有的。

所以，對學科性質、特點及相關問題的思考，便不能不在我們的討論中佔有一個特殊的位置。

一、古代文論研究的學科性質

在討論古代文論研究的學科性質時，我們碰到的第一個問題，是關於該學科的名稱。

按照國家教委及有關機構的認定，古代文論研究作爲一門學科的正式名稱爲「中國文學批評史」，但在時下的教學與研究中，用來指稱本學科的，除中國文學批評史外，還有中國文學理論史、中國文學思想史、中國文藝美學史、中國詩學等名目，而所有這些，都可以籠而統之地稱爲古代文論研究。究竟哪一個名稱更切合實際呢？似乎很少有人深究，反正大家彼此心照不宣，只要明白是在古代文論研究這個領域之內就成。這倒很符合中國古人的傳統態度，在一個約定俗成的名目下不斷地賦予新的含義，以至術語、範疇的內涵往往過於寬泛，難以準確界定。然而，古代文論研究在二十年代之所以能成爲一門現代意義上的學科，前提即是以科學的態度來考察分析、整理歸納，沒有這樣一種科學的態度或者說近代意識，則五四以後的古代文論研究與先前古人所爲實無根本的區別。這種大而化之的態度，與建立學科所需的科學精神是背道而馳的，也是無益於學科的發展的。事實上，研究者自己也很清楚，一般說的文學批評史，與文學理論史、文學思想史、文藝美學史是有差異的，其外延並不完全吻合。例如蔡鍾翔在《中國文學理論史·緒言》中闡述該書的命名時即引陳鍾凡、羅根澤等人的看法，認爲西方所謂「文學批評」一詞實與中國傳統詩文論不盡相同，故以批評史名之，並不符實。鑒於該書的主要內容著重於評述古人的文學理論，所以叫做《中國文學理論史》。〔註2〕羅宗強在其《隋唐五代文學思想史·前言》中則提出，文學思想史應該是一個獨立的學科，它與文學批評史、文學理論史既有聯繫又有區別。文學思想史的研究對象較後兩者更爲廣泛，除了研究理論與批評之外，還必須將創作也納入研究視野。〔註3〕將文學思想史理解爲一個獨立的學科是否適宜姑且不論，這些意見至少表明，「中國文學批評

〔註2〕 蔡鍾翔等：《中國文學理論史》第 1 冊，北京出版社 1987 年版，第 26、27 頁。
〔註3〕 羅宗強：《隋唐五代文學思想史》，上海古籍出版社 1986 年版，第 1─2 頁。

史」並不是一個理想的學科名稱，它不能正確反映該學科實際的研究內涵。

還有來自純粹理論研究方面的問題。儘管研究的對象是史，但未必就是史的研究，因爲研究者的意圖並不在梳理史的脈絡，勾勒史的輪廓，而在探求理論術語、範疇、命題的內涵及意義，換句話說，不是史的還原，而是理論的重建。譬如李澤厚的《意境雜談》就是一個很有代表性的例子。再如關於古代文論體系、特色的研究，關於研究方法的討論等，目的都不在史。這類研究嚴格說來並不屬於理論史或思想史的範疇，當然也不屬於批評史的範疇，然而它仍是古代文論研究。一般說來，所謂史的研究，主要是縱向的研究，是對問題的發生發展、源流演變的考察與描述，在這個意義上說，如果我們仍沿用「中國文學批評史」作爲學科名稱，那麼古代文論的橫向研究便很難納入其中。

那麼，爲什麼這樣一個並不十分確切的名稱會被採納，乃至一直沿用下來呢？這恐怕有兩個方面的原因。

一是歷史的原因。我們知道，中國古人並不熱衷於對體系的建構和對抽象問題的思辨，因此，歷史上大量存在的不是以純粹理論形態出現的論著，而是感性經驗的零散篇章，這些零散篇章主要討論的，是諸如創作、技巧、鑒賞等具體的文學理論問題，以及大量的關於具體作家作品的評論。就中國古人的文學研究觀念而言，代替文學理論這一類別的，是典籍分類中的詩文評部分。正是有見於此，早期的古代文論研究者即便承認中國古代有自己的詩學理論，也不能不將研究的重心放在批評理論及實踐上。所以，早期的批評史編撰者大多也沒有意識到文學批評史一詞含義過窄的問題。羅宗強在爲張毅《宋代文學思想史》所作的序中曾談到這一點，他說：「中國文學批評史學科創立之初，研究對象似未曾有過明確之界定。它既包括文學批評史，也包括文學理論史。就中國文學批評與文學理論之歷史狀況而言，這樣的研究對象的認定未曾不可。因爲在中國古代，純粹的文學理論著作是少數，多數的文學理論著作，都包括著文學批評，即使體大思精，有完整理論體系如《文心雕龍》，也不例外地包含著大量的文學批評內容，更確切地說，它是在對於文的歷史（作品與作者）作評論的基礎上，建立它的理論體系的。……因此，從中國文學批評與理論之此種歷史狀況而言，文學批評史的對象並文學批評與文學理論而言之，當然是順理成章的事。」〔註4〕只是到了後來，隨著理論意識的逐漸增強，研究的日趨細密，文學批評史作爲學科名稱才成爲問題。

〔註4〕張毅：《宋代文學思想史》，中華書局 1995 年版，第 2—3 頁。

　　再是文學批評作爲術語本身內涵的寬泛。根據韋勒克、沃倫《文學理論》一書的劃分，文學研究包括文學理論、文學批評和文學史三部分。不過這種劃分並不是絕對的，正如該書所說：「文學理論不包括文學批評或文學史，文學批評中沒有文學理論和文學史，或者文學史**裏**欠缺文學理論與文學批評，這些都是難以想像的。」〔註5〕實際上我們的中國文學批評史研究，也不能僅僅歸屬於其中的某一部分，它既可以置於文學批評，也可以放到文學理論，甚至可以分屬於文學史。著名美籍華裔學者劉若愚則認爲，上述三分法中的文學批評實際上指的是批評實踐，而一般說的文學批評往往包括了理論探討和實際批評二者，因此他贊成二分法，即將文學研究分爲文學史和文學批評兩大塊。在此基礎上，劉若愚對文學批評又作了進一步的劃分，具體如下：

一、文學的研究

　　A　文學史

　　B　文學批評

　　　1、理論批評（Theoretical criticism）

　　　　a　文學本論（Theories of literature）

　　　　b　文學分論（Literary theories）

　　　2、實際批評

　　　　a　詮釋（Interpretation）

　　　　b　評價（Evaluation）

二、文學批評的研究

　　A　文學批評史

　　B　批評的批評

　　　1、批評的理論批評（Theoretical criticism of criticism）

　　　　a　批評本論（Theories of criticism）

　　　　b　批評分論（Critical theories）

　　　2、批評的實際批評（Practical criticism of criticism）

　　　　a　詮釋（Interpretation）

　　　　b　評價（Evaluation）〔註6〕

〔註5〕韋勒克、沃倫：《文學理論》，劉象愚等譯，三聯書店1984年版，第32頁。
〔註6〕劉若愚：《中國文學理論》，杜國清譯，臺灣聯經出版事業公司1985年版，第

　　劉若愚的這個劃分注意到了文學批評的各個層面，這種科學的精神是很值得稱道的。不過，從文學批評史研究的角度看，這個劃分仍未表明批評史研究的具體內容。假如我們約定文學批評一詞包括理論探討和實際批評雙重含義，那麼文學批評史無疑應該包括對理論史和批評史的研究，然而，將文學批評史與批評的批評同歸屬於文學批評的研究，與文學的研究相並列，似乎又將理論史的研究置於文學批評史之外。看來，不論怎樣約定，在具體使用時，文學批評與文學理論仍有不容混淆的一面，有其特定的意義。依我們之見，文學批評史的研究實際上包括了上述劃分中第一部分 B 項「文學批評」的全部內容，同時還有第二部分 B 項「批評的批評」的全部內容，甚至文學史的研究也不能完全排除在外。具體些說，文學批評史的研究包括：1、歷史上的文學本論和文學分論；2、歷史上的批評本論和批評分論；3、歷史上的批評實踐。這**裏**說的文學本論，指有關文學本質的討論，而文學分論，則是諸如創作論、風格論、技巧論、鑑賞論等具體理論問題。批評本論、分論與此相類，指對批評本體的界定和關於批評原則、標準、方法等的探討。

　　所以，問題的關鍵不在如何劃分，而在如何界定。如果我們在較爲寬泛的意義上使用文學批評，則文學批評史的研究內容自然包括批評史和理論史，這似乎亦無不可。當年羅根澤著《中國文學批評史》就是這樣處理的，他將文學批評分爲狹義和廣義兩種情況，狹義的文學批評指「文學裁判」，廣義的文學批評則包括批評理論和文學理論。依羅根澤的本意，中文的「文學批評」一詞，並不與西文的 Criticism 對應，且不雅訓，應改爲「文學評論」，以「評」表示文學裁判，「論」表示批評理論及文學理論，只是文學批評一詞已然沿用成習，故其書也就名爲「文學批評史」了。〔註7〕不過，這畢竟只是一種權宜之計，一種通融的辦法，由於學科分類越來越細，考慮到文學批評一詞在實際使用中可能造成的歧義和誤解，人們有理由要求學科名稱準確地反映出學科實際的研究內容，名實相符。既然客觀上存在著文學批評、文學理論，乃至文學思想的差異，則以文學批評史囊括一切當然不是科學的辦法。

　　還有一點必須提到，那就是文學批評史與文學史、文學理論的關係。儘管我們可以粗略地將文學研究劃分爲文學史、文學批評和文學理論三部分，但若就文學批評史的實際研究內容而言，它很難完全歸屬爲其中某一

　　2—3頁。
〔註7〕參見羅根澤《中國文學批評史》，上海古籍出版社 1984 年版，第5—10頁。

部分。不錯，從道理上說，文學批評史自然應屬於文學批評，然而細思起來，問題卻並不如此簡單。舉個例子，諸如文學風格學、文藝心理學，毫無疑問屬於文藝理論學科的研究範圍，但中國古代文學風格學、中國古代文藝心理學是否就應該劃在文學批評史的名下，不屬於文學理論呢？又如研究古人關於作家作品的評論，到底是文學史研究的對象，還是批評史研究的對象？文學理論著作在討論文學觀念或某個範疇時，免不了要追溯中國古人有關此問題的見解；而編寫文學史的人，也不會完全將古人的文學觀念（例如文筆之辨）和批評理論置於自己的視野之外。可見，在文學批評史和文學理論、文學史之間，並不存在一條明顯的界限，這種研究領域的相互滲透給文學批評史的學科定位帶來了困難，文學批評史既有其相對的獨立性，又與文學史、文學理論密不可分。質言之，中國文學批評史既不能與文學史、文學批評和文學理論並列爲文學研究的第四部分，又難以完全隸屬於文學史、文學批評或文學理論三者之一，這使得該學科常常處在一種不知所從的邊緣地帶。

實際情況正是如此，近年來，屢屢會聽到這樣的意見，認爲既然已有中國古代文學史、文藝學學科（或博士點），再單設中國文學批評史似乎無此必要。這種意見不能說毫無道理，不能完全歸因於對中國文學批評史的輕視。因爲，從古代文論研究隊伍的構成來看，純粹只從事中國文學批評史研究的人並不太多，大多數研究者不是從文學史的角度，就是從文學理論的角度來研究批評史。而且這種現象由來已久，早期批評史的編撰便與文學史有著十分密切的關係，同時也不乏著眼於理論借鑒者（詳下）。所以，儘管實際的研究成果足以與其它學科並列，但中國文學批評史的學科定位仍是一個有待於進一步探討的問題。

當然，我們指出文學批評史學科的跨界性或者說邊緣性，並不是要否定該學科的相對獨立性，而是爲了更好地認識文學批評史作爲一門獨立學科的特殊性，認識文學批評史特殊的意義和價值，從而更有利於學科的建設和發展。因此，由這種跨界性或邊緣性入手，結合對研究目的、對象與範圍的考察，將有助於我們在與相關學科的聯繫與區別中確立文學批評史的學科個性，澄清以往在此問題上的若干困惑。同時，也只有當我們對古代文論研究的對象與目的進行考察，明確其特殊性所在之後，我們才有可能爲該學科選擇一個能夠反映出學科特性、包容學科研究內涵的適當名稱。

二、對象與目的

　　一般說來，對某一學科性質的界定往往與其特定的研究對象、目的有著直接的關聯，某一學科之所以異於其它學科，在很大程度上取決於其研究對象和研究目的。那麼，中國文學批評史（姑且先用此名稱）特定的研究對象、目的是什麼呢？

　　在考察中國文學批評史的研究對象之前，我們有必要先明確研究內容、研究對象、研究範圍這三個詞的具體所指。依我之見，這三個詞雖然常常混用，但實際所指不外兩個方面：一是學科涉及的理論範圍，二是研究所據的材料範圍。當我們說古代文論的研究包括古代文學理論、文學批評、文學思潮時，我們實際上是在說古代文論研究的理論範圍；而當我們說古代文論研究包括先前文論著作中以理論形態出現的材料、以經驗形態出現的材料，乃至文學作品中體現出來的文學思想、審美價值取向時，我們實際上是在說古代文論研究所據的材料範圍。就前者而言，使用研究內容一詞似乎更爲適宜，研究對象固然也包含這層意思，但容易與後者相混，不如研究內容明確；就後者而言，則不妨就用研究材料來指稱，這樣不至於與研究內容相混。不過，在實際的表述中，人們常常以研究對象一詞兼指上述兩個方面，既已相沿成習，亦不必強求一律，此處說明這一點，只是爲了有助於我們區分問題的不同層面，將學科特性認識得更清晰一些。

　　基於這個認識，總結古代文論七十年來研究的實際情況，我們可以將該學科的研究內容與研究材料臚列於下。

　　一、研究內容

　　　　1、中國古代文學批評

　　　　　　A　批評理論（批評本體、原則、標準、方法）

　　　　　　B　批評實踐（作家作品評論）

　　　　2、中國古代文學理論

　　　　　　A　文學本論（文學觀念、文學功用）

　　　　　　B　文學分論（創作論、技巧論、形式論、通變論、鑒賞批評論）

　　　　3、中國古代文學思想

　　　　　　A　文學思潮

　　　　　　B　文藝論爭

4、中國古代文論的民族特色

    A 古代文論體系

    B 理論傾向、形態等諸方面的特徵

這只是一個一般性的劃分，從研究手段或側重點著眼，我們還可以有另一種劃分：

1、資料整理

    A 原著的校點、註釋、翻譯及有關史實的考訂

    B 索引、類書、辭典等工具書的編撰

2、理論研究

    A 史的研究

        a 綜合性的文學理論批評通史

        b 側重某一方面的通史，如批評史、理論史、思潮史

        c 斷代史

        d 分體文學理論史

        e 專題史

        f 範疇史

    B 論的研究

        a 專人、專著研究

        b 重要命題、範疇研究

        c 中外比較文論研究

        d 跨學科研究

3、學科史研究

兩種劃分，雖然角度不同，但都屬於古代文論研究的內容。顯然，古代文論研究的內容是極為豐富的，所涉及的研究領域也是異常寬泛的。

二、研究材料

1、具有較強理論色彩的文論專著。

2、收入傳統詩文評中的，包括詩話、詞話等評論性論著。

3、散見於別集中的談論詩文及其它文學樣式的書信、箚記、隨筆。

4、詩文詞曲專集和小說、戲曲的序、跋、評點。

5、體現在總集、選本中的文學思想、批評觀念。

6、以文學作品的形式存在、直接表現作者文學主張的作品。

7、間接表現作者文藝思想的文學藝術作品。

8、散見於歷史、哲學、宗教、文化典籍中的相關材料。

9、口頭流傳的民間故事、傳說中隱含的文學思想。

10、代表一定時期審美觀念、趣味、風尙的藝術品。

　　這也還說不上就是全部研究材料，只能說沒有大的遺漏。〔註8〕總之，無論從研究內容還是從研究材料來看，中國文學批評史作爲學科名稱實在不足以包舉上述這一切，尤其是經過七十餘年的發展，學科的研究內容和研究材料較之早期有了明顯甚至是巨大的拓展，遠非昔日可比。就現實的研究而言，不要說中國文學批評史作爲學科名稱過窄，就是中國文學理論批評史也難以完全涵蓋。

　　我們再看研究目的。

　　在早期古代文論研究者的心目中，撰寫中國文學批評史的目的，首先是作爲文學史研究的一個分支，用來印證文學史。譬如郭紹虞在其《中國文學批評史》初版自序中便表示：他屢次想編著一部中國文學史，考慮到這是一項巨大的工作，故「縮小範圍，權且寫這一部《中國文學批評史》」。「我只想從文學批評史以印證文學史，以解決文學史上的許多問題，因爲這——文學批評，是與文學之演變有最密切的關係的」。〔註9〕王瑤在五十年代初也表示過類似的意見：「我們現在研究批評史，不但不能把它和文學史的發展脫離來看，而且文學批評史正是一種類別的文學史，像小說史、戲曲史一樣，因此，不能只從形式上找相當於文學批評的概念的材料，而須考察在歷史發展中文學所受的相當於批評的影響。」〔註10〕除此之外還有另一個目的，那就是通過對古代文論的研究進而探討一般的具有普泛性的文學原理。與郭紹虞由文學史而治批評史不同，《中國詩學大綱》的作者楊鴻烈撰寫該書的動機，「本是想編一本《文學概論》」，同樣是因爲範圍過大，最後才縮小爲中國詩學。楊鴻烈說他「最崇信摩爾頓（Richard Green Moulton）在《文學的近代研究》所說的：普遍的研究——不分國界，種族；歸納的研究，進化的研究。但這種奢念，只得希望將來了」。〔註11〕可見，尋求古今中外共通的文學規律是楊

〔註8〕關於研究材料，羅宗強、盧盛江還提到應包括石刻中有關古文論、古文論家的記載，見《文學遺產》1989年4期《四十年古代文論研究的反思》一文。

〔註9〕郭紹虞：《中國文學批評史》，商務印書館1934年版，第1、2頁。

〔註10〕王瑤：《中國文學批評與總集》，《光明日報》，1950年5月10日。

〔註11〕楊鴻烈：《中國詩學大綱》，商務印書館1928年版，第3頁。

鴻烈的最終追求。羅根澤著《中國文學批評史》，則兼有上述兩種意圖。他在該書的《緒論》中寫道：「我們研究文學批評的目的，就批評而言，固在瞭解批評者的批評，尤在獲得批評的原理；就文學而言，固在借批評者的批評，以透視過去的文學，而尤在獲得批評原理與文學原理，以指導未來文學。所以我們不能只著眼於狹義的文學批評的文學裁判，而必需著眼於廣義的文學批評的文學裁判及批評理論與文學理論。」同時，批評史研究之於文學史也有重要意義，「欲徹底的瞭解文學創作，必借助於文學批評；欲徹底的瞭解文學史，必借助於文學批評史」。〔註12〕

中國文學批評史研究的這兩個基本目的──印證、瞭解文學史和幫助、促進文學理論建設，到了五十年代以後有了一些變化：一是理論建設的重要性逐漸超過了印證文學史，二是於理論建設中強調理論的民族特色。這種變化一方面意味著學科重心的轉移，另一方面也是學科趨於獨立的標誌。郭紹虞在談古代文論研究時曾經指出：「當某種學科尚未成為一種獨立學科時，它常是附在它的鄰近學科中的。」〔註13〕文學批評史正是如此，早先的詩文評在圖書分類中只是排在附屬位置，故朱自清謂詩文評作為文學批評的老名字還有其歷史的意義，「老名字代表一個附庸的地位和一個輕蔑的聲音──詩文評在目錄裏只是集部的尾巴。原來詩文本身就有些人看作雕蟲小技，那麼，詩文的評更是小中之小，不足深論。」〔註14〕就是在批評史的草創時期，也還尚未完全與文學史分離，不但其目的在於印證文學史，而且在歷史分期問題上也與文學史相一致。由文學批評史轉向文學理論史，學科的獨立性才日趨明顯。

從七十年代末開始，古代文論的研究目的又多了一項新的內容：提高民族自信心。不過，這與其說是古代文論的研究目的，不如說是研究意義或作用。順帶說一句，正如我們混用對象、範圍去指稱研究內容和研究材料一樣，我們也很少有意識地區分研究目的和研究意義，而實際上這兩者是不宜等同的。大量的西方文論的譯介所造成的衝擊和震撼，使我們繼五十年代之後再次感到有必要大力弘揚本民族的文學理論遺產，以避免文學理論上的失語

〔註12〕羅根澤：《中國文學批評史》，上海古籍出版社1984年新版，第7、11頁。

〔註13〕郭紹虞：《關於中國古典文學理論批評研究的問題》，見《照隅室古典文學論集》（下編），上海古籍出版社1983年版，第540頁。

〔註14〕朱自清：《詩文評的發展》，見《朱自清古典文學論文集》（下），上海古籍出版社1981年版，第543頁。

症。1979 年，郭紹虞在《關於古代文學理論研究中的幾個問題》一文中提出：
「研究古代文論不只是建立民族化的馬克思主義文藝理論的重要前提，也是
提高民族自信心的必要條件。」徐中玉《研究古代文論的作用》（1983 年）
則認爲，即便研究的結果只是證明某些西方文論的見解在我國古已有之，這
種研究仍有必要，因爲它可以給那些對自己民族文化歷史缺乏瞭解，缺少民
族自信心、自豪感的人擺出眞憑實據。〔註15〕此後，強調古爲今用，強調文
學理論的民族特色，建設具有民族特色的馬克思主義的文藝學，以及增強民
族自信心便成爲古代文論研究的一致的指導思想。

　　然而，到了八十年代末，開始有人對這種單一化的研究目的提出質疑。
羅宗強、盧盛江發表於 1989 年第 4 期《文學遺產》的《四十年古代文學理
論研究的反思》開篇就討論研究目的，該文認爲，研究古代文論對於建立具
有民族特色的馬克思主義文藝理論體系無疑是有益的，但研究目的並不止於
此，它還可以幫助我們更眞切地理解古典文學的特質，把審美情趣和自己民
族悠久的審美傳統銜接起來，可以幫助我們瞭解、研究歷史。簡言之，古代
文論研究的目的不止在於現代，同時也在於歷史，「有時候，對於歷史的眞
切描述本身就是研究目的」。這篇文章提出的問題是值得重視的，其所以值
得重視，一是主張研究目的的多元化，打破單一封閉的研究格局，而這與新
時期以來古代文論研究領域的拓寬是相一致的；二是強調古代文論研究與文
學史的關係，強調研究的歷史性，這實際上應該看作是在更高層次上的對早
先批評史研究目的的一種回歸。當然，文章並不是要人們放棄從理論角度的
研究，而只是指出過分強調純粹從理論角度研究、古爲今用的偏頗。

　　綜上所述，古代文論的研究目的主要有二：

　一、面向歷史

　　1、印證文學史及幫助瞭解其它相關學科的歷史

　　2、描述古代文論的歷史面目

　二、面向當代

　　1、建設具有民族特色的馬克思主義文藝學

　　2、探求古今中外共通的文學規律

〔註15〕郭、徐文均收入華東師大文學所編的《中國古代文論研究方法論集》，齊魯書
　　　　社 1987 年版。

通過對古代文論研究對象與目的的梳理，我們發現，與學科發展伴隨而來的，是研究領域的拓寬，研究目的的多元化，而這必然導致了學科的裂變，正如當年由文學史中分化出文學批評史一樣，若干原屬於批評史（廣義）的子學科也分化出來，形成與批評史（狹義）並駕齊驅的局面。縱的研究與橫的研究雙峰對峙，批評史、理論史、思想史三足鼎立，這的確是到了該給學科正名的時候了。可是，我們能將這些縱橫交錯且不斷擴展延伸的研究內容完全囊括在一個有限的名目中嗎？如果不能，那我們就必須選擇：要麼仍沿用舊名，或略作改變，稱爲中國文學理論批評史，衣服雖然窄小了些，勉強也還能穿上；要麼就乾脆去掉總稱，量體裁衣，分爲批評史、理論史、思想史三個或更多的學科，這也未嘗不可。

更好一些的辦法或許是，仍舊根據文學史、文學批評、文學理論這個通行的劃分，將批評史、理論史、思想史分別歸屬於文學批評、文學理論、文學史研究。這是否意味著取消學科的獨立性呢？並非如此。實際上，正是由於這種取消，具體學科才得到相對的獨立，從而更有利於學科的發展與深化。我們必須承認，博士點的設置並不總和學科分類完全一致，而常常取決於某一學科在特定時期的影響。從學科的規範化來看，我們既然沒有給國別文論史設博士點，則中國文學批評史博士點的設置只能說是一個例外，儘管有其可以理解的理由，卻不宜作爲判定中國文學批評史學科獨立性的依據。依我之見，倒是不妨給文學批評（評論）設置博士點，將中國文學批評史作爲其研究方向，恐怕更合理，也更適應整個文學研究的需要。

三、研究方法

研究方法應該說取決於研究對象和目的，在這個意義上說，方法論似乎是後於研究對象和目的的，但在另一方面，新方法的運用對於學科創建又有著極爲重要的，有時甚至是決定性的作用。著名學者湯用彤論玄學曾說：「新學術之興起，雖因於時風環境，然無新眼光新方法，則亦只有支離片斷之言論，而不能有組織完備之新學。故學術，新時代之托始，**恒**依賴新方法之發現。」〔註16〕五四以後文學批評史能夠迅速發展成爲一門新學科，與新方法的引入同樣有著直接的關聯，誠如朱自清所說：詩文評雖古已有之，但究竟

〔註16〕湯用彤：《言意之辨》，《湯用彤學術論文集》，中華書局 1983 年版，214 頁。

還處在附庸地位，「若沒有『文學批評』這個新意念、新名字輸入，若不是一般人已經能夠鄭重的接受這個新意念，目下還是談不到任何中國文學批評史的」。〔註17〕這裏說的名詞輸入，實際上包含了觀念和方法的意味。早期研究者借鑒於西方文論的，主要不是具體某一派、某一家的觀點學說，而是西方文論的科學態度與實證精神，或者說，是一種邏輯的分析的方法。這成爲中國文學批評史學科建立的重要前提。

　　進入五十年代以後，馬克思主義文藝學作爲指導思想和研究方法對整個文學研究產生了巨大而深遠的影響，在古代文論研究領域同樣如此。儘管在該方法的具體運用上還存在著簡單化、教條化的毛病，但是應該看到，作爲馬克思主義文藝學哲學基礎的歷史唯物主義和辯證唯物主義的確具有普遍的指導意義，其所要求的將問題置於一定時期的經濟、政治環境中予以考察，從文學與經濟、政治及其它意識形態諸因素的聯繫中尋求現象之後的規律，對於古代文論研究的深化無疑會有積極的促進作用。如果我們不將馬克思主義文藝學等同於蘇聯文論模式，不將其視爲僵死的教條去生搬硬套，而是在領會其精神實質的前提下，結合中國古代文學理論的實際來進行研究，那將會使我們的古代文論研究較之先前有一個質的飛躍。這也是爲六十年代以後的研究所證實了的。六十年代的古代文論研究所以不同於先前的研究，馬克思主義文藝學方法的運用是一個相當重要的原因。所以，我們不應由於先前的某些失誤而懷疑馬克思主義文藝學方法的普遍有效性，視之爲過時的東西，而應根據研究對象的特殊性予以靈活運用。我們承認，馬克思、恩格斯、列寧、毛澤東等是不曾談到中國的古代文論問題，馬克思主義文藝學也是在考察、總結西方文學傳統的基礎上建立起來的，然而，沒有提供問題的現成答案，並不等於說就沒有方法論的指導意義。平心而論，對於指導包括古代文論在內的社會科學的研究，馬克思主義哲學仍有其不可替代的價值。

　　就古代文論研究的現狀而言，如何看新方法的引入、新方法與傳統方法的關係或許更爲人們關注。正如我們在第一章討論古代文論研究歷史時指出的，新方法的引入，對於八十年代以來古代文論研究的繁榮有著直接的促進作用，尤其是在開拓研究視野，擴大研究領域以及深化對具體問題的認識等方面，產生了積極的影響。方法的多元化是八十年代以來古代文論研究的最

〔註17〕朱自清：《詩文評的發展》，《朱自清古典文學論文集》，上海古籍出版社1981年版，第544頁。

重要的特徵之一。然而，新方法的引入也帶來了一系列的問題，諸如簡單比附，強爲牽合以至成爲缺乏歷史依據的空論，純粹爲印證某種新方法而實無新意的對古代文論的演繹，還有將本來簡單的問題複雜化、晦澀化，以艱深文淺易等。這些問題的存在，說明我們對新方法的理解、運用還不夠純熟，還不能很好地將新方法與研究對象的特殊性有機地結合起來，所以，有關方法論問題的討論也就成爲近年來古代文論研究反思的一項重要內容，收入《中國古代文論研究方法論集》和散見於報刊上的不少文章，都特別就此問題提出了各自的看法。

討論的中心主要集中在三個方面：一是如何看待新方法與傳統方法的關係；二是古代文論的現代闡釋與歷史本眞如何統一；三是宏觀研究與微觀研究哪一個更爲重要。

所謂傳統方法，包括中國古代傳統的研究方法和馬克思主義文藝學的研究方法。在八十年代初期，人們曾對新方法寄以厚望，傾注了極大的熱情，事實上新方法的運用也確實給古代文論研究注入活力，然而，隨著新方法弊病的日益明顯，人們又回過頭來，重新估量傳統方法的價值。經過一番嘗試後，人們不得不承認，儘管若干新方法，如精神分析方法、原型批評、形式主義、結構主義等在某些方面不乏獨到之處，但仍須與社會─歷史批評方法結合起來以避免其偏頗，或彌補其不足；另一方面，文學及文學理論所具有的意識形態性，如果與社會、政治完全脫離，其研究也難以眞正深入下去，古代文論作爲一種歷史的存在，更是要求研究者將對象置於一定的社會歷史環境中予以考察，才能爲探本之論。因此，馬克思主義文藝學仍具有重要的指導意義。至於傳統的考據之學，鑒於新方法運用不當所造成的空疏之弊，同樣得到研究者尤其是老一輩學人的重視。還在八十年代初，王元化就不止一次提出應給乾嘉學派以公正的評價，主張考據之學不可廢棄。他說：「目前有些運用新的文學理論去研究古代文論的人，時常會有望文生解、生搬硬套的毛病，其原因就是由於沒有繼承前人在考據訓詁上的成果而發生的。」所以，「對於缺乏訓詁、校勘、考證、版本研究等方面知識的人，確實應該學一些乾嘉學派的著作，加強自己的基本功。」當然，王元化並不贊成「回到乾嘉學派」這樣的口號，以古釋古，他眞正要求的乃是新舊方法的結合。〔註18〕總之，新方法與

〔註18〕參見王元化《用科學態度研究古代文論遺產》、《論古代文論研究的三個結合》，載《中國古代文論研究方法論集》，齊魯書社 1987 年版。

傳統方法應該互補而非互斥，應該在馬克思主義哲學文藝學的指導下借鑒、運用新方法，這是近年來大多數研究者比較一致的看法。

　　從五十年代開始，在古爲今用思想的引導下，爲著建設具有民族特色的馬克思主義文藝學的需要，對古代文論作現代闡釋自然成爲主要的研究傾向。到了八十年代，新方法的運用，比較詩學的介入，以及尋求跨越中西文學的共同規律被作爲研究目的之一，更爲古代文論的現代闡釋提供了充分的理由。古代文論的經驗性、零散性、模糊性等特徵決定了對之進行現代闡釋的必然性，只有經過這種現代轉換，古代文論才能服務於今天的社會現實，才能融合到現代文論之中。同時，古代文論若要走向世界，豐富世界文學理論，爲別的民族所接受，也必須經過這種現代轉換。這應該是沒有異議的，問題在於，當我們對古代文論進行現代闡釋時，總會或多或少地、自覺或不自覺地削弱乃至喪失了其自身的個性，在一定程度上變形走樣。研究者們當然都希望避免簡單比附、生搬硬套，然而，對不同歷史文化語境中生成的，反映了不同文學傳統的觀念、範疇、命題互爲訓釋，要想完全對應，這幾乎是不可能的。不得不作現代闡釋而又力圖保留歷史本眞，既要尋求共通性又要堅持獨特性，古代文論研究者在此陷入了一個兩難之境。於是，如何協調二者的關係，在兩難之間尋找一個理想的折中點，便成爲當前研究者頗爲關注的話題。

　　宏觀研究與微觀研究的關係亦然。雖然並非絕對如此，但心儀新方法者，多看重宏觀的研究；偏愛舊方法者，多傾向微觀的研究。另外，著眼於論者多取宏觀，著眼於史者多取微觀。這種方法與目的的分野在一定程度上形成了宏觀研究與微觀研究的對峙。從歷史上看，微觀研究較占上風，諸如史料的考訂，術語的辨析，具體理論家和專著的研究等，已取得了不少可觀的成果，同時也形成了相對穩定的研究模式。但正因爲如此，宏觀研究才成爲必要，成爲古代文論拓展研究領域、超越自身的有力手段。與看待新方法與傳統方法的關係相似，研究者們儘管各有側重，卻都一致承認宏觀研究與微觀研究互有長短，難分軒輊，因而二者的關係同樣應該是互補而非互斥。南帆文章的見解是有代表性的：宏觀研究與微觀研究同樣重要，因爲，「宏觀研究中理論性總結的準確與否同微觀研究的範圍與細緻程度成正比例，它們將互相依賴地向兩極擴展。假如宏觀研究不以大量的微觀研究作爲基礎，那只能是一種毫無根據的空談；同樣，那些卓有成效的宏觀研究，也必將促使微觀

研究走向縱深──這正是兩種研究之間的辯證關係」。〔註19〕

　　或許是受長期以來一元化思維定勢的影響，即使是到了研究目的、方法已經形成多元並存格局的今天，我們仍免不了要去確定目的的主次，劃分方法的優劣。我們總試圖找出最根本的目的、最適合的方法，在兩可之間找一個最佳的結合點，以為這樣才最有利於學科的發展。但事實卻非如此。不同的研究方法互有短長，有各自的適應範圍，選擇什麼樣的研究方法，主要取決於研究目的；而不同的研究目的往往反映了不同的現實需要，在這個意義上說，目的和方法的多元化其實是頗為正常的。另外，不同研究者自身的主觀條件也有差異，有各自的專長，這無疑會影響到他對研究方法的選擇。所以，從總體上說，我們或許可以規定目的的主次，方法的優劣，但具體到單個的研究者，卻不應強求一律。在《四十年古代文學理論研究的反思》一文中，羅宗強已經明確談到這一點：「四十年來的歷史經驗已經告訴我們，單一的方法只能造成這一學科的停滯、閉塞狀態，只有方法的多樣並存、互相競爭、互相補充，才能使這一學科繁榮起來。」「什麼時候我們把不同方法並存看作自然現象，互相尊重，什麼時候我們的古文論理論研究就有可能進到一個新的天地。」這種通達的見解，正是古代文論研究成熟心態的表現。

四、研究主體

　　關於研究主體還有必要再說幾句。

　　首先我們必須正視一個基本的事實：目前從事古代文論研究的，大體上可以分為兩部分，即由文學理論研究轉向古代文論研究的理論型人材，和由文學史研究轉向批評史研究的史實型人材，就是那些一直從事批評史或理論史研究的，實際上也有各自的側重，不是偏於史，便是偏於論，真正史、論皆長者畢竟罕見。這種隊伍構成的雙重性還可從其所屬部門看出：除了幾個博士點之外，絕大多數科研單位和高校極少設置中國文學批評史研究室或教研室，相當一部分古代文論研究者不是隸屬於文藝理論，就是隸屬於古典文學。當然，隸屬於文藝理論教研室者未必不能從事史的研究，隸屬於古典文學教研室者未必不能從事論的研究，然而，這種研究部門的分別多少會對其研究方向、手段產生一定的影響，並進而影響到學科的性質和特徵。我們前

〔註19〕南帆：《我國古代文論的宏觀研究》，見《中國古代文論研究方法論集》第124頁。

面討論研究對象、目的、方法時曾一再提到多元化，這應該說和隊伍構成的雙重性不無關聯；另一方面，學科的跨域性、交叉性，似乎也可以在一定程度上由此得到解釋。所以，古代文論研究隊伍的構成，是我們討論學科性質時不能忽略的問題。

　　我們注意到，早期的古文論研究者大多具有較好的理論素養和紮實的國學根底，這爲他們從事古代文論研究、開創中國文學批評史學科奠定了重要的基礎。人們或許會有這樣的看法，認爲早期研究者主要憑藉的是對史料的熟悉，其成就也主要是在古文論資料的爬梳整理上，這其實不確。客觀地說，早期古文論研究者對於當時流行的西方文藝理論都有相當的瞭解，而且這種瞭解還不是根據翻譯過來的二手材料，正如陸海明指出的：「這門學科的奠基者和開拓者在當時正是一批勇於接納新思潮的中青年學者。劉永濟、陳鍾凡、郭紹虞、羅根澤、方孝岳、朱東潤等前輩學者，都是對文學理論採取開放性眼光的探索者。」陸海明舉了郭紹虞撰寫《藝術談》，介紹當時世界藝術主要流派等例子，說明他們在開始編撰中國文學批評史之前，已有一個「充分的理論準備階段」。〔註20〕我們看這一時期編著的文學批評史，會發現一個共同之處，即大多闢出專章，討論、界定諸如文學、文學批評、中國文學批評這樣一些基本的範疇、概念，而決定如此安排的，是一種強烈的科學意識，和借鑒西方文學理論來考察分析中國傳統文學思想的研究思路。譬如陳鍾凡提出「以遠西學說，持較諸夏」，而其論文學批評所附之參考書目，則有溫切斯特的《文學批評原理》（Winchester： *Principles of Literary Criticism*）、摩爾頓的《文學的現代研究》（Mouldon：*The Modern Study of Literature*）、哈德遜的《文學研究導論》（Hudson：*An Introduction to the Study of Literature*）等。楊鴻烈《中國詩學大綱》追溯西方詩學史，提到了古希臘的亞里斯多德，中世紀的普羅提諾斯、朗吉弩斯、賀拉斯，文藝復興時期的丹納，以及近代英國的阿諾德（Arnold）、布卻爾（Butcher）、柯爾文（Colvin），美國的蓋耶勒（Gayley）、司克特（Scott）、阿爾丹（Alden），法國的格魯（Geruzez）、布格得（Bourget）、德國的哈德曼（Hartmann）、黑格爾等。羅根澤在其《中國文學批評史·緒言》中不滿於英人森次巴力（Saintsbury）對文學批評種類的劃分，作了更爲詳盡的剖析，並將中國之文學批評與西方文學批評予以對比，指出二者的差異。這些都表明古代文論研究的先驅者們的確盡可能站在當時文學理論所達到的

〔註20〕　陸海明：《古代文論的現代思考》，北嶽文藝出版社1988年版，第7—9頁。

高度，而非只是一般地編排羅列材料。至於說在今天看來觀點陳舊，那並不足怪，朱自清當年曾公正地指出：「現在寫中國文學批評史有兩大困難。第一，這完全是件新工作，差不多要白手成家，得自己向那浩如煙海的書籍裏披沙揀金去。第二，得讓大家相信文學批評是一門獨立的學問，並非無根的游談。換句話說，得建立起一個新的系統來。這比第一件實在還困難。」〔註21〕要建立起一個新的系統，使文學批評史成為一門獨立的學科，沒有相當的理論修養是無法想像的。

　　同樣，古代文論研究在八十年代的長足發展，固然離不開特定的社會、政治和學術因素，也與研究者知識結構的變化相關。如果說早期的古代文論研究主要借鑒的是西方古典文論和近代文論，那麼新時期以來的研究在觀念和方法上都是現代西方的，這種理論的更新和視角的轉換直接促進了研究的深入與拓展。另外，在材料的佔有上，新時期的研究者也較先前有明顯的優勢，儘管這種優勢不一定表現為研究者自身的學養。

　　對於今天的古代文論研究者來說，更應該強調提高自身的研究素質。說句實在話，古代文論研究發展到今天，要想再有重大的突破，堪與前人比肩的創獲，的確具有相當的難度。在經歷過昨日的輝煌之後，人們普遍有一種學問已經做完的感覺。批評史已出至八卷本，三、四流的理論家、論著也差不多刨了一個遍，視角一再更換，方法不斷翻新，材料的收羅雖不敢說詳盡，但起碼已沒有重要的遺漏。這頗有些像從前宋人面對唐詩時的感受，但詩歌創作還可以另闢蹊徑，別出手眼，唐詩以情、韻見長，宋詩則以理、味取勝，古代文論研究又如何超越前人，超越自身呢？靠補缺檢漏，在前人沒有涉足或較少論及之處「填補空白」不失為一條路子，也確屬必要，但那不是從根本上解決問題的辦法。今天的研究者若想超越前人，拓寬研究領域，深化研究課題，恐怕首先必須在研究素質上高於前人，具備更高的視點，更為寬闊的眼界，或者說，不論是理論素養還是治學方法都有自己的獨到之處，這才可望傲視前人。

　　遺憾的是，實際的情況並不那麼樂觀。與早期的研究者相比，年青一代學人在理論知識上或許不無優勢，但若就對中國傳統文化的瞭解，對文學史、作品的熟悉，則相去甚遠。普遍輕視材料的考訂梳理，缺乏認真踏實的學風，成為這一代研究者的通病。就是在瞭解掌握西方現代文學理論方面，也未能真正消化吃透，一知半解、生吞活剝的現象時有發生，相應地，在借鑒西方

〔註21〕《朱自清古典文學論文集》，上海古籍出版社 1981 年版，第 539－540 頁。

文學觀念、方法研究中國古代文論時，簡單比附、褒貶失據的毛病也不鮮見。所以，自八十年代初以來，學風問題就引起有識之士的注意，若干回顧古代文論研究史、考察現狀或討論研究方法的文章都特別談到這一點。如牟世金《古代文論研究現狀之我見》一文指出：當前研究隊伍存在的矛盾是：「精於古者拙於今，長於論者失於史，偏者多而兼者寡」，「這種狀況不僅在短期內難以完全改變，且有繼續擴大的傾向」。張少康在其《古代文論研究的現狀和發展問題》中概括了學風不正的四種表現：輕率概括、實用主義、輾轉引用、望文生義，以之爲影響研究深入的主要障礙。〔註22〕

　　學風不正，根源在於研究者素質的低下，而要提高研究者的素質，除了在理論修養和國學根底兩方面下大功夫外，還必須有一種通才意識。一般說的理論修養，主要指文學理論方面的修養；而所謂國學根底，則主要指傳統的小學，即文字訓詁和版本、材料的考證之類，但實際上這只能說是基礎的基礎，研究古文論的入門條件而已。對於當今的研究者，應該還有更高的要求。就知識結構而言，在傳統方面，他必須較爲深入、廣泛地瞭解中國古代社會的性質和整個文化構成，包括歷史、哲學、宗教、文學、藝術等等；在現代方面，則必須熟悉馬克思主義哲學、美學，西方自古希臘以來文學、藝術理論和審美思潮的發展流變，乃至世界文學史、藝術史，以及中國現當代文學、文學理論等等。就治學方法而言，首先是思維方式的現代化，其次是研究手段的現代化。這樣，古代文論研究才有可能在縱向上打通古今，在橫向上融匯中外，成爲一種綜合的、立體的研究，克服古今斷裂、史論脫離等不足，實現古代文論研究自身的超越。

　　還有一個至關重要的因素必須提到，那就是研究者應該有一種學術研究的自主意識。七十年的古代文論研究給我們留下很多深刻的教訓，其中很重要的一條，是缺乏學術研究的相對獨立性。作爲一門學科，其研究往往與一定時期的政治關係過密，削弱以至喪失了研究的學術品格；作爲研究個體，則不免趨風逐流，人云亦云，因而儘管熱鬧一時，卻未能留下多少眞正具有學術價值的成果。清人葉燮論詩人素質，有「才、膽、識、力」之說，移以論治學，我們的研究者並不乏才、力，但於膽、識二字則多少有些欠缺，這對於學科發展是非常不利的。缺少膽識，也就難以產生學術上的眞知灼見，難以形成研究者本人的學術個性。前車之鑒，我們不該再重蹈覆轍。

〔註22〕牟世金文載《文學遺產》1985 年第 4 期，張少康文載《求索》1988 年第 2 期。

第三章　對中國古代文論特性的認識

　　在早期的研究者那**裏**，中國古代文論的個性或者說民族特色並沒有引起太多的關注。儘管他們都有一種尊重歷史，還歷史以本來面目的意願，但面對如此紛紜雜陳的古代文論史料，他們的當務之急是對之進行梳理、編排，爲之構築一個適當的理論框架，使之得以顯豁，得以清晰。相對說來，他們更爲關注具體問題的闡釋辨析，所謂還歷史以本來面目，也更多的是指不曲解古人，而非從總體上來認識古代文論的特徵。郭紹虞以「照隅隙」爲追求，羅根澤主張由博返約，正代表了這種研究傾向。因此，雖然多少也涉及到這方面的問題，卻沒有形成討論的熱點。

　　到了五十年代末，隨著理論界對一味照搬蘇聯文論不滿的萌生，繼而提出整理中國古代文論以建立有民族特色的馬克思主義文藝學，人們才開始有意識地去考察研究中國古代文論自身的特徵。不過，這個時期對此問題的研究還只是著眼於局部，著眼於若干中國古代文論特有而爲西方文論、蘇聯文論所無的範疇、概念，如意境、比興、風骨之類，還未能從總體上去認識中國古代文論的特殊性。進入八十年代以後，對中國古代文論特徵的研究才眞正全面展開，形成了一時的熱潮。而所以如此，原因大概有三：一是有鑒於五、六十年代研究的不足。這種不足直接影響到當時文學理論的民族化的浮淺與生硬，因而更全面深入地研究便成爲必要。二是西方現當代文論的大量譯介。一方面，作爲對西方文論撞擊的一種反彈，國人很快意識到應該加強對本民族文論特性的研究，以免重蹈先前盲從的覆轍；另一方面，對西方文論發展的更全面的認識，客觀上也爲進一步探討中國古代文論的特殊性提供了必要的參照系。三是實行改革開放後的特定國情。鄧小平同志提出的建設

有中國特色的社會主義這一根本國策，對當代中國各個研究領域都產生了極為深遠的影響，與當代中國文藝學研究的發展趨勢正相吻合，這自然會推進對中國古代文論特色的研究。所以，全面深入地探討中國古代文論的特色，並與建設具有民族特色的馬克思主義文藝學聯繫起來，在八十年代中期形成熱潮，且成為古代文論研究中一個頗為重要的課題。在 1983 年和 1985 年召開的中國古代文學理論學會第三、第四兩次年會上，探討中國古代文論的民族特點都被作為會議中心議題之一，人們對古代文論特點的關注，於此可見一斑。

那麼，中國古代文論的民族特色為何？我們應怎樣理解、評判這種（些）特色？

一、研究的意義與方法

為什麼要研究中國古代文論的民族特色，怎樣認識中國古代文論的民族特色，以及從什麼角度、採取什麼方法來進行研究？這是我們首先關心的。

不錯，短短幾年間，圍繞中國古代文論的民族特點問題，報刊上發表了數量可觀的文章，而新撰寫的文學批評史、理論史或研究中國詩學及其它文體理論的專著，也都不約而同地辟出章節來討論民族特徵。我們的確給予這個問題以相當的重視，提出了不少很有價值的見解。然而，正如羅宗強在 1989年指出的：我們對古代文論民族特色的研究「還不適應理論論證的嚴密性要求，在理論分析中往往表現出那種模糊不清、感想式的毛病」。「我們提出了許多特點，可是這些不同特點其實並不屬於相同的範疇」，譬如古代文論、文學批評、文學思想各自的民族特點，理論傾向與理論形態的民族特點，理論體系與理論範疇的民族特點實際上都應有所區別。因此，「在古文論民族特點的研究中，我們必得首先規範範疇，明確研究對象，才有可能從感想式進到邏輯嚴密的理論研究的層次」。〔註 1〕應該說，羅宗強指出的問題是具有普遍性的，要求研究必須邏輯嚴密，也是切中肯綮之見，問題是，我們的研究何以會止於感想式、隨意性的一隅之論而缺少整體的把握、透闢的分析？是傳統的思維定勢使然，抑或還有別的原因？相應地，上述問題的解決，是否只需要在研究方法上作些改進便能奏效？

〔註 1〕 羅宗強、盧盛江：《四十年古代文學理論研究的反思》，《文學遺產》1989 年第
　　　 4 期。

從表面上看，上述問題的癥結似乎只是混淆了研究對象的不同層面，未能從總體上予以把握，但實際上並非如此。在理論分析的散亂、浮淺後面，是我們對古代文論的民族特色這一概念本身未能予以準確的界定，或者說，對於究竟什麼是古代文論的民族特色，我們在理解上還存在著偏差。

有必要明確，古代文論民族特色作為一個概念本身的內涵，與古代文論民族特色的具體表現二者並不相同，然而又有著極為密切的聯繫，我們在何種意義上界定古代文論的民族特色，將直接影響到對其具體表現的理解。另外，這兩個問題的實質也是不同的，對於前者，我們需要澄清：所謂古代文論的民族特色，究竟是只為中國古代文論所獨有的若干特徵，還是既體現了某種古今中外共通的文心，同時又具備獨特的表述形式的部分？也就是說，只是其特殊性，還是某種普遍性與特殊性的統一？對於後者，我們則需要區分不同的層面：是理論體系本身的特徵，還是在一些具體問題上的特殊表現？是整個中國古代文學理論的總體特徵，還是只屬於某些特定領域的具體特徵？

所以，研究古代文論民族特色的第一步，應該是對概念內涵的界定，而如何界定，在很大程度上取決於我們研究古代文論特徵的目的，並由此決定我們研究的視角和方法。

上一章曾討論過古代文論研究的雙重目的，即印證文學史和建設現代文藝學理論。比較而言，研究古代文論民族特徵的目的，似乎更偏重於新理論的建設，使之具有鮮明的民族性，真正立足於中國的文學現實，這差不多是我們自五十年代末以來研究的出發點。從這個角度來看問題，我們對古代文論特徵的理解，自然容易傾向共通性與特殊性的統一。道理很簡單，既然我們的目的在於建設一種涵蓋古今中外的文學理論，能夠用來解釋古今中外的文學現象，那麼我們便不能不對共通性予以特殊的注意，不能不將特殊性放在較為次要的位置，只有這樣，我們才可能將中國古代文論的若干內容納入新理論的框架，使之成為新理論的有機組成部分。如果把中國古代文論與西方文論看作兩個各自獨立但又部分相交的圓，則我們關注的重心，無疑應落在兩個圓相交的部分。至於其餘的部分，儘管確屬特殊性，由於缺少廣泛的適應性，對於新理論的建設並沒有太大的意義。正是出於這樣一種考慮，一方面，早期的文藝理論民族化所做的，只是將一些能夠印證西方或者蘇聯文學理論的古代文論概念、命題插入既有的理論框架之中；另一方面，在研究

中國古代文論的民族特徵時，人們更多關注的是理論形態方面的差異。

然而，進入八十年代以後，隨著研究視野的開闊和對先前理論民族化工作的反思，上述研究思路開始受到懷疑。事實上，雖然我們將中國古代文論與西方文論看作兩個部分相交的圓不會引起異議，但在確定相交的部分究竟有多大這個問題上，卻很難求得一致。如果這部分足夠大，那就意味著中西文學理論之間並不存在明顯的差異；相反，如果相交部分遠遠小於不相交的部分，則說明中西文學理論有著本質上的不同。對此問題的不同認識將直接影響到對古代文論特徵的理解。如果我們贊成前一種觀點，那麼古代文論的民族特色便只是局部的、外在的；而如果我們持後一種觀點，則古代文論的民族特色就應該是整體的、內在的。的確，中西文論總體上究竟是同多於異，還是異多於同，這不是一個憑臆測便能確定的問題，但恰恰是對此問題的探討，使我們對古代文論民族特色的理解進入到一個更深的層面。我們越是考察古代文論在理論形態上的特殊性，具體命題、概念的特殊性，我們就越是感到有必要追問產生這些特殊性的內在根源，越是感到有必要探討中西文論的基本差異。同時，我們也就越是感到，對於研究中國古代文論的民族特色，兩圓不相交的部分應該更為重要。只有從特殊性入手，我們才能真正認識自身，才能為理論的民族化提供堅實的支點，改變先前那種貌合神離的點綴鑲嵌式的做法。

從純粹歷史研究的角度來看，對古代文論特殊性的研究較共通性似更為重要。作為中國古典文學史研究的一個分支，古代文論研究在總結古代文學規律的同時，無疑還應該考察分析其歷史特徵，即使這種考察分析的意義僅在於歷史。因此，從理論體系根本特徵，到具體範疇、命題的特定內涵，乃至理論表述的特殊形式，都必然成為研究的重點。理論的共通性固然重要，但不應替代對特殊性的研究，沒有對特殊性的研究，我們對文學史、文學理論史的認識將流於浮泛和一般化，失卻歷史的本來面目。

所以，不論是出於建設具有民族特色的馬克思主義文藝學理論的需要，還是為了正確認識古代文論的歷史面目，印證文學史，我們所說的古代文論的民族特色，應該是就古代文論的特殊性而言，是指中國古代文論從體系到範疇，從理論傾向到理論形態等不同層面、不同側面的一系列特徵的總和。至於共通性與特殊性的統一，與其說是古代文論的民族特徵，不如說是我們希望建設的現代文學理論應該具有的品質。

可以從三個層面來認識古代文論的特徵：1、理論體系本身的特徵；2、文學本論的特徵；3、文學分論的特徵。也可以從不同側面來認識古代文論的特徵，如理論傾向、思維方式、論述角度、表現形態等等。當然，不同層面之間的特徵是相互滲透、相互依存的，而且這種特徵也須從不同側面來予以描述，正因為如此，我們才主張古代文論的民族特徵是這一系列特徵的總和。提出特徵的不同層面和不同側面，目的在於使我們對古代文論特徵的考察概括趨於完整，避免以偏概全，各執一端的弊病，同時也有助於梳理多年來我們對此問題的研究所得，使之歸於有序。這樣，儘管很多見解是隨意性、感想性的，儘管視角不同，觀點各異，但若能合而觀之，予以科學的定位，則這些見解仍有其價值在，能夠使我們對中國古代文論的總體特徵有一個基本的認識，並可看出研究的薄弱環節，明確今後進一步研究的方向。

二、古代文論體系的特徵

考察古代文論體系的特徵，前提是承認中國古代文論有自己的理論體系，但直到現在，理論界對此問題仍存在分歧，故仍有予以辨析的必要。

中國古代文論有沒有自己的理論體系，這取決於我們對體系的理解。如果以西方傳統學術眼光對體系的要求來評判，我們很容易得出中國古代文論沒有理論體系的結論，當年朱光潛認為「中國向來有只有詩話而無詩學」，所持的依據便是「零亂瑣碎，不成系統」，「缺乏科學的精神和方法」；〔註2〕現在有些人不承認古代文論體系的存在，同樣是有見於古代文論的零散、缺少思辨性。的確，與西方文論家不同，中國古代文論家們大多並不熱心於構築自己的理論體系，像《文心雕龍》那樣被後人譽為「體大思精」著作實在是鳳毛麟角。中國古人也很少有意識去做一個職業理論家或職業批評家，在他們，討論文學問題或從事文學批評只是一種業餘的愛好，而不會成為終身的事業。所以，就大多數單個的中國古代文論家的著述而言，其理論視野所及，往往只是文學活動過程中的某個方面、某個環節；對於文學的本質這個在西方文論家看來至關重要的問題，中國古人很少去追問，他只就具體問題發表意見，並不考慮要選擇一個適當的理論框架來容納。另一方面，中國古代文論著作較少鴻篇巨制，而多為單篇專論，更為常見的，則是以詩話、序跋、書信、箚記、

〔註2〕 朱光潛：《詩論·抗戰版序》，《朱光潛美學文集》卷二，第3頁，上海文藝出版社，1982年版。

注疏等形式存在的隻言片語，這一事實也容易成為否定古代文論體系的依據。

然而，如果我們的著眼點不是體系的外在要求，而是體系的精神實質，就是說，不是看有無邏輯嚴密的結構，條分縷析的論證，篇幅浩繁的著述，而是追問：1、中國古代文論是否有自己對於文學本質的理解，2、是否有與之相關的文學分論，3、是否有文學理論賴以產生的哲學基礎和文學傳統，那麼，我們就不會輕率地否認古代文論體系的存在。如果我們的著眼點不是單個的文論家，而是整個中國古代文論，那麼問題的關鍵就不是某個古文論家是否綜論全部文學現象，是否採取自上而下的方法構築起屬於他本人的理論體系，而是整個中國古代文論是否有某種一以貫之的東西，有其大體一致的對於文學的基本看法，以及它對於文學現象各個環節的認識是否有一個中心指向。顯然，如果這樣來考慮問題，我們就應該承認中國古代文論的確自成體系，儘管這個體系在很多方面不符合西方傳統的學術標準，但這恰恰說明，中國古代文論體系有其特殊的理論內涵與表現形式。總之，只要我們不是從西方文化中心論或邏各斯主義角度來看問題，中國古代文論體系之存在本不難得到證實。著名學者季羨林最近指出：「我們中國的文藝理論不能跟著西方走，中西是兩個不同的思維體系，用個新名詞，就是彼此的『切入』不一樣。舉個簡單的例子，嚴滄浪提到『羚羊掛角，無跡可求』，這種與禪宗結合起來的文藝理論，西方是沒法領會的。再說王漁洋的神韻說，『神韻』這個詞用英文翻譯不出來。袁子才的『性靈』無法翻譯，翁方綱的『肌理』無法翻譯，至於王國維的『境界』你就更翻不出來了。這只能說明，這是兩個體系。」〔註3〕無法翻譯不只是一個語言學問題，也不只是範疇、術語層面的問題，而是生成於兩種文化語境中的理論體系的異質性所致。

從表現形式來看，中國古代文論體系不象西方文論那樣外在顯豁，那樣條理清晰，可以憑藉分析去剝露、抽繹出內在的邏輯結構，而表現為一種難以分解的無序或渾沌。這一點已為不少研究者指出，並視為中國古代文論體系的重要特徵。在有關此問題的各種概括中，我以為「潛體系」這個提法似更能表明中國古代文論的體系特徵。

所謂潛體系，是相對於西方文論體系而言，如果我們將西方文論體系稱之為顯體系的話，那麼中國古代文論體系便可以看作是一種潛體系。因此，

〔註3〕季羨林：《東方文化復興與中國文藝理論重建》，《文藝理論研究》1995年第6期。

潛體系的含義包括了兩個方面：一是說中國古代文論儘管有豐富的內容、深邃的思想，但尚未盡脫感性形態，缺少系統的、邏輯的表述，因而給人以零散、片斷之感，其體系隱含在對具體文學問題的見解之中；二是說在單個的中國古代文論家那裏，很少對文學現象做出整體的把握，而只是就其關心所及，對文學現象的某一方面進行探討，然而，綜合這些單個的、片斷的探討，我們不難窺見一個自成體系的理論構架。李壯鷹《中國詩學六論》曾引杜甫詠小魚詩「白小群分命」說明這一點：「歷代文論家所留下的大量的隻言片語，有的是偏重於文學的外部規律，有的則偏重於內部特質，有的從本體角度上來論述，有的則從創作或欣賞角度上來論述。這就好比那些細碎的『白小』，從許多角度上緊緊簇擁著一個核心，構成了我們民族傳統文論體系的生命。這個體系，是一個潛體系，也就是說：一元性的體系潛在於許多時代、許多人的多角度的論述之中，嚴整的體系潛在於零散的材料之中。」〔註4〕有必要指出的是，潛體系不同於前體系，前體系意味著尚未形成或上升爲體系，意味著理論還處在一種有待成熟的發展階段，而潛體系則只是表明理論體系的存在形態，並不否認這種理論已具備其體系。換句話說，前體系多少有一些否定的意味，潛體系則接近於客觀的描述。

與這種體系的潛在性相關的是中國古代文論範疇、概念的模糊性。一般說來，中國古代文論範疇、概念很少象西方文論那樣作嚴格的界定，有其明確的指向和規定的使用範圍，而常常表現爲寬泛、多義、不確定甚至是不可言說。譬如上文所引季羨林語便表明這一點。這既與文學傳統、中國古人的思維方式有關，也與古代文論的體系特徵相一致。從古代文論範疇、概念的構成方式來看，一個很突出的特點是「象喻」，即借助於具體的物象來指稱或隱含某種抽象的意蘊。《易·繫辭傳》云：「古者包犧氏之王天下也，仰則觀象於天，俯則觀法於地，觀鳥獸之文與地之宜，近取諸身，遠取諸物，於是始作八卦，以通神明之德，以類萬物之情。」這種取譬於人身或事物以表明形上之道的方法，幾乎成了中國古人描述事物、討論問題的基本原則，從哲學理論範疇到文學理論範疇，差不多都是這樣一種方式的產物。正是由於這類範疇、概念並未完全脫盡感性色彩，不同於純粹的抽象概念，故有人稱之爲類概念或亞概念。其實，這仍是由西方學術眼光得出的結論。就中國古人的本意而言，他們並不認爲絕對抽象是把握對象本質的最佳辦法，相反，不

〔註4〕李壯鷹：《中國詩學六論》第35頁，齊魯書社，1988年版。

脫感性色彩似乎倒更能顯示對象的全部內涵，更能反映對象的真實狀態。老子之所以反復形容描狀道，謂「有物混成」，「無狀之狀，無物之象」，莊子之所以將「未始有物」「未始有封」視爲「知」的最高境界，以至《易傳》認爲「聖人立象以盡意」，可以說都是基於此種認識。

範疇的模糊性與體系的潛在性互爲表裏，一起構成了中國古代文論外在的基本特徵，而直接決定這一點的，是古代文論體系的特定內涵。

關於古代文論體系在內容上的特點，理論界一度比較流行的觀點是表現說或抒情說，即相對於西方文論偏於再現、敘事而言，中國古代文論明顯偏於再現或抒情。這種看法不爲無理，也的確抓住了中國古代文論的部分特徵，但認真說來，所謂再現與表現、抒情與敘事，仍是依西方文論模式來對中國古代文論進行歸類，恰如以古典主義、現實主義、浪漫主義來劃分中國古典文學流派一樣，仍不免有方枘圓鑿之弊。實際上，中國古代文論雖然確有較爲明顯的表現性或抒情性特徵，但若就此判定古代文論體系特徵爲表現性或抒情性，則未爲探本之論。

按照艾布拉姆斯（M.H.Ablams）的說法，不同的文論體系實際上決定於它們對文學四要素，即世界、作品、藝術家、欣賞者之間某一環節或某一因素的關注程度。著眼於世界與作品關係的，爲模仿理論；著眼於欣賞者與作品關係的，爲實用理論；著眼於藝術家與作品關係的，爲表現理論；而對作品本身單獨進行考察的，爲客體理論。艾布拉姆斯認爲，所有西方藝術理論都不出這四種基本類型。〔註5〕中國古代文論當然也不乏這四種理論的因素，但中國古代文論從總體來看，並不屬於四種理論中的任何一種。究其原因，恐怕是由於中國古人對於「世界」和「文」的含義及其二者關係的理解與西方不同所致。在中國古人看來，作爲文學四要素之一的世界首先不是外在於人的自然界或社會現實，不是人的活動、事件，甚至不是自然景物或社會存在，而是隱藏在這一切之後的某種不可言喻的神秘底蘊。文學並不模寫世界，而只是其神秘底蘊的一種外化形式。另一方面，中國古人所說的文，含義極爲寬泛，舉凡見之於文字的一切著述，都屬於文的範疇，甚至文字之外的一切文化，也都同屬於文，都是世界之神秘底蘊的外化形式。這就是中國古人的「文源於道」的觀念。在我看來，較之表現說或抒情說，古老的原道說似更能體現中國古代文論的體系內涵，更宜於作爲這個體系的核心。

〔註5〕參見艾布拉姆斯的《鏡與燈》一書之第一章，北京大學出版社，1989年版。

　　將原道說作爲中國古代文論體系的核心，不只是因爲原道文學觀爲很多古代文論家所取，從《文心雕龍》到清代的桐城派古文都持這一觀點，更因爲它爲中國古代文論提供了一個開放性的理論體系。由於各家對道的具體內涵的不同解釋，或者說，由於道這一範疇本身的多義性、流變性，使得以原道說爲核心的理論體系擁有了極大的容量，也爲後人在祖述前說的同時有所發揮提供了可能。在文源於道這個基本前提下，並不妨礙歷代文論家們強調文學的社會功能，強調文學的抒情特徵，強調文學的審美本性，或強調文學對現實的模寫職能。而且，當理論家們做出這樣或那樣的解釋時，他並沒有偏離原道文學觀的基本原則，這恰恰是中國古代的模仿理論、實用理論、表現理論、客體理論有別於西方文論的根本緣由。

　　由原道文學觀出發，在創作理論上，中國古人提出了感物言志和觸物起興的觀點。感物說認爲，作家詩情文意的萌生，得之於客觀景物的感發。表面上看起來，這很有些接近我們今天所謂現實生活對文學創作的決定作用，而實際上，感物說仍是以「天人同構」、「以類相召」等觀念爲其內在支撐的，它的立足點還是人與自然的同一，人事和自然變化的同一。也就是說，仍是基於對世界、道、人三者特殊關係的認識。興作爲感物所得，並不是對客觀事物性狀的認識，而是對事物所蘊涵的形上意味的體驗和把握。所以，古人每每強調感興可遇而不可求，非人力所能左右，從而主張屏除一切主觀欲望，保持內心的空澈澄明，虛而應物，以天合天，在與物爲一中去體驗道、把握道。至於藝術傳達，則不過是將此種體驗予以呈現。不難看出，這樣一種創作觀，與西方之再現說、表現說在實質上有著明顯的差異。

　　在作品論上也是如此。中國古人並不將作品視爲一個自給自足的整體來進行研究，雖說在古代詩、文論中不乏對寫作技巧的探討，諸如修辭、聲律、用典、結構等，但大多被看作是雕蟲小技或初學門徑。理論家們很少撇開作品的內容，撇開作品與外部因素的關聯來研究作品，在他們看來，作品應該是形上之道賴以顯現的物質載體，亦即貫道之器，因此，他們更爲關注的是言外之意、象外之象，所謂「超以象外，得其環中」（司空圖語）。既然文之佳處在虛而不在實，這就使得諸如「韻味」、「興趣」、「意境」等範疇在古代文論中佔有極爲特殊的位置。

　　與此相聯繫，中國古代文學鑒賞理論主張對作品作整體的直覺把握，要求超越語言形象等物質手段，去領會那不可言喻的神秘底蘊。既然作品不過

是得魚之筌，渡河之筏，那麼只有捨棄筌筏，才能眞正進入鑒賞的極境。和西方文論重視作品的認識價值不同，中國古人並不奢望由作品去認識世界，形似與否是無關緊要的，重要的是傳達出對象內在之神。而對於欣賞者來說，文學鑒賞並不是以現實爲尺度去印證作品，甚至不是留連於作品外在形式的精美；最好的作品是化工而非畫工，是妙造自然，與自然爲一，最好的鑒賞則是目擊道存，無言獨化。〔註6〕

三、文學本論特徵

由原道說所決定，中國古人對文學本體的理解突出表現爲雜文學或泛文學意識。正如我們在第一章曾經說過的，早在五十多年前，朱自清先生已經注意到這一點，認爲不宜以西方的純文學觀念來規範中國古代文學。八十年代中期討論古代文論的民族特色時，又有人提出：「中國古代文論是雜文學理論。中國古代文學思想史，是雜文學觀念發展史。」〔註7〕儘管這一見解並未引起人們足夠的注意，但雜文學觀念的確是一個不容忽視的歷史事實，而且對整個中國古代文學和文學理論產生了重大而久遠的影響。

韋勒克在其《比較文學的名稱與性質》一文中曾指出：今天歐洲人所說的「文學」一詞，源於拉丁語的 Literatura，直到十八世紀，這個詞的含義，仍然指的是「博學」或「一切訴諸於文字的知識」，還沒有具備「創作的文體」這一現代的含義（也未曾具備其特有的美學價值）。西方文論史上的這一現象，與中國古代的情況極爲相似。所不同的是，在西方，自十八世紀以後，文學一詞的近代含義逐漸明顯，而在中國，則要到「五四」新文學運動之後，純文學與雜文學的區分才眞正成爲人們關注的問題。

在中國古代，「文」或「文學」的含義始終十分寬泛。雖說先秦時就有了「文學」的概念，但和我們今天說的文學並不相同。作爲孔門四科之一的「文學」，它指的是「文章」與「博學」，實際上包括了一切訴諸語言文字的東西。「文」的本義是人紋身的形貌，故許愼《說文解字》釋：「文，錯畫也，象交文，」所指實爲文飾。《周易·繫辭》也說：「物相雜，故曰文。」而「文章」

〔註6〕關於原道說與中國古代文論關係的進一步的討論，可參看拙文《原道說和中國文學理論》，《上海文論》，1991 年第 5 期。

〔註7〕黃保眞：《漫談中國古代文論的歷史特徵》，《學術研究》（廣州）1984 年第 1 期。

的「章」字，含義亦與文相似。《周禮・考工記》道：「畫繪之事，雜五色。……青與赤謂之文，赤與白謂之章。」可見「文章」原爲圖案、文飾、文采之意。在這個意義上，「文」或「文章」的應用範圍也是非常之寬泛的，從天文地貌直到人類創造的一切文明，都可以稱之以「文」。而之所以如此，和原道文學觀念有著直接的聯繫。劉勰在《文心雕龍・情采》中將「文」分爲三類，認爲「立文之道，其理有三：一曰形文，五色是也；二曰聲文，五音是也；三曰情文，五性是也。五色雜而成黼黻，五音比而成韶夏，五情發而爲辭章，神理之數也。」所謂「神理」，也就是《原道》篇說的「道」。在劉勰看來，「文」雖有形文、聲文、情文即美術、音樂、辭章之分，但其本原都離不開道，都是道之文。在這樣一種思想的指導下，文學的含義自然被泛化了。宋人孫複《答張洞書》道：「夫文者，道之用也，道者，教之本也。故文之作也，必得之於心而成之於言。得之於心者，明諸內者也；成之於言者，見諸外者也。明諸內者，故可以適其用；見諸外者，故可以張其教。是故《詩》、《書》、《禮》、《樂》、《易》、《春秋》皆文也，總而謂之經者也，以其終於孔子之手，尊而異之耳。斯聖人之文也。後人力薄不克以嗣，但當佐佑名教，夾輔聖人而已。或則列聖人之微旨，或則名諸子之異端，或則發千古之未寤，或則正一時之得失，或則陳仁義之大經，或則斥功利之末術，或則揚聖人之聲烈，或則寫下民之憤歎，或則陳天人之去就，或則述國家之安危，必皆臨事摭實，有感而作，爲論，爲議，爲書、疏、歌、詩、贊、頌、箴、解、銘、說之類。雖其名目甚多，同歸於道，皆謂之文也。」這段話，雖說不無道學氣息，但頗能代表中國古人對「文」的看法。從曹丕的《典論・論文》開始，即將所論之文囊括了奏議、書論、銘誄、詩賦四科八類，實際上涵蓋了幾乎大半文體。陸機《文賦》亦然，詩、賦、碑、誄、銘、箴、頌、論、奏、說均在其中。劉勰《文心雕龍》更是集其大成，其文體論二十五篇論及詩、賦、史、傳、論、說等各種文體三十三類，這還不包括若干附類。值得注意的是，這些論著都作於「文學的自覺」的時期。一直到清人劉熙載寫作《藝概》，於詩、文、賦、詞曲之外，還要加一個「經義概」。所以，中國古代文論始終缺少一種純文學意識，而其理論也帶有極爲明顯的雜文學理論特徵。

應該指出，中國古人不是沒有做過努力，他們也試圖在所謂美文與實用文之間劃出一條界限，但是，由於原道觀念的影響，這種努力常常只著眼於文學與非文學的外部形式。漢魏以來的文筆之辨，就很能說明這種嘗試。漢

人於先秦文史哲不分的「文學」一詞之外，又提出了「文章」的概念，用以指辭賦等較富文采的作品，而原有的「文學」則專指儒學或泛指一切學術著作。這個區分顯然是著眼於外部形式的。其後魏晉之際，又對文學、文章作了進一步的劃分，從文學中分出儒與學，從文章中分出文與筆。文、筆劃分的依據，劉勰在《文心雕龍・總術》中有一個說明：「今之常言，有文有筆，以爲無韻者筆也，有韻者文也。」這仍是外在形式的劃分。唐以後，文筆之分漸次爲詩筆之分，詩文之分所取代，但這仍然表明，中國古人始終沒有給狹義的文學以一個確切的定義。

與雜文學觀念相聯繫的，是中國古代文論對文學在道德倫理方面的教化作用的極度強調。這也爲不少論者所指出，諸如「尙用說」、「政教中心論」、「功利意識」等，都是就此而言。從原道觀衍生出來的文學理論極爲自然地將人倫教化作爲文的當然職責。《易傳》說得很清楚：「觀乎天文以察時變，觀乎人文以化成天下。」從根本上說，人文不過是對天地萬物自然秩序的一種擬取，一種人爲的比附，因此，人文首先不是別的，而是包括了禮、樂、刑、政在內的一整套社會意識形態。這一方面導致了文學觀念的泛化，另一方面則突出了文學在道德倫理方面的教化作用，突出了文學作爲社會意識形態所具有的共性的一面。「禮樂刑政，其極一也，所以同民心而出治道也。」這是中國古人關於文藝功用的一個很有代表性的觀點。曹丕稱文章爲「經國之大業」，陸機說得更爲具體：「伊茲文之爲用，固眾理之所因，恢萬里而無閡，通億載而爲津。俯貽則於來葉，仰觀象乎古人。濟文武於將墜，宣風聲於不泯。」清人顧炎武在《日知錄》中，特設「文須有益於天下」一條，認爲：「文之不可絕於天地間者，曰明道也，紀政事也，察隱也，樂道人之善也。若此者，有益於天下，有益於將來，多一篇多一篇之益也。」即使在詩歌、戲曲、小說理論中，類似的觀點也可謂俯拾即是。如白居易作《新樂府序》，將詩歌視爲「補察時政，泄導人情」的工具，主張「爲君、爲臣、爲民、爲物、爲事而作，不爲文而作。」李漁《閒情偶寄》論戲曲，也認爲戲曲的功用在於勸善懲惡，所謂「借優人說法，與大眾齊聽。」至於梁啓超論小說，更是明確著眼於小說的社會作用，這只要看他那篇《論小說與群治之關係》的篇名即可窺出其用心所在。總之，在中國古代文學理論批評史上，無論是推崇文學還是貶低文學者，鮮有不是從文學的社會作用方面來立論的，這正好說明文學的教化作用在中國古人心目中的地位。

　　當然，說中國古人強調文學的社會作用，帶有明顯的功利意識，並不等於說他們完全漠視文學的審美價值，只是相對說來，古人更傾向於將政教作用置於審美作用之上。與西方文論相比，中國古人較爲突出美與善的統一，而較少討論美與善的相對獨立，因此，縱觀整個中國古代文論，很少有完全脫離內容來強調純形式的主張，象西方文論中的唯美主義、藝術至上的見解可以說極爲罕見。即使是六朝那樣一個被後代視爲形式主義的時期，文論家們也沒有完全撇開內容去探討形式。相應地，「文質彬彬」、「美善相樂」成爲古代文論中占主導地位的觀點。

　　同樣是基於原道說的影響，中國古人以自然天成爲評判作品藝術成就的終極尺度。在西方文學理論中，作品即是創作物，是創作的結果，是作家心智活動的產物。據說在古希臘文中，詩人一詞的本義就是創造者。中國古代文論家們卻不作如是觀。在他們看來，既然文源於道，而道法自然，因此，文作爲道的外化，它理所當然地應該分有道的這一根本特徵，從而以自然天成爲文學創作的極致。所謂自然天成，在這裏包含了兩層意思：一是說中國古人反對有意爲文，主張自然生成；二是說在藝術傳達過程中儘量呈現事物的原初狀態，保存其鮮活的自然本性。

　　劉勰《文心雕龍·原道》特別指出：「心生而言立，言立而文明，自然之道也。」龍鳳虎豹、雲霞草木等之所以千姿百態，並不是某種外在的力量使然，而是它們本來如此：「夫豈外飾，蓋自然耳。」詩人的創作亦然，《明詩》篇道：「人秉七情，應物斯感；感物吟志，莫非自然。」這就是說，文應該是自然生成的，天文地理如此，人文也不例外。感物言志，這是人的天性的自然表現，惟其如此，才能寫出好的詩文。所以，劉勰在其創作論中主張爲情造文，不以力構。這個自然成文的觀點可以說是中國古代文論的一個傳統，成爲歷代詩人作家創作的一致追求。從六朝人對「清水芙蓉」之美的推崇，到宋代蘇軾謂文當如水之流動，隨物賦形，蘇洵講「風行水上，自然成文」，直至清末王國維以自然爲五代北宋詞及元曲的突出特徵，都表明這一傳統的影響。應該說明的是，中國古人雖然極爲強調自然生成，反對有意爲文，但他們並非完全漠視人的作用。正如老子主張「無爲而無不爲」，莊子主張「既雕既琢，復歸於樸」一樣，強調自然生成的中國文論家們所要求的實際上是自然不廢人爲，人爲不失自然。也就是說，人完全可以在順應自然規律的前提下從事自己的創造，從而使人工的產物仿佛出自造化之手，具備自然之美

的一切特性。唐代柳宗元在其《種樹郭橐駝傳》中借郭橐駝之口說了一句經驗之談：「順木之天以致其性」。這既是種樹之理，也可移以論藝。「順木之天」，就是適應事物的自然本性，不違自然，才能與造化同功。古文論中所謂絢爛之極，歸於平淡，所謂無法之法，是爲至法，即可作如是解。

強調自然天成，在中國古人那裏還意味著儘量傳達出對象全部的風神韻致，既狀難寫之景如在目前，又含不盡之意見於言外，給讀者以完整的審美感受。這被看作是化工之文的一個重要特徵。莊子說：「素樸而天下莫能與之爭美」，「淡然無極而衆美從之」。所謂「素樸」、「淡然無極」，除了指不假雕飾、不事人爲之外，更強調了保存事物原初狀態的重要意義。這種原初狀態是眞，是全，是無物無我、無主無客的渾一，也是那個不可名言的常道的存在方式。它代表了至高無上的美。正如道不可訴諸名言一樣，這種素樸之美也是不能訴諸語言文字的，因爲一旦訴諸語言文字，它就不再是那個完整渾一的素樸了。然而，文學畢竟不能沒有語言文字，不能沒有人的參與。一方面，無語不成詩文，離開了語言文字這個傳達媒介，文學便無從談起；另一方面，文學並不就是言語文字本身，語言文字不過是它的物質載體。宋人姜白石說得好：「文以文而工，不以文而妙，然舍文無妙。」文之妙處不在文字，但又不離文字。中國古人很早就明確意識到語言文字在傳達表現上的與生俱來的侷限，並在承認這種侷限性的前提下來探討如何超越它從而保存對象的完整。

中國古人認爲，要保存傳達對象的完整鮮活，必須注意兩個方面的問題。一是在觀物方式上，應破除以人爲中心的觀物方式，採取以物觀物，亦即以自然的眼光去看待自然，而不要以人之是非、人之好惡去對自然作評判取捨。主體應從現場退隱，或者溶入客體，使對象以原先的狀態呈現出來。二是在藝術傳達上，中國古人突出了形象的意義。與西方文論著眼於形象的具體可感性不盡相同，中國古人之重視形象，乃是因爲它更接近事物的原初狀態，具有完整的內涵與鮮活的特徵。在古人看來，無論怎樣完美的文字表述，總是有缺憾的，總是對素樸狀態的一種破壞，而借助於象則可以避免這種缺憾。因此，在不得不使用語言文字的時候，他們要求盡可能出之以象，盡可能不作理性的分析判斷；要求作品具有言外之意、味外之旨，以不全求全，以模糊求清晰，以不說出示說不出，以有限傳達無限。中國古代詩文之所以揚簡抑繁，貴淡輕濃，之所以偏愛賦、比、興等手法，也就爲此。

將文學本論、文學分論的特徵與體系特徵截然分開，事實上幾乎是不可能的，只能說是側重點不同而已。是否可以這樣理解：體系特徵是就古代文論的總體而言，而文學本論特徵只涉及文學觀念。圍繞文學觀念，恐怕主要包括三個方面的問題，即如何區分文學與非文學，文學的功用為何，以及優秀的文學作品應該具備的根本特徵。本節正是循此思路，梳理了中國古人對上述三個問題的最具代表性的觀點，以見出古代文論在這一層面上的若干特徵。

四、文學分論特徵

可以從兩個角度來考察、概括中國古代文學分論的特徵：一是分別考察其各個文學分論，諸如創作論、作品論、批評論、文體論、文學發展觀等，看其具體的表現為何；二是將古代文學分論作為一個整體，綜合進行考察，以其共有的傾向為文學分論特徵。為了使我們的考察、概括不致過於零散，這裏採用後一種方式。

依我之見，中國古代文學分論特徵總體而言主要表現在三個方面：主體性、整體性、實踐性。

主體性並不就是常說的表現性或寫意性，儘管這三個概念常被人混用。表現性或寫意性一般說來只限於創作論與作品論領域，而主體性的使用範圍則要寬泛得多。主體性的含義，指對創作主體、接受主體的特殊重視，以及表現內容上的偏重主觀感受等。換句話說，對作家主觀因素的強調，對創作過程的關注，對讀者的尊重，對鑒賞規律的探討，加上重神、韻、境、味等，一起構成了中國古代文論中主體性特徵的具體內涵。和西方古典文論重視對客體性質的研究不同，中國古代文論更著力於探討文學的主體，而這也正是中國古代文論中創作論、風格論、鑒賞論特別發達的原因。古代創作論講得心源，講以心擊物，雖也主張遊歷名山大川，觀察社會生活，但目的卻在於人格的陶冶。在中國古人看來，美雖然是一種客觀存在，然仍有待於人的發現，故柳宗元說：「美不自美，因人而彰」；〔註8〕王國維認為：「一切境界無不為詩人設，世無詩人，即無此境界。」〔註9〕這都明確指出了審美活動中主體的作用。從重客體出發，西方文論要求逼真地再現客體的性狀，強調作

〔註8〕柳宗元：《邕州柳中丞作馬退山茅亭記》。
〔註9〕王國維：《人間詞話》。

品的認識價值，中國古代文論則不大計較是否眞實地再現了客體，而強調是否眞實地傳達出主體的感受。譬如荷馬史詩可以當作歷史去按圖索驥發掘考古而無誤，但若有誰以李白、杜甫詩爲據去考證唐代的酒價，則不免被人目爲迂腐。這與中國古代繪畫藝術的審美取向也是相通的，象王維畫雪裏芭蕉，倪雲林自謂「逸筆草草，不求形似」，所謂「意足不求顏色似」，重神略形是已。另外，象西方現代文論中新批評或形式主義文論那樣，將文本視爲獨立自足的存在而孤立地研究的做法，也不爲中國古人所取。自孟子以下，既講「以意逆志」，又講「知人論世」，以知人論世爲以意逆志的重要前提，成爲古代文學批評的主導傾向。由重主體所決定，在鑒賞的價值取向上，便是推崇神品、逸品而貶低能品，強調士氣與匠氣的區別；在鑒賞方式上，則是貴體悟、貴自得、貴直感，強調欣賞過程中的審美再創造，讓讀者有充分的自主性。事實上，古代文論中所有的重要範疇、命題，差不多都體現了主體性這一特色，如言志說、緣情說、養氣說、虛靜說以及感興、興象、興趣、滋味、意境、性靈、神韻等詩學術語，乃至道、氣這類最基本的範疇，莫不如此。即如發憤著書、窮而後工等見解，也只有從主體的角度，才能眞正把握其底蘊。

文學分論中的整體性特徵，首先是強調文學作品整體的有機構成，強調作品的生命意識。儘管在西方古典文論中也不乏關於作品結構的有機性的論述，但並不象中國古人那樣將其視爲作品成敗的關鍵。一方面，在中國古代文論有關作品構成因素的論述中，大量存在取譬人體某一部位或人的某種精神特性以論詩文的現象。如《文心雕龍・附會》：「必以情志爲神明，事義爲骨髓，辭采爲肌膚，宮商爲聲氣。」《顏氏家訓・文章》：「文章當以理致爲心腎，氣調爲筋骨，事義爲皮膚，華麗爲冠冕。」吳沆《環溪詩話》：「詩有肌膚，有血脈，有骨格，有精神，無肌膚則不全，無血脈則不通，無骨格則不健，無精神則不美。」歸莊《玉山詩集序》：「余嘗論詩，氣、格、聲、華，四者缺一不可。譬之於人，氣猶人之氣，人所賴以生者也，一肢不貫，即成死肌，全體不貫，形神離矣。格如人五官四體，有定位不可移，易位則非人矣。」顯然，在這種類比的後面，隱含了將文藝作品視爲有機的生命形式的觀念，就是說，作品之構成因素恰如生命之存在形式，各司其職，協調作用，從而使作品具有內在的藝術生命力，並表現爲一個有機統一的藝術整體。另一方面，若干用以描述作品特性的重要範疇，往往也具有渾然不可拆分的特

徵。譬如氣象、意味、風骨、神韻、格調、境界等等，恰如人之風神韻致，
圓融渾一，難以作知性的分解。當古人需要對這些範疇作進一步的說明或界
定時，往往不得不借助於象喻的方式。這也難怪，上述概念、術語大多本由
人物品評而來，自然帶有人物品評注重整體把握的特徵，同時所評論之文藝
作品又有意追求與有機體相通的存在形式，這就必然導致概念、範疇的整體
化和感性化。所以，在具體的作家作品評論中，我們經常可以看到兩種情況：
一是選取某種意象描述作家或作品的基本風貌，如清水芙蓉、錯采鏤金或沙
場老將、三河少年之類；二是選擇某個極富感性意味的形容詞以指稱其主導
特徵，如以「沉鬱」評杜甫詩，以「飄逸」評李白詩之類。應該說，這兩種
現象本身即是整體性特徵在古代鑒賞批評理論中的具體表現。

　　其次，文學分論中的整體性特徵還表現爲注重文學活動的各個環節間的
聯繫。考察中國古代文論範疇，我們很容易發現這樣一個特徵，即這些範疇
很難象西方文論範疇那樣分門別類，不少重要的範疇都具有某種跨域性。比
如氣這個範疇，既屬於作家論、創作論，又屬於作品論。興亦然，在大多數
情況下，興一般屬於創作論的範疇，如感興、情興、興會之類；但當孔子說
「詩可以興」時，他是在鑒賞論的意義上來使用的；而當嚴羽以興趣、興致
論詩時，所指則爲作品的深層審美特質。還有味，當作名詞使用時，你可以
說它屬於作品的內在構成；而當它作動詞使用時，卻又意同鑒賞批評了。誠
然，我們不妨將其加以區分，視爲不同的概念，但在這一現象後面，起決定
作用的仍是中國古人注重整體把握對象的思維特點。中國古人很少孤立地討
論文學理論的某個環節，這和西方人抓住一點，深究下去並據以建構新的理
論體系的做法大不相同。西方人強調物我、主客的對立；中國人卻重視物我、
主客的同一；西方人將本質與現象一分爲二，中國人卻認爲道不離器。因此，
在對文學活動進行考察時，中國古人更多地著眼於不同環節之間的共通性，
以免破壞整體性。他們往往將審美對象本身的特徵混同於審美主體自身的特
徵，或者是反過來，將主體的特徵看作是客體所具有的，這樣，主體範疇同
時也就成了客體範疇。也正因爲如此，古代文論很少有意識地單就某個環節
發表意見，而多是綜論性質，從曹丕的《典論‧論文》、陸機的《文賦》，到
司空圖的《二十四詩品》、王國維的《人間詞話》，不論篇幅長短，都包容了
創作、作品、批評等不同環節的理論問題。總之，注重整體把握對象，注重
事物間的相互聯繫，注重各個理論環節間的前後承續，是中國古代文學分論

的重要特徵。

　　文學分論的實踐性特徵大致包含了三方面的意思：一是說它往往從對具體作品的評論出發，進而上升到帶有普遍意義的理論；二是說它比較注重一些較為實際的問題的探討，如文體、風格、構思、語言、表現技巧等；三是表述上採取一種引而不發的方式，引導、啓發讀者自己去思考而有所得。也許是由中國古人的務實精神所決定，在中國古代文論中，很少單純地對文學本體的探討，對於這個在西方人看來至關重要的根本性問題，中國古人並未表現出多大的理論興趣，他們常常是援引前人舊說，虛設一格，隨即馬上轉入對實際問題的闡述。就連唯一一部被認為有體系的文論專著《文心雕龍》也不例外，對文學本體的探討不過占全書的五十分之一，而文體論卻占了一半的篇幅。楊明照先生曾撰文指出，史、論、評相結合，由具體到抽象，是《文心雕龍》的突出特點，也是整個中國古代文論的傳統。〔註10〕在《文心雕龍》中，文體論可以說帶有分體文學史的性質，劉勰正是從對作家作品的評論出發，進而總結、概括出具有規律性的文學理論。劉勰之後的文論家及其著述，同樣體現了這一特色，大量的詩話、詞話、曲話以及筆記、書信、序跋等，幾乎全都是著眼於實際的文學問題來進行闡述的。中國古代文藝批評家們往往本人就是作家、詩人或藝術家，一身兼創作、批評二任，因此他們的理論著述很少脫離創作實踐、脫離作家作品，而多是就當時某一引起爭論的文藝問題發表自己的意見，具有鮮明的針對性與現實性。對於初學者來說，這樣一種討論問題的方式往往能語人規矩，度以金針。事實上，這也正是理論家們著述的初衷，宋代姜夔謂其寫作《白石道人詩說》的目的：「詩話之作，非為能詩者作也，為不能詩者作，使之能詩。」這可說代表了大多數古代文論家的共同心願。相應地，在表述上，一般是三言兩語，點到為止，而不作長篇的論證或抽象的辨析。對於一些難以用語言明白界說的概念，則採用象喻的方式，在諸如風格、意境、韻味等問題上尤其是這樣。較之純理論的表述，這種方式更富於啓發性、暗示性和誘導性，同時又避免了理論闡釋不免失之抽象的缺憾。它能促使讀者自己去聯想、思考，進而獲得鑑賞批評的實際能力；它注重的對讀者悟性的自我發現，而不是讓讀者去背一些抽象的概念，記幾條空洞的原則。古人並不認為長篇大論就能解決問題，清人劉熙載自述其以「藝概」名書的用意：「顧或謂藝之條緒綦繁，言藝者非至

〔註10〕楊明照：《從〈文心雕龍〉看中國古代文論史、論、評結合的民族特色》，載《古代文學理論研究》第 10 輯。

詳不足以備道。雖然，欲極其詳，詳有極乎？若奉此以概乎彼，舉小以概乎多，亦何必殫竭無餘，始足以明指要乎！……盡得其大意，則小缺為無傷，安知顯缺者非即隱備者哉？」〔註11〕他正是看到了理論表述中全與不全的矛盾，提出「若奉此以概乎彼，舉小以概乎多」的方法，希望讀者能舉一反三，觸類旁通。換句話說，劉熙載要求於讀者的，並非只是被動的接受，而是積極的參與。

　　討論中國古代文論的特徵，不能不涉及到形成這些特徵的更深一層的根源，即中國古代社會－歷史（生產方式、地理環境）特徵所決定的民族個性、思維方式、語言特性、文學傳統等因素。

　　已經有不少文章對此問題作了較為深入的探討。〔註12〕綜合各家所論，大致可以歸結為以下幾個方面：一、以農耕為主的生產方式決定了中國古人對自然的態度是親和而非對立，也決定了中國古人以原道為核心的宇宙觀；二、以血親關係為紐帶的宗法制社會則奠定了以群體為本位的社會意識，相應地，道德倫理觀念、大一統觀念等也被予以極度的重視；三、以重整合、重直覺為特徵的思維方式使古人在觀察對象、考慮問題時偏於整體把握，並強調事物的有機統一而很少去分割對象；四、中文作為一種基於象形的表意文字，正與傳統的思維方式相適應，使其在表述上趨於渾圓、含蓄、內蘊豐富，在文學作品中尤其如此；五、由音樂發展而來的抒情詩在整個中國文學史上佔有主導性的地位，而其它藝術也都帶有強烈的表現色彩，這無疑也是形成中國古代文論特色的重要因素。顯然，這些意見對於我們深入探討中國古代文論的特色，瞭解其意義與價值是十分有益和必要的，事實上，對根源問題的關注，正是我們的探討走向深化的表現，是一種研究的必然。我們必須追問中國古代文論特色形成的社會文化根源，才可能真正認識、理解這些特色，而隨著中外文學、文化比較研究的深入與拓展，隨著比較詩學的日趨繁榮，我們對這一問題的認識將會更加完備，也更加科學。

〔註11〕劉熙載：《藝概・敘言》。

〔註12〕關於這方面的論文，較早而又有份量的如：蔣孔陽的《中國古代美學思想與西方美學思想的一些比較研究》，載《學術月刊》，1982 年第 3 期；黃保真的《漫談中國古代文論的歷史特徵》，載《學術研究》，1984 年第 1 期；陳伯海的《民族文化與古代文論》，載《文學評論》，1984 年第 3 期；鍾子翱的《中國古代文論民族特點的成因初探》，載《湖北大學學報》，1986 年第 1 期。後來一些綜論中國古代文論、古典美學的專著也都闢出專章，討論這一問題。

第四章　古代文論和現代文論

　　錢鍾書先生曾經指出：「文藝批評史很可能成爲一門自給自足的學問。」〔註1〕　這話是有道理的。對於中國文學批評史而言，如果不與現實的文學理論發生關聯，僅滿足於對史料的梳理考辨，那的確很容易形成一種封閉的研究格局，一種不講現實效用的經院之學。然而，從整個中國古代文論研究史來看，此種傾向並不十分突出。相反，有意識地將古代文論與現代文論聯繫起來，注重古代文論的現實意義，是古代文論研究史上一個相當明顯的特徵。早在 1924 年，當楊鴻烈寫作《中國詩學大綱》時，就已經明確表示：寫作該書的動機，「本是想編一本《文學概論》」，雖然最終只論及中國詩學，但《中國詩學大綱》的確不同於一般的中國詩學史，而具有通論的性質。也正因爲如此，該書的目的不止於研究中國傳統詩學，同時也希望能對當時新詩的創作有所裨益。這一點到朱光潛寫作《詩論》表現得更加明顯。儘管朱光潛認爲「中國向來只有詩話而無詩學」，然而這並不妨礙他借鑒西方詩學原理、框架、方法來整理中國傳統詩論，在此基礎上探討詩歌的一般原理。至於一般中國文學批評史的作者，實際上也是以當時的現代意識來考察、研究傳統文學理論的，只是其目的主要在史的梳理。離開了現代文論的指導，作爲一門新興學科的中國文學批評史便無從建立。所以朱自清說：「中國文學批評史的出現，卻得等到五四運動以後，人們確求種種新意念新評價的時候」。

　　可以從兩個角度來認識古代文論與現代文論的關係。就文學批評史的研究而言，這種關係主要表現爲運用、借鑒現代文學觀念、理論框架、以及方

〔註1〕錢鍾書：《中國詩與中國畫》，見《七綴集》，上海古籍出版社 1994 年版，第 1
　　　頁。

法對古代文論進行研究；就基本理論的建設而言，則是將古代文論融入現代文論體系，使之成爲現代文論的一個有機組成部分。顯然，這兩方面應該是相互聯繫，密不可分的。一方面，不對古代文論作現代闡釋，完成古代文論向現代文論的轉換，那古代文論與現代文論之間就缺乏必要的溝通，也就不可能實現二者的融合；另一方面，古爲今用雖非古代文論研究的全部目的，卻對古代文論研究有著舉足輕重的影響。從我們先前對中國古代文論研究史的追溯和有關古代文論民族特色的討論來看，融匯古今，建設具有民族特色的文學理論這個目的一直是影響古文論研究的重要契機，也就是說，研究歷史的目的在於現實，對古代文論關注的程度，往往取決於某一時期文論的現實需要。所以，儘管不乏重視古文論的歷史價值的意見，但實際上古文論研究的潮起潮落，常常與現實的需要有著直接的關聯。尤其是自五十年代以後，這幾乎成了一種規律。

正是因爲如此，古代文論與現代文論的關係始終是學界討論的熱門話題。不論是如何在現代意識（這裏說的「現代意識」是一個含義頗爲寬泛的概念，在不同的歷史時期有不同的含義）的指導之下來從事古代文論的研究，還是如何認識古代文論的現代價值，進而納入現代文論體系，都受到研究者熱切的關注。相比之下，如何建設具有民族特色的馬克思主義文藝學這個問題尤其有著特殊的意義，它從一個特殊的角度將古代文論與現代文論連接起來，並作爲一種綱領性的策略產生了巨大的影響。因此，討論古代文論與現代文論的關係，它理所當然地成爲我們首先考察的對象。

一、從「民族化」到「中國特色」

不言而喻，所謂「民族化」、「民族特色」乃至「中國特色」之類的提法是從理論建設的角度來立論的。

我們先前曾經指出，古代文論研究一開始就朝著兩個方向發展：一是作爲文學史研究的一個分支，其重點在史而不在論；一是服務於當今的文藝創作和理論建設，其重點在論而不在史。在新中國成立之前，總體而言，古代文論研究似乎更偏重於史的研究，偏重於資料的整理，至於論的研究，則相對要薄弱得多。這有其不得不然的原因。古代文論研究作爲一門新興的學科，對材料的考訂梳理當然會先於意義的闡釋，只有當史的研究粗具規模後，論的研究才有可能形成氣候。此爲其一。五四以來迥異於傳統文學的創作實際，

更宜於借鏡外來的文學觀念、理論予以評判，而與傳統文學觀念、批評標準、批評方法等有較大的距離。此爲其二。五四新文化運動對傳統的徹底否定無疑有其積極的一面，但同時也使得人們普遍對傳統文學理論持輕視態度，尤其不易認識到傳統文論的現代價值。此爲其三。基於這三個方面的原因，這一時期的古代文論研究主要爲批評史的編撰，也就不難理解了。

　　同時，在文學理論的建設方面，特別強調文學及其理論的民族特性，強調吸收傳統文論以豐富、發展現代文論的主張尚不多見。儘管不乏像楊鴻烈、朱光潛那樣對古典詩學作現代闡釋，或予以溝通的學人，然而著眼於同者多，著眼於異者少。在當時人看來，無論古今中外，文藝創作應有其共通的規律，所謂文學原理，無非是對這共同些規律的闡述與說明。既然如此，則域外現成的文學理論著述完全可以翻譯過來直接爲我所用，更何況傳統文論蕪雜散亂，自身還有待於借鑒西方文論體系、方法來整理研究呢。所以，古代文論之不爲理論研究者所重，實在是很自然的事。不過，話雖如此，這個時期的文學理論教材或讀本的編寫尚未完全脫離中國文學實際，在理論材料上也還多少顧及到傳統的有關見解。譬如馬宗霍的《文學概論》（1925 年），框架雖是西方文論的，但觀點和材料多取自中國古代文論；又如老舍寫於三十年代初的《文學概論講義》，在介紹西方文學理論的同時，也特別談到中國古代文論的相關見解。朱光潛《詩論‧抗戰版序》寫道：「在目前中國，研究詩學似刻不容緩。……當前有兩大問題須特別研究，一是固有的傳統究竟有幾分可以沿襲，一是外來的影響究竟有幾分可以接收。」朱光潛的看法是值得重視的。顯然，持這樣一種研究心態、立場，便不會完全否定傳統文論的價值，不會將其完全拒之於文學理論的殿堂之外，而是傾向於探求中西文論相通相合之處，在此基礎上建立起新的文學理論。

　　這本該成爲文學理論建設的方向，但自五十年代起，隨著文學理論的全盤蘇化，翻譯、引進一時間完全代替了創建，我們不但將西方文論斥爲資產階級的破爛貨掃地出門，對本民族的文論遺產也冠以封建主義的惡諡予以否定。所以，在整個五十年代前期，古代文論的研究幾乎成了一片空白。毋庸置疑，以「季莫菲耶夫體系」爲代表的蘇聯文論模式並非一無是處，當時的引進也有其歷史的必然性。然而，蘇聯文論模式畢竟是以馬克思主義文藝觀爲指導，對十九世紀以來俄蘇批判現實主義文學、社會主義文學及其理論整理概括的產物，從文學和理論淵源來說，它更接近西方傳統，而與中國幾千

年的文學實踐有較大的差異。對這類著作，如果能有選擇地接受，藉以學習馬克思主義文藝學的基本原理，結合中國文學的實際情況予以發展補充，應該是有益的，也是必要的；但作為文學概論的基本教材，全盤照搬，那就成問題了。全盤照搬的結果，一是理論與實際的脫節；二是割斷歷史，對中國自己的文論遺產由無視到無知。正是有見於此，還在 1957 年，就有人撰文指出：「近幾年來，有許多人用教條主義的方式去學習蘇聯的文藝理論，而不顧中國過去和現在的實際。在文藝理論領域內，雖然也闡述了文學的一般規律，構造學說，發展學說，起了一定的作用，但嚴重的是，它沒有移植到我國既有的文藝理論的土壤上，跟我國古代所流傳下來的文藝理論遺產形成了嚴重的脫節現象。在這種文藝理論中，我們只聽到十九世紀俄國偉大文學理論家柏林斯基說、車爾尼雪夫斯基說、杜勒羅柳波夫說、普列漢諾夫說、高爾基說，而我們的祖先孔子、王充、曹丕、陸機、劉勰、鍾嶸、白居易、韓愈、王安石……章學誠等都成了啞巴。在這種教條主義的『言必稱希臘』的情況下，於是我們的文藝理論和教學，往往變得很沒有生氣，難怪有些讀者和學生這樣想：中國過去沒有文藝理論，文藝理論是蘇聯的，歐洲的。」〔註 2〕這篇文章沒有直接提出文藝理論民族化的問題，但表示應當把蘇聯的文藝理論移植到中國的土壤上，「成為中國的花朵」，實已包含了理論民族化的意味。

與此同時，我們也開始了自己的文學概論的編撰，並注意到聯繫中國文學的創作實際與理論淵源。五十年代末出版的幾部教材，如巴人的《文學論稿》、劉衍文的《文學概論》、霍松林的《文藝學概論》等，都在不同程度上聯繫了中國古代和現當代的文學創作，引述了中國古代文論家的意見。不過這種聯繫和引述還是外在的，拼湊的，恰如巴人《文學論稿·修訂後記》所說，是一種「百衲衣」似的拼湊物，而非真正具有中國風格的文學概論。大約在五十年代末，周揚同志提出要建立有民族特色的馬克思主義文藝學體系，1961 年，由中宣部主持成立了高等院校文學概論教材編寫組，編寫了由以群主編的《文學的基本原理》（上下）和由蔡儀主編的《文學概論》，先後於 1963－1964 年間出版。從總體上說，這兩部教材較先前的幾部概論無疑要高出一頭，但若就民族化而論，則仍停留在聯繫中國文學的創作實例和引述中國文論家的有關見解上，並未有質的突破。

〔註 2〕應傑、安倫：《整理和研究我國古典文藝理論的遺產》，《新建設》，1957 年第 8 期。

　　與此同時，如何看待文藝理論的民族化，批判地繼承中國古代的文論遺產以建設具有民族特色的馬克思主義文藝學體系，仍是一個有待進一步探討的問題。1963 年，山東大學中文系文藝理論教研室組織討論，有人提出，在當前對古代文論遺產批判繼承的過程中，出現了一種厚古薄今的傾向，認爲「繼承文藝理論遺產的主要目的是幫助解決文藝的民族化問題，古典文藝理論在今天只有參考價值，它決不能指導今天的文藝運動，也不可能發展馬克思列寧主義文藝理論」。〔註 3〕對於將古代文論引入現代文論，作爲民族化的手段之一，也有人提出不同看法。如石書在其《談古典文藝理論研究中的一種傾向》一文中寫道：如果將古人文論的術語「換成現代文藝理論的術語，因而使之現代化，就勢必抹掉他們的理論的特質……同時也勢必模糊了文藝理論批評本身的發展過程，乃至古與今的界限。現代文藝理論中的若干基本理論問題也就成爲『古已有之』了，這不能不認爲是一種有害的傾向」。〔註4〕

　　進入八十年代以後，隨著對西方現當代文論的大範圍譯介和對中國古代文論特色研究的深化，文學概論的編撰也有了較大的發展。尤其是晚近的一些教材，在體系上大多採取了一種開放性的結構，這種開放性的結構不但便於容納介紹不同的理論觀點，而且於注重東西文論共同性的同時，還給特殊性留有較大的餘地。與先前相比，這個時期的文學概論教材在民族化的努力方面突出表現爲求同兼顧存異。就是說，不但援引中國古人的有關論述和聯繫中國古今文學的創作實際以說明共同的文學規律，而且注意並介紹了中國古代文論的獨特之處，包括從文學觀念到具體的創作、鑒賞理論。如果說，在先前的文學概論教材中，中國古代文論家的有關論述僅僅是用來印證西方文論家、俄蘇文論家對文學一般規律的闡釋，從而只具有材料上的意義的話，那麼在這個時期，文學概論的編撰者們顯然開始意識到中國古代文論的獨特價值，至少，意識到文學理論應該是一般性與特殊性的統一。相應地，在一些文學概論的編寫中，中國古代文論的特性或重要範疇開始佔有了一定的章節。

　　然而，文學理論的民族化或者說建設有民族特色的馬克思主義文藝學這一問題並未眞正解決。所以，從八十年代初開始到進入九十年代以來，如何將古代文論研究與建設有民族特色的馬克思主義文藝學結合起來，一直是理

〔註 3〕 參見《山東大學中文系文藝理論教研室討論文藝理論遺產的繼承問題》，文載《文史哲》1963 年第 3 期。
〔註 4〕 石書文載《文史哲》1963 年第 4 期。

論界始終關注的重要論題。1982 年 10 月，山東大學《文史哲》編輯部在濟南邀請參加《文心雕龍》學術討論會的部分古代文論研究者，就古代文論研究和建設民族化的馬克思主義文藝理論問題進行座談。大家一致認爲，古代文論研究應該與建設馬克思主義的文藝理論聯繫起來，有的代表（如徐中玉、張文勳）甚至提出，可以用古代文論體系的框架來編寫文學概論。此外值得注意的是，在這次討論會上，牟世金特別提出：「鄧小平同志關於『建設有中國特色的社會主義』的重要指示，對於文藝工作者也具有極爲深刻的指導意義。我們有數千年的文藝史，也有優良的文藝理論傳統，但直到現在，還沒有一部稱得上具有中國特色的文藝理論。」〔註5〕或許此處以「中國特色」替代長期以來沿用的「民族化」或「民族特色」只是對鄧小平現成話語的借用，但實際上，用「中國特色」替代「民族化」卻代表了一種歷史的必然。到了八十年代後期，有關此問題的討論又形成一次高潮。1987 年，《文藝理論與批評》編輯部組織了以「建設有中國特色的馬克思主義文藝理論」爲題的專欄文章。〔註6〕1990 年 11 月，《文藝研究》編輯部組織召開了旨在「推進有中國特色的文藝理論建設」的座談會，並於次年該刊第一期刊發了董學文等人的一組文章。同時，相關的文章也散見於其他刊物。

從「民族化」、「民族特色」到「中國特色」，似乎只是用語的不同，其實反映了人們對此問題認識的變化。

首先是目的的變化。與文學或文藝創作中提倡民族化的情況相似，文藝理論的民族化這一提法，應該說是處於大量譯介引進外來文論時期的特定產物。文藝理論民族化的基本含義，固然可以解釋爲將外來的文藝理論與中國具體的文藝創作實踐相結合，但在其本來意義上，應該是指將這種外來理論轉換爲合乎中國傳統話語方式，與傳統理論相一致，從而爲一般人所能接受、應用。簡言之，是一個本地化或中土化的過程。民族化的目的，在於所謂「洋爲中用」，化外爲內。然而，由於歷史的原因，特別是由於中西文化、文學傳統的差異，這種理論的中土化實際上並未眞正完成，難以眞正完成，而只是停留在理論與實踐相結合的層面。「中國特色」與此不同，其目的乃在立足本

〔註5〕參見《中國古代文論研究和建立民族化的馬克思主義文藝理論問題》，《文史哲》1983 年第 1 期。

〔註6〕參見《文藝理論與批評》1987 年第 1 期陳湧文，第 5 期吳元邁、李準、丁振海、董學文等人文章。

土，在實行「古爲今用」的同時，借鑒、吸收、消化外來理論，發展建設自己的文藝理論。其實質，則在突出理論建設中的自我意識。而在這個意義上說，「民族特色」與「中國特色」實無根本的差別。

其次是理論內涵的變化。就強調體現民族特色而言，無論民族化還是中國特色都不乖此旨，但各自側重卻有不同。民族化似乎更傾向於傳統，而中國特色則更注重當代。董學文明確指出：「文藝理論的『中國特色』不等於文藝理論的『民族化』概念。『中國特色』應該包括比『民族化』更深廣的內涵。把『中國特色』僅僅歸結爲『民族化』，這種理解是偏狹的。」具體說來，其內涵包括：1、中國理論傳統，尤其是具有革命性、民主性、人民性的優秀文藝理論傳統的精華；2、以唯物辯證法和唯物史觀爲指導原則，以總結無產階級和勞動群眾的審美文化經驗爲建構基礎；3、爲中國的社會主義現代化事業服務，體現社會主義中國人的價值標準和藝術標準；4、吸收一切外國優秀文藝學說的最新成果。〔註 7〕周可認爲，「中國特色」應包含兩個方面的內容：一是這種理論的民族特色，二是作爲發展有中國特色的文藝理論的價值取向的社會主義文藝的根本屬性與基本精神，而且後者更爲重要。因此，「所謂有『中國特色』主要應指，那種爲當代中國的社會主義現代化事業服務，符合億萬人民群眾在中國共產黨的領導下走社會主義道路的共同心願和共同理想，並符合社會主義文學根本審美要求的理論品質」。〔註 8〕顯然，這裏說的有中國特色的文藝理論，突出的是當代中國文學、社會主義文學的理論特色。這與過去說的文藝理論的民族化就有明顯的差異。

這種認識的變化似乎不能只歸因爲現實的社會或政治需要，也有理論發展的內在需要。依我之見，「民族化」這一提法的偏狹倒不完全在於它側重傳統而忽略了當今的文學現實，而是該提法在很大程度上被作爲一種對待外來影響的策略，其作用只限於如何借鑒、吸收外來成分以爲我所用。在這個意義上說，文藝理論的民族化便只是將外國文藝理論聯繫中國文學實踐，至多是通過某種改造使之符合中國固有的表達方式。而這樣一來，民族化的文藝理論實際上只是某種外來理論的本土化，其中雖不乏改造、發展的意味，但眞正的理論建設的意識並不突出。換句話說，從中國自身文藝理論建設的角度來看，民族化的

〔註 7〕董學文：《談談「中國特色」》，《文藝研究》，91 年第 1 期。
〔註 8〕周可：《關於「建設有中國特色的馬克思主義文藝學」的初步思考》，《文藝報》，1991 年 10 月 19 日。

意義、作用主要在於譯介、引進國外文論階段，在於嚴格意義上的理論建設的準備階段。說到底，翻譯、介紹並不能代替創造，民族化可以使外來文論融入中國文論，為國人所接受，但那畢竟還是外來文論；民族化工作做得再好，畢竟不能代替自身的文藝理論建設。所以，雖屬必要，其侷限應該說是相當明顯的。隨著譯介、引進的拓展與深化，人們很自然地意識到，僅僅依靠譯介、引進，依靠民族化並不能建立起中國自己的文藝理論。

同樣，中國特色這一提法的長處，恐怕也不完全是它突出了當今中國的文學現實，突出了社會主義文學及其理論的重要地位，而在於它那種立足本土，重建理論的自我意識。儘管在寬泛意義上，我們可以賦予文藝理論的民族化以更多的內涵，比如民族化並非單純地接受，民族性應視為動態的、發展的範疇等等，但民族化到底不如中國特色那樣直截了當地表明理論創建的意識。不論人們在何種意義上界定「有中國特色的馬克思主義文藝學」，至少在強調自身價值、強調創建這兩點上是一致的。「中國特色」的提法之所以較「民族化」為長，主要原因即在於此。

概而言之，一般說的「有中國特色的馬克思主義文藝學」，可以劃分為四個維度，即：1、作為指導思想的馬克思主義文藝學；2、中國現當代文學尤其是當代社會主義文學的理論概括；3、中國傳統文學理論和美學精神；4、包括東西方在內的國外從古典到現當代文藝理論。這是沒有疑義的。問題的關鍵在於，構成中國特色的基質是什麼？或者說，建立這樣一種文藝學體系，以什麼為其邏輯起點？而對於古代文論研究來說，其目的和意義何在，要解決的主要問題是什麼？

二、走出誤區

上文曾引牟世金語，認為「直到現在，還沒有一部稱得上具有中國特色的文藝理論」。這是對 1982 年以前狀況的一個評判。1990 年，朱立元在《關於馬克思主義文藝學民族化的思考》一文中又指出，新時期以來，雖然文藝學突破了「左」的禁區，在理論上也有了許多創新與開拓，但若就民族化問題而言，「總體上並未突破《文學的基本原理》在民族化方面所達到的水準」。〔註9〕時至今日，文藝理論的民族化，或者說建設有中國特色的

〔註 9〕朱立元文見《學術月刊》，1990 年第 8 期。

馬克思主義文藝學仍舊處於探討、摸索階段，尚未取得實質性的進展。

我們不能不問：導致這種研究現狀的根本原因是什麼？是我們給自己提出了一個事實上難以企及的目標，還是我們對問題的認識尚未達到明澈之境？

文藝理論的民族特色或中國特色是否成立，或者說，文藝理論是否應該具有某種民族特色，這恐怕是我們首先必須明確的。因為這實際上是我們討論問題的前提。倘若理論本身因其共通性而無所謂民族特色，那麼建設有中國特色的文藝理論便只是一種不切實際的空想；反之，如果任何文藝理論都是一般性與特殊性的統一，則我們的探討才有實在的根基。不過，這個問題似乎不會引起太多的爭議。從理論上說，文藝理論作為對一定時期一定範圍文藝現象的總結概括，必然會帶有某種特定的色彩，儘管不同時期不同民族的文藝確有相通乃至相同的一面，同時也有相異的一面，因此文藝理論總是具體的，有其自身個性的。恰如韋勒克所說：「批評是一般文化史的組成部分，因此離不開一定的歷史和社會環境」。〔註10〕即便是在各民族文化相互融匯，走向世界文學的今天，文藝理論的個性色彩也不會很快褪盡。所以，建設有中國特色的文藝理論並非毫無根據的臆想，而的確具有實際的可行性。

值得審視的是我們的一些具體思路。

比如民族化問題。如前所述，民族化的目的在於洋為中用，化外為內，這個想法並不錯，然而，要想真正民族化，我們首先必須解決用什麼去「化」的問題。如果我們的目標並不止於將外來理論聯繫本國的文學實踐，而且還企望將外來理論化為中國文論的有機組成部分，那麼我們就必須具備化彼為此的前提條件，就必須有自己的一套可以與外來文論對話的理論體系及相應的話語。否則，理論的民族化就很難進行下去。誠然，譯介、引進本身就意味著選擇、詮釋，但僅僅譯介、引進還算不上民族化，沒有自身的理論系統、話語方式，這種譯介、詮釋便很難真正融入，真正化外為內。在實際的操作中，我們常常不是生造硬譯，削足適履，便是以古釋今，強為牽合。究其原因，應該說與缺乏自己的理論系統、話語方式有著直接的關聯。我們以前的民族化之所以沒有大的進展、質的突破，也可以由這種先天不足得到部分的解釋。道理很簡單，沒有自己的堅實的理論根基，我們的譯介便不免於被動的接受，甚至不免於為彼所化，至多只能如我們先前所做，聯繫中國文藝創作的實際，援引中國文論家的相關見解以印證外來文論的普遍有效性。

〔註10〕 韋勒克：《近代文學批評史》（第一卷），上海譯文出版社 1987 年版，第 10 頁。

　　說我們沒有自己的理論體系和話語方式，並不是否認中國古代文論的體系性或理論特色，而是說古代文論缺少一種當下有效性，處在一種未被「激活」的狀態，因而在民族化過程中不具備可操作性，雖有而實無。

　　另外，對於強調普適性的理論，我們所做的民族化究竟能化到什麼程度，這同樣是一個未引起足夠重視的問題。理論形態畢竟不同於創作的表現形式，其對民族化自有不同的要求。而且，就算是文藝創作，也不是所有外來形式都可以「徹頭徹尾、徹裏徹外」地去民族化。毛澤東在《同音樂工作者的談話》一文中曾舉過一個生動的例子，他說：我們當然提倡民族音樂，「但是軍樂隊總不能用嗩吶、胡琴，這等於我們穿軍裝，還是穿現在這種樣式的，總不能把那種胸前背後寫著『勇』字的褂子穿起。民族化也不能那樣化」。〔註11〕我們提倡文藝理論的民族形式，同樣不能理解為必須象古人那樣借助象喻的方式，或採用韻文來表述。何況認真說來，文藝理論的民族化並非只是表述形式的問題，在民族化問題上將內容與形式割裂開來，非但不利於理論的民族化，反倒會將我們導入更大的困惑。

　　關於「中國特色的馬克思主義文藝學」，同樣也存在著某些潛在的值得商榷的問題。按照有的同志的理解，所謂「有中國特色的馬克思主義文藝學」，應該是「一種有很高理論科學規範、標準和品格的，既體現出我們中華民族在文藝理論建樹上的民族特色、民族獨創性、民族精神和民族傳統，又融匯了我國乃至全人類文藝理論最新科學成果和水平的成熟的文藝理論形態或體系。它應該是一個不斷發展的、也可以說是一個動態的開放的理論系統，而不是一種自古皆然、永恆不變的理論模式」。〔註12〕強調理論的統攝性、包容性和普適性，用心自然是好的，然而有一點必須明確，即理論的統攝性、包容性、普適性與其民族特色並非總成正比。文學接受史已經表明，所謂「越是民族的，就越是世界的」，其實是不成立的。文藝理論當然也不例外。如果我們追求的是「一般文學理論」，希望能夠解決古今中外的文學問題，那我們就不得不淡化民族意識，或者說，這種理論就不能過於強調必須具備鮮明的民族特色。既然我們承認任何文藝理論都是對特定範圍、特定時期的文藝現象的概括與總結，既然我們承認西方文論不能完全解決中國的文藝問題，我們又怎能指望創立一種既放之四海而皆準，同時還具有鮮明的民族特色的文

〔註11〕見 1979 年 9 月 9 日《人民日報》。
〔註12〕邢煦寰：《最主要之點》，《文藝研究》，1991 年第 1 期。

藝理論呢？指出這一點並非認定理論的普適性與民族性二者不可調和，而只是提請我們注意，魚與熊掌不可得兼，在理論建設的指導思想上，同時強調普適性與民族性應把握一個適當的度，過高的標準不但會使我們在認識上難以解決一般與特殊的二律背反，而且在實際的操作中也容易陷入兩難之境。

如果我們充分意識到上述問題，那麼，對於迄今為止我們在文藝理論的民族化方面所做的工作——取得的成績和存在的缺憾，應該說和我們此前對該問題的認識深度正相一致。一方面，這種認識的深度決定了先前的民族化或建設有民族特色的文藝理論是偏於求同，偏於印證，而沒有自己的獨立品格；另一方面，正是由於思路上存在著這些誤區，文藝理論的民族化才難以進一步展開、深化，難以有更大的建樹。

如果在更加寬泛的背景下來考慮問題，我們得說，上述誤區的產生還有著更深的現實根源和理論根源，指出這些誤區固屬必要，但若想走出誤區，澄清困惑，則我們的討論還得深入一層。

擺在我們面前的問題主要有三：一、延續性和斷裂性；二、兼容性和互補性；三、顯在性和潛在性。

這裏說的延續性和斷裂性，是就近代以來中國文藝理論的發展現狀而言。中國古代文論確有數千年的歷史，有自己的一套理論體系和獨具特色的理論範疇，是一筆十分豐富的理論遺產。這是不容置疑的。然而同樣不容置疑的是，中國古代文論作為傳統在五四新文學運動以後發生了斷裂。儘管我們可以說傳統的文學觀念、價值取向等仍作為一種集體無意識延續下來，表現為一種藕斷絲連般的潛在聯繫，但至少在意識層面上，隨著對傳統的批判乃至否定，古代文論已喪失了對於文學創作實踐的指導意義，成為束之高閣的古董或掩埋在故紙堆中的陳跡，除了批評史家外很少有人問及。其所以如此，在不同時期有不同的理由，如早期理論家認為中國古代有詩話而無詩學，不具備現代意義上的理論形態而多有輕視。到五十年代以後，又因其思想的封建性而作為批判的對象，雖然理論家們也講繼承，但其所繼承者實非古代文論之精義。而在今天看來，真正使我們對古代文論的現代價值持懷疑態度的，應該說是來自兩個方面的重要轉變：一是文學語言由傳統的文言轉變為白話文，二是文學的主要樣式由傳統的抒情型轉變為再現型。由於這種轉變並非基於傳統的自然延伸，就是說，不是由明清白話小說自然發展衍變的結果，而更多的是緣於外來文學的撞擊，所以，五四新文學運動以來的創作實

際上已異於中國古代文學傳統，相應地，在理論上也就要求新的文學觀念和新的藝術規範。由此可見，中國古代文論在本世紀二十年代以後發生的斷裂現象，其終極根源在於當時文學創作與傳統的脫節。

兼容性與互補性，指中外文論各自的理論指向和理論內涵既有相通的一面，又有相異的一面。唯其相通，故可兼容；唯其相異，故可互補。這是由中外各自不同的文化、文學背景所決定的。在本書第三章討論古代文論的民族特色時，我們曾經說過，中外文論可以視爲兩個相交但不重合的圓，其中相交的部分代表了共通性、兼容性，不相交的部分代表了相異性、互補性。儘管在確定相交的部分究竟有多大這個問題上很難求得一致，但中外文論同時共存相通相異兩個方面卻是不爭的事實。這種相通相異既表現在文學觀念上，也表現在諸如創作技巧、作品構成，以及鑒賞和批評的價值取向等具體理論環節。進而言之，中外文學創作本身也同樣存在著相通相異兩個方面。無論是主題、題材，還是文體、手法，都不例外。這也是有目共睹的。

相對於西方文論來說，中國古代文論在體系和表現形態上也有自己特殊的一面，所謂顯在性和潛在性，即是此種差異的表現之一。具體些說，顯在性指西方文論的體系性更爲顯明，其理論構架更爲外在，以及在表述方式上注重條分縷析，層層推進等；而中國古代文論則將其體系隱含於具體的批評之中，不象西方文論那樣強調思辨、推演、分析，其表述更偏於整體性的感受、描述。當然，這**裏**說的顯在性與潛在性也不意味著西方文論更爲成熟，而中國古代文論尚處在「前體系」階段。換句話說，用潛在性與顯在性來指稱中西文論的差異沒有區分高下軒輊的意思。而且我們也承認，顯在性和潛在性並不能完全概括中西文論的全部差異，強調這方面只是爲了說明存在差異這一事實，說明此種差異之於我們所討論的問題的重要性。

認識到上述問題的存在不難，難的是我們在建設有中國特色的馬克思主義文藝學時如何理順這些關係，進而確定我們的立足點。比如說，對於延續性和斷裂性，我們就必須考慮：是立足於中國傳統文學，還是立足於五四以來的新文學？如果我們選擇立足於五四以來的新文學，或當今的社會主義文學，那我們該如何解決其與傳統的斷裂？所謂理論的民族特色又落實到何處？反之，如果我們選擇立足於傳統文學，那麼我們以爲根基的古代文論又在多大程度上能解決現實的文學問題？而對於兼容性和互補性、顯在性和潛在性，同樣也有一個選擇、定位的問題。如果我們追求理論的普適性、共通

性，那我們顯然必須立足於兼容性，以期該理論能超越民族、時代的侷限，雖然即便如此，這種「一般文學理論」也不可能解決所有文學問題；而如果我們重視的是該理論的民族特色，那麼立足點便該移到互補性上來，因為正是互補性才集中體現了文藝理論的個性、特殊性。另外，新理論在其表現形態上以什麼為依歸？是象西方文論那樣自上而下的推演，由對文學本質的界定到對具體理論環節的討論，層層推進，環環相扣；還是如中國古代文論由文學現象入手，在對具體作家作品的鑒賞評判中抽繹出一般原則？是用分解的方法將對象掰開揉碎，剖析入微以獲得知性的認識；還是視對象為有機的生命體，用詩性的語言去描摹、敘寫以提供感性的經驗？

我們的確無法回避這些問題。不是說對於上述選擇，我們只能二者擇一，但我們確實不能不有所側重。在先前的理論建設中，我們基本上是採用西體中用的策略，即以西方文論體系為框架，在此基礎上盡可能地納入中國古代文論範疇、命題，以及結合中國文學創作、作品和鑒賞批評的實例。從五十年代到八十年代，我們的文學概論基本上是實施這一策略的產物。平心而論，這類文學概論確有其歷史功績，但侷限也相當明顯，其中最主要的即是將中國文論置於從屬的、依附的地位，不能顯示中國文論的獨特價值。而且，這種業已形成理論格局無形中使得我們的研究總是處在一種譯介、詮釋、印證、類比的被動狀態，從而很難有真正的理論建樹。正是有見於此，在八十年代初，有人提出了用中國古代文論的框架來編寫文學概論的主張，這實際上也就是中體西用的策略。應該承認，這不失為一種有意義的嘗試，事實上也不是不可能。問題的關鍵在於我們以何為體，以及其實效究竟如何。如果說所謂「中體」即是中國古代文論的框架，那麼我們就必須考慮這個框架是否具有充分的包容性和開放性，是否能夠說明、指導現實的文學現象。還在 1986 年，就有人對此主張提出質疑，認為：由於歷史條件的限制，「古典文論不可能從總體上回答只有社會主義時代才能提出的一些重大問題，例如：文藝與人民、階級、政黨之間的關係問題，作家與群眾之間的關係問題，百花齊放與百家爭鳴問題，革命現實主義和革命浪漫主義相結合的問題，以及古為今用、洋為中用、推陳出新等一系列問題。顯然，那種期望在我國古典文論體系的框架的基礎上建立具有中國特色文藝學，無疑是說可以在封建文論的基礎上蓋起馬克思主義文藝理論的大廈，這是不客觀的，也是不可能的。」〔註13〕此說不為無理，

〔註13〕徐汝霖：《建立具有中國特色的馬克思主義文藝學》，收入《當代文藝學：探

然而，完全放棄古代文論的框架，我們又上哪去尋求自己的體系呢？既然我們承認中國當代文藝理論基本上是舶來品，那末，究竟立足於何處，才是我們建構新理論的理想而又切實的根基？

除卻西體中用和中體西用之外，我們還有沒有第三種選擇？這是當前不少研究者正在思考的問題。此外，放棄對一元性體系的追求，走兼收並蓄、多元發展的路子，亦不失為一個辦法。值得注意的是，近年來，不少學者再次呼籲重視對中國古代文論的研究，在此基礎上重建中國文論話語。如曹順慶撰文指出，當前文論界最嚴峻的的問題是「文論失語症」，即「我們根本沒有一套自己的文論話語，一套自己特有的表達、溝通、解讀的學術規則。我們一旦離開了西方文論話語，就幾乎沒辦法說話」。其結果是直接導致了我們文學理論的貧弱，「別人有的我們都開始有，別人沒有的我們也沒有」(曹文引毛時安語)。而要重建中國文論話語，關鍵在於「接上傳統文化的血脈，」。〔註14〕錢中文在對二十世紀文學理論回顧總結的基礎上，將中國現代文論與歐美文論進行比較，發現：歐美文學理論具有不間斷的連續傳統性和較多的自主性，而我國五四以後的文論幾度中斷了與傳統的聯繫，基本上是借用外來的理論術語。他由此認為：「沒有對古代文學理論的認真繼承與融合，我國當代文學理論很難得到發展，獲得比較完整的理論形態」。〔註15〕看來，無論作何種選擇，在建構具有中國特色的現代文藝理論這一工程中，中國古代文論確實必須佔有一個舉足輕重的位置。

這實際上也就是我們先前提出的問題：我們用什麼去「化」外來文論和以什麼為根基建構有中國特色的文藝理論的問題。

傳統之所以重要，就在於它是本，是根，是一個民族自身歷史的心理沉積。在中國歷史上，我們本不乏成功融合外來文化的經驗，如魏晉之際佛學的中土化，其結果是產生了中國特色的佛學——禪宗。而佛學得以中土化，和當時的玄學理論有著直接的關聯，正是通過玄、佛術語的互訓，玄、佛思想的互滲，源於印度的佛教才與中國固有思想接軌，進而成為中國傳統文化

索與思考》，高等教育出版社 1987 年版，第 275 頁。
〔註14〕曹順慶：《文論失語症與文化病態》，《文藝爭鳴》，1996 年第 2 期。另見其與李思屈合寫的《重建中國文論話語的基本路徑及其方法》，《文藝研究》，1996 年第 2 期。
〔註15〕錢中文：《會當凌絕頂——回眸二十世紀文學理論》，《文學評論》，1996 年第 1 期。

的一個有機組成部分。沒有中國自己的一套成熟的思想體系，也就不會有佛學的中土化，不會有禪宗的出現。文論方面的例子，則是清末王國維的詞學理論。王國維的《人間詞話》的確堪稱文藝理論民族化的成功範例，他不只是拿來，而且是化用，是融匯，是創造。「境界說」之所以承前啟後，橫亙古今，實得力於於這種化用、融匯和創造。這是王國維的過人之處，同時也是時代使然。考察王國維的成功，我以為有兩點尤其值得今人注意：一是他以傳統詩學為根基，二是其理論總體而言仍屬古典範疇。因此，對於今人的借鑒來說，一方面，我們引進也罷，創建也罷，首先必須有自己的根基；另一方面，我們今天的根基又不能只著眼於傳統文論，那樣的話，我們不過是重復王國維，而不可能創建屬於今天的中國文學理論。

所以，從建設有中國特色的現代文藝理論的角度來看，研究古代文論的意義或價值，首先是為理論建設提供一個堅實的根基，同時這個根基又不是傳統文論體系的簡單照搬，而是經現代意識審視、改造了的產物。在此意義上說，傳統是發展了的傳統，當代是與傳統相承續的當代，如此，我們就不會在立足點問題上左右為難，進退失據，遊移於傳統與當代之間。

三、古代文論的現代轉換

古代文論要想在建設有中國特色的現代文論中發揮效用，前提是激活它，使之與現代文論接軌。這是我們今天的工作不同於王國維之處，也是困難之所在。因為我們面臨的現實境況不同，要達到的理論目的不同，簡而言之，是由於傳統與當代的斷裂所造成的理論效驗與現實需要的錯位。這就意味著，首先必須對古代文論進行現代轉換，然後我們才有可能溝通古今，融匯中西，並在這種溝通融匯中真正體現出古代文論的獨特價值。

古代文論的現代轉換包括兩個基本環節：一是以現代意識為參照系對古代文論的價值重新評估，找出其中仍具理論活力的部分；二是對之作現代闡釋，使之得以和現代文論溝通。應該說，不論是否在重建中國當代文論的意義上來認識古代文論的現代轉換，上述兩個環節的工作，實際上我們很早以來就不斷在做，只不過在不同時期有不同的認識，不同的進展，不同的結果。

對於第一個環節，問題的癥結顯然在於作為參照系的「現代意識」。正如我們先前說過的，所謂「現代意識」是一個含義極不確定的概念，在不同的歷史時期有著不同的內涵。譬如說，在二十年代到四十年代，它多半是指西

方近代文論觀念；而在五六十年代，則差不多就是蘇聯文論模式的理論指涉和價值尺度；到了八十年代，現代意識在很大程度上又成了西方現代文藝思想的同義語。這樣，以現代意識為參照系對中國古代文論的價值作認識和評估，就自然會有不同的取捨，不同的結論。以西方近代文論為參照系來看古代文論，我們很容易因其「邏各斯中心」和實證精神而否定中國古代文論的體系性，認為中國古代有詩話而無詩學；以蘇聯文論模式為參照系，則又不免為其反映論的哲學框架所左右，將現實主義、典型乃至階級性、人民性等作為評估中國古代文論的出發點和標準；至於以西方現代文藝思想為參照系，同樣會將著眼點放在古代文論中那些能夠與西方現代文論相溝通，或可以彼此印證的部分，如表現主義、象徵主義、接受美學之類。可見，同是現代意識，具體內涵不同，產生的結果也不一樣。不過也有相同之處，那就是無論哪一種情況，都有一個預先設定的期待視野，一種先入為主的取捨眼光。當然，既然是以現代意識為參照系，則從理論上說就免不了受其制約，免不了以彼之是非為是非，以彼之優劣定優劣，但這樣一來，我們對中國古代文論自身價值的認識與評估也就很難做到客觀與公正。

所以，對於以現代意識為參照系，重新認識、評估古代文論的價值這一環節，我們首先必須對現代意識本身有一個正確的理解。有人認為，對於古代文論的研究來說，「所謂當代意識是指特定歷史條件下基於現實生活而產生的政治理想、價值觀念、文化心理、審美風尚的總和，是時代精神的折光」。而在今日中國，「其當代意識的核心是馬克思主義世界觀，其基本內容是改革和開放，而具體構成則是主體意識、革新意識、綜合意識、比較意識等等」。〔註16〕這種理解自然是可以成立的，其思路也很有代表性。但在我看來，構成古代文論研究之參照系的現代意識的最重要的一點，應該是對研究對象本身的尊重，是盡可能排除先入為主的預設模式去考察對象，從而真正認識中國古代文論的意義與價值，並給其以客觀的公允的評價。就是說，所謂現代意識，並非只是某種價值或尺度，它還應包括研究態度和方法。

相當長一個時期以來，我們有意無意地形成了一種觀念，即認為與西方文論相比，中國古代文論在文學觀念和理論形態等方面都處在落後狀態。我們不無根據地認為，相對於西方文論來說，中國古代文論是不成熟或不發達的，因此，恰如我們應借助西醫的理論、方法來整理、研究中醫一樣，對於

〔註16〕馬白：《古代文論研究與當代意識》，《陰山學刊》，1988 年第 1 期。

中國古代文論，我們同樣有必要借助西方文論的觀念和方法來整理研究。同時我們更是毫不懷疑，既然我們今天處在一個發展了的現代社會，那麼今天的文藝理論就應該比古代文論更正確、更高明，其對文學現象的解釋、對文藝規律的把握就必然比古人更深刻。道理確乎如此。從總體上說，這樣理解不能說不對，但若就具體問題而言則未必。對那種認定西方文論絕對優於或高於中國古代文論的看法，我們今天已經可以理直氣壯地予以否定，隨著比較文學、比較詩學、比較美學和比較文化學的拓展與深入，其偏見和片面已是顯而易見的事。這正如毛澤東當年所說：「中國人吃飯用筷子，西方人用刀叉。一定說用刀叉的高明、科學，用筷子的落後，就說不通」。〔註17〕然而，對於那種認為今天的文藝理論就完全高出古人的觀點，我們似乎還沒有意識到其有可能產生不良作用的一面。這樣說的目的不是否認今勝於古，贊成歷史退化論，而是想說明，我們在研究古代文論時，既要立足當代，居高望遠，又不能以今繩古，強為牽合，甚至厚誣古人。羅宗強在討論如何借助現代科學的方法研究古代文論時曾指出：「古文論中有屬於萌芽與胚胎形態的東西，但也有成熟程度並不亞於現代文學理論的東西，正如人類早期的文學藝術作品的輝煌成就很難拿來和現代文學藝術作品比高下一樣，早期的文學理論也未必較之現代理論為不成熟。例如，就中國的意境理論而言，就很難說當代有更為成熟的形態。」〔註18〕這表明了一種對古代文論研究中如何處理古今關係的清醒認識。指出古代文論中也有較現代文論更為成熟的部分，並非反對借助現代科學的方法進行研究的必要性，而只是避免簡單化的做法，避免由於主觀偏見所造成的自以為是。

所以，我們在破除西方中心論的同時，還必須對現代理論觀念、方法持一種審慎的態度。這樣，在對中西文論、古今文論各自特色和高下優劣進行理解評判時，才能夠採取一種互為主客、互照互省的方法，而不存先入為主之見。這應該是我們指導古代文論研究的現代意識的重要內容之一。

如果我們先將現代文論觀念、價值尺度和研究方法懸置起來，平等地而不是居高臨下地考察中國古代文論，那麼我們就不會象先前那樣只關注和肯定古代文論中與西方文論或現代文論相通相合的部分，對於相異相反的部分

〔註17〕毛澤東：《同音樂工作者的談話》，1979年9月9日《人民日報》。
〔註18〕羅宗強、盧盛江：《四十年古代文學理論研究的反思》，《文學遺產》，1989年第4期。

則予以貶斥乃至批判否定；我們也不會只追問某個術語、範疇、命題的理論內涵及其在今日的有效性，而會進一步追問古代文論的體系、理論形態和決定這一切的思維方式的真正面目。換句話說，我們首先應該考慮的是，中國古代文論的價值所在，究竟只是個別的範疇、命題、觀點，抑或是這個體系本身？對古代文論不同於西方文論、有異於現代學術規範的某些特徵，我們是否應該予以承認並作出合乎事實的解釋，肯定其自身的意義與價值？只有進入到這個層面來考慮問題，我們對中國古代文論意義與價值才會有一種全新的認識，也只有在此基礎上，我們的理論民族化和建設具有中國特色的馬克思主義文藝學的歷史性工程，才會走出先前鑲嵌拼湊式的格局，真正從根本上展現中國文藝學的獨特價值與理論特色，從而自立於當代世界文論之林。

從八十年代中期以來，與對中國古代文論的民族特色的探討相聯繫，結合建設新的文藝學體系的需要，學界已經開始有意識地重新認識和評估古代文論的現實價值，提出了不少有益的見解。尤其是進入九十年代之後，對問題的認識更趨系統，並由文學理論層面深入到美學、哲學、文化層面。譬如姚文放在《中國古典美學的現代意義》一文中提出，所謂古典美學的現代意義，應該理解為「用現代意識對中國古典美學進行參照所得出的意義」，具體包括：結構參照意義，原型參照意義，校正參照意義和闡釋參照意義。這裏說的結構參照意義，「指中國古典美學的要素融入現代美學整體結構的可能性，包括其思維方式、基本原則、理論構架、範疇體系和方法論的參照意義」，原型參照意義則指長期積澱下來的，制約中華民族生活方式、行為方式、思想方式和審美方式的心理動力定型所具有的參照意義。〔註 19〕顯然，這是從整體、從深層來認識和肯定中國古典美學的現代價值，突出了古典美學在理論體系、思維方式和審美模式等方面的重要意義。朱立元的《關於馬克思主義文藝學民族化的思考》雖然不是直接討論古代文論的現代價值，其對民族化的理解卻很有見地。〔註 20〕文章認為：「應當從文化體系和類型上，首先從哲學和美學思維方式的較深層次上，尋求當代馬克思主義文藝學體系民族化的途徑，找到馬克思主義文藝理論同中國傳統文藝理論的交融、契合點，這樣，才能超越淺表層次的比照，局部、零碎的拼接，而達於整體的、深層的熔合」。「作為異質文化的馬克思主義文藝學要真正地民族化，首先必須在哲

〔註 19〕姚文見《學術月刊》1991 年第 12 期。
〔註 20〕朱文見《學術月刊》1990 年第 8 期。

學理論基礎和思維方式的層面上進行交融與化合」。依作者之見，馬克思主義哲學所主張的辯證思維，與中國傳統哲學的整體思維方式、兩端中和的思維方式、流動圓合的思維方式和直覺妙悟的思維方式確有相通之處。對於中國古典美學、文學理論在思維方式上的這些特徵，作者無疑是持肯定態度的。

相比之下，古代文論研究者對此問題的認識似乎還停留在表層。例如彭會資的《中國古代文論的現實價值》雖為切題之作，卻只是將之歸結為古代文論的某些觀點、見解具有沿用價值、生長價值和參照價值，缺少一種整體的深層的把握，從而給人以浮泛之感。〔註21〕

總之，從建設有中國特色的馬克思主義文藝學的角度考慮，當前我們對古代文論之現代價值的研究，恐怕應該重點考察其理論體系和表現形態方面的意義，並由此深入到思維方式和文化心理層面，這才能為探本之論，才能真正推進當代文藝理論的建設。當然，就具體操作而言，我們自然必須從局部、從範疇命題入手，但在研究策略上，則不妨顛倒過來，將古代文論的整體構架和其內在支撐置於首位，予以充分的重視。倘能如此，則不但能使我們的理論建設有一個大的發展，也可望改變古代文論研究自身徘徊不前的現狀。

古代文論之現代轉換的第二個環節，即對之作現代闡釋，使之得以和現代文論溝通，同樣存在若干值得探討的問題。儘管我們在這方面已做了大量的工作，取得了可觀的成績，但仍有進一步討論的必要。作為一種研究策略，我們面臨的最大的問題是如何協調歷史本真與當代意識的關係，具體些說，我們如何既尊重歷史，避免將古人現代化，同時又不能止於以古釋古，以古證古。這的確是一個頗具難度的問題。

一般說來，所謂現代闡釋，即是以分析性、邏輯性的語言來解讀古代文論的術語、範疇，對其命題、理論內涵乃至其體系結構作出新的解釋，從而納入現代文學理論的話語系統。因此，現代闡釋的實質或者說關鍵，是話語系統的轉換。由於中國古代文論與基於西方文論發展而來的現代文論不僅在理論指向上有各自的側重，就是在表述方式、理論形態上也有明顯的差異，分屬於不同的話語系統，所以，這種轉換就不只是語言翻譯層面的問題，不只是換一種說法的問題。應該看到，由一種理論話語系統轉換為另一種理論話語系統，改變的不只是表述方式，同時也改變了特定的理論內涵。例如當我們用「形象思維」來詮釋「神思」，或者用「表現性」來指稱古代文論的體

〔註21〕彭文見《廣西師範大學學報》1992 年第 4 期。

系特徵時，實際上已經或多或少地改變了對象本身固有的含義——不是增大，就是縮小。在某種意義上說，轉換是以理論個性的淡化爲代價的，而且，轉換越是徹底，其理論個性的淡化就越是明顯。爲著追求理論的民族特色和自主性，我們當然希望盡可能保留傳統文論的特殊性；而爲著與現代文論溝通，我們又不得不淡化其特殊性。這樣一來，對古代文論的現代闡釋就陷入了一種二律背反，就必須在這兩難之間尋求一個適當的折中點。

從闡釋對象的特點來看，大致可以分爲兩種情況：一是其理論指向偏於共通性，且意義比較顯豁的；二是理論指向偏於特殊性，而意義較爲含混的。對於前一種情況，現代闡釋相對容易，因爲屬於這一類的基本上是處在兩個圓相交的部分，或者說，是處在分別代表傳統文論、現代文論、西方文論的三個相交圓的重合部分。譬如關於文學的抒情本性、繼承與革新的關係，以及創作論和鑒賞批評論中的若干問題等，都有著較多的共通性。而這也正是我們早先文藝理論民族化工作著力最多的部分。不過，若就理論建設而言，對這一部分的現代闡釋儘管易於進行，意義卻不是太大。以往的實踐表明，將這些相通部分納入現代文論體系，由於客觀上處在一種依附性的位置，便不能不給人次要甚至可有可無之感。既然相關問題在現代文論中已有系統完備的闡述，既然中國文論更多的是作爲零部件來使用，而這樣做的動機又只是表明外國有的，我們也有，那它實際的理論價值自然不會太大。何況以現代文論的眼光來看，中國古代文論大多還停留在經驗狀態或萌芽狀態，零散而不成系統，故其重要性當然不能與現代文論同日而語。

所以現代闡釋的重點，應該是後一種情況。由於理論內涵的特殊性，屬於這一類的術語、範疇、命題往往難以直接和現代文論溝通，也難以直接納入現代文論體系。然而，正是這種特殊性決定了它們的特殊價值，而其難解性則要求我們調整乃至改變既定的理論範式，使之在較深的層面上來融合中國古代文論，從而真正顯示出理論的民族特色。這樣說是基於如下認識，即所謂闡釋的困難，實由不同的文化背景、文學傳統、思維方式和民族審美心理結構等因素所決定，但這些因素的不同，並不意味著沒有溝通的可能。儘管理論指向各有側重，表述方式也存在明顯的差異，但其所探討研處，仍爲人類之心理歷程和審美現象，因而仍有共通性在。對任何一種異質性的文化及其產物，產生困惑感、隔膜感是極其自然的，而由此判定不能溝通，甚至予以否定，若非偏見，即爲淺薄。

以古代文論基本範疇之一的「興」為例。美籍華裔學者葉嘉瑩曾撰文將其與西方文論術語進行比較，認為：西方詩學對於營造形象之技巧多有區分，如明喻（Simile）、隱喻（Metaphor）、轉喻（Metonymy）、象徵（Symbol）、擬人（Personification）、舉隅（Synecdoche）、寓托（Allegory）、外應物象（Objective Correlative）等，「如果以之與中國詩說中的賦、比、興相比，則所有這些技巧和模式的選用，可以說僅是屬於比的範疇，而未曾及於賦與興的範疇。若就情意與形象，也就是心與物之關係而言，則所有這些術語所代表的實在都僅只是由心及物的一種關係而已，而缺少了中國詩歌傳統中所標舉之賦體所代表的『即物即心』的感發，和興體所代表的『由物及心』的感發。……至於興之一詞，則在英文的批評術語中，根本就找不到一個相當的字可以翻譯」。〔註22〕葉嘉瑩所言，的確道出了興的獨特性，不過，沒有對應的英文術語從而無法直接翻譯是一回事，而能否對之作現代闡釋則是另一回事，這兩者之間並不等同。興作為中國古人對自然景物的感悟，作為一種審美體驗，其實質應該不乏與西方文論或現代文論的相通。值得注意的是，類似的範疇還可以舉出不少，如文氣、神韻、風骨、境界、興趣，以及中和、沖淡、高古、逸品之屬。不難看出，正是這類在西方以至現代文論中沒有相應術語的古代文論或古典美學範疇，構成了中國傳統文論和美學的主幹，集中體現了民族特色。它們理所當然地成為我們現代闡釋的主要對象。問題在於，我們如何超越文化的差異、時代的鴻溝去理解、詮釋。

首先，這種現代闡釋不該僅僅理解為用另一套話語來言說，把對古代文論的現代闡釋等同於翻譯，不管是現代漢語的翻譯還是其他語種的翻譯。因為這樣做的結果，我們勢必只能把握、傳達古代文論中共通性和普遍性的東西，而捨棄其特殊性和具體性，只是其共相而無殊相。無論對於古代文論自身的研究還是對於建設具有中國特色的現代文藝學體系，此種認識、實踐雖不無意義，但遠遠不夠。其次，科學的現代闡釋不應簡單理解為賦予古代文論以現代內涵，而應該是就其固有的或潛在的意蘊發掘引申。這就意味著闡釋應遵循還原——揚棄——重建三部曲，依次遞進，由特殊性入手，在恢復古代文論本來面目的基礎上進行選擇和清理，予以科學的說明，並同時兼顧其理論共性與個性，如此才能既收古為今用之效，又避免了以今繩古之弊。

〔註22〕葉嘉瑩：《中國古典詩歌中形象與情意之關係例說》，載《古代文學理論研究叢刊》第六輯，上海古籍出版社 1982 年版。

第三、現代闡釋的範圍不能僅限於術語和範疇層面，不能將注意力只放在若干理論觀點的內涵上面，還必須由此延伸到體系構架、理論形態，以及理論思維方式，必須由點到面，由面到塊，簡言之，現代闡釋的對象是作為有機整體的中國古代文論。既然我們將這種現代闡釋視為古代文論之現代轉換的重要環節和途徑，而目的在於從根本上激活古代文論，使之與現代文論接軌，那麼我們的工作當然不能侷限於一隅，而必須有一種著眼於全局的戰略眼光。

建設有中國特色的馬克思主義文藝學是一項巨大的系統工程，隨著時間的推移，反思的深入，其中古代文論研究的重要性日益顯露出來。這已經成為理論工作者的共識，並表現為研究重心的內移，即由先前的譯介、引進轉向對傳統的反思。在一定意義上說，當前以至今後一個時期內理論建設的進展，與古代文論的研究進展有著某種同步關係；反過來，這種態勢又必然會推進、深化古代文論研究。最重要的是，新的研究格局將古代文論研究與現代理論建設置於一種互動互惠的關係，而不同於先前單純強調現代意識對於古代文論研究的指導意義。這無疑是我們在認識上更趨成熟的表現。

第五章　走向比較詩學

　　自八十年代初開始，隨著對西方現代文藝思潮和理論的大量譯介，各種研究方法也紛紛被引進、借鑒，用於古代文論研究。從系統論、控制論、信息論等若干跨學科的研究方法，到文藝心理學、形式主義、新批評、結構主義、闡釋學、接受美學、比較文學等文藝理論流派，都對新時期以來的古代文論研究產生過不同程度的影響。然而，經過一個時期的實踐、汰選之後，不少新方法的魅力開始消退，有的甚至偃旗息鼓，悄然退出，而由比較文學發展而來的比較詩學卻表現出一種旺盛的發展勢頭，爲越來越多的研究者所採納。儘管在具體應用中還存在著生硬牽合、簡單比附的弊病，但其日益增大的影響不能不引起我們的注意，不能不使我們追問導致這一現象的種種原因，以及比較詩學作爲一種方法對於古代文論研究的意義。

一、八十年代以來的比較詩學熱及其原因

　　正如本書第一章所述，在八十年代初，比較詩學作爲一種方法雖不乏影響，但於諸多方法中尚不突出，而進入八十年代中期以來，其影響則遠遠超出了別的方法，儘管具體運用中仍存在這樣或那樣的問題，但對於開拓研究視野，深化認識的確產生了積極的作用。就古代文論研究而言，中西比較、古今比較、中國與其它亞洲國家如日本、印度的文論的比較，乃至不同藝術門類間的跨學科比較等，都成爲研究的課題，一大批論文、專著相繼問世。就是一些不以比較爲題的論文、專著，也較多地運用了比較的方法，尤其是在有關古代文論民族特色的理解、範疇含義的考釋、理論家思想的分析等方面，比較更是在所不免。1985 年，四川文藝出版社出版了由曹順慶選編的《中

西比較美學文學論文集》，1986 年，湖北人民出版社出版了由湖北省美學學會編輯的《中西美學藝術比較》，這兩部論文集的出版或許可以看作是比較詩學升溫的一個標誌。另外，1985 年 10 月，中國比較文學學會成立大會暨首屆年會在深圳舉行，「比較詩學」和「比較美學」被作爲大會討論的專題，「在會議收到的 121 篇論文中，首先最值得稱道的當然是比較美學和比較文藝學所取得的成就」。〔註 1〕總之，到八十年代中期，比較詩學已引起越來越多的人的注意，成爲文學理論研究中的重要方法，甚至到了九十年代的今天，比較詩學的強勁影響仍然勢頭不減，而且可以說是持續升溫。

這自然有其不得不然的原因。

首先，這種局面的形成應當歸因於比較文學拓展的結果。當代法國學者艾金伯勒在 1963 年就指出：隨著比較文學研究的拓展與深入，將不可避免地導向比較詩學：「歷史的探尋和批判的或美學的沉思，這兩種方法以爲它們是勢不兩立的對頭，而事實上，它們必須互相補充；如果能將兩者結合起來，比較文學便會不可違拗地被導向比較詩學」。〔註 2〕艾金伯勒所言是有道理的，它實際上可以看作是對十八世紀以來比較文學發展歷史的一種總結性說明。我們知道，比較文學在其創立之初，乃是作爲文學史的一個分支，如法國學者卡雷便說：「比較文學是文學史的一支：它研究國際間的精神關係，研究拜倫和普希金、歌德和卡萊爾、司各特和維尼之間的事實聯繫，研究不同文學的作家之間的作品、靈感甚至生平方面的事實聯繫。」〔註3〕據此，比較文學研究的主要是不同國家、民族文學在事實上的關聯，是以考據爲主要手段去研究國際間文學相互影響的具體史實。這也就是比較文學法國學派的基本主張和主要特徵。相應地，他們反對將美學的研究引入比較文學，法國比較文學的泰斗梵・第根聲稱：「眞正的『比較文學』的特質，正如一切歷史科學的特質一樣，是把盡可能多的來源不同的事實採納在一起，以便充分地把每一個事實加以解釋；是擴大認識的基礎，以便找到盡可能多的種種結果的

〔註 1〕 樂黛雲：《中國比較文學的現狀與前景》，見其《比較文學與中國現代文學》，北京大學出版社 1987 年版，第 19 頁。

〔註 2〕 艾金伯勒：《比較不是理由》，見《比較文學譯文集》，上海譯文出版社 1985 年版，第 116 頁。艾金伯勒所説比較詩學，原文爲 poetique comparee，亦即英文的 comparative poetics.

〔註 3〕 見其爲基亞《比較文學》所作序言，轉引自陳惇、劉象愚《比較文學概論》，北京師範大學出版社 1988 年版，第 9 頁。

原因。總之,『比較』這兩個字應該擺脫了全部美學的涵義,而取得一個科學的涵義」。〔註4〕在將近一個世紀的時間裏,法國學派的觀點一直左右著比較文學研究,直到本世紀五十年代,比較文學美國學派的崛起,才批評了法國學派的狹隘與偏頗,將比較文學重新界定爲超越語言界限的文學研究。而作爲文學研究,比較文學就必須包容文學史、文學批評和文學理論,正如韋勒克所說:「在文學學術研究中,理論、批評和歷史互相協作,共同完成中心任務:即描述、解釋和評價一件或一組藝術品。比較文學,至少在正統的理論家那裏,一直回避這種協作,並且只把『事實聯繫』、來源和影響、媒介和作家的聲譽作爲唯一的課題。現在它必須設法重新回到當代文學學術研究和批評的主流中去。」〔註5〕韋勒克的意見自然遭到法國學派的強烈抵制,然而,經過一個時期的爭論之後,美國學派的觀點逐漸得到比較文學界大多數人的認可,而美國學派也獲得了與法國學派並駕齊驅的地位。顯然,艾金伯勒所說「歷史的探尋」和「批判的或美學的沉思」,即分別指法國學派和美國學派對比較文學研究的理解;而他這樣說的意義,與其說是爲之作折中調和,不如說揭示了比較文學發展的某種必然。事實上的確如此,從將比較文學理解爲「國際間的文學關係史」到「超越語言界限的文學研究」,從影響研究到平行研究乃至跨學科研究,從歐洲中心論到轉向東方,從尋求國別間文學作品的事實關聯到致力於研究總體文學,比較文學理所當然地被導向比較詩學。在1983年8月北京舉行的中美雙邊比較文學討論會上,美國學者厄爾·邁納提交的論文指出:「也許,近十五年間最引人注目的進展是把文學理論作爲專題引入比較文學的範疇。」〔註6〕這話正印證了艾金伯勒的預言。

中國的比較文學研究開始時也受法國學派的影響。在中國,比較文學作爲一門學科始於1929年瑞恰茲在清華大學開設比較文學課,所講主要爲英、法、德三國文學的比較研究。其後,1931年,洛裏哀的《比較文學史》由傅東華翻譯出版;1936年,梵·第根的《比較文學論》由戴望舒翻譯出版。這兩部書對中國現代比較文學研究起了一定的規範引導作用。從三十年代比較文學研究成果來看,影響研究最爲突出,尤其是中印、中英和中德文學關係

〔註4〕 梵·第根:《比較文學論》,戴望舒譯,商務印書館1937年版,第17頁。
〔註5〕 韋勒克:《比較文學的危機》,見《比較文學研究資料》,北京師範大學出版社1986年版,第59頁。
〔註6〕 厄爾·邁納:《比較詩學:比較文學理論和方法論上的幾個課題》,見《中國比較文學》創刊號,第249頁。

的研究。如陳寅恪的《西遊記玄奘弟子故事之演變》和《三國誌曹沖華佗傳與印度故事》，陳銓的《中德文學研究》，方重《十八世紀的英國文學與中國》等等，都是當時影響研究的典範之作。不過，中國學者並未死守法國學派所設置的藩籬，在影響研究之外，還自覺嘗試了平行研究和跨學科研究。而且，比較詩學也開始嶄露頭角。詳細的情況我們留待下節再談，這裏只是指出，由中國特殊的現實所決定，中國的比較文學研究從一開始就採取了一種開放的靈活的態度，就自覺將歷史的探尋與美學的沉思結合起來。隨著比較文學研究的拓展，到八十年代以後，更明確提出應該開展比較詩學的研究。所以，比較詩學並非比較文學研究的副產品，而更應看作是比較文學發展的必然。

其次，比較作為一種手段，反映了當代學術研究的發展趨勢。當代社會的重要特徵之一，是全球範圍的文化交往的擴大，「全球意識」的形成。現代化的交通、通訊手段，使得不同國家、民族間的距離日益縮小，相互影響更趨直接。因此，學術研究尤其是人文科學的研究便得以超越以往囿於各自文化圈的侷限，更好地探討人類各種族的共同性因素和差異性因素，進而總結人類社會發展的基本規律，這就必然會將比較擺到重要的位置。正如我們看到的，在幾乎每一個人文科學研究領域都出現了以比較為主要研究手段的學科：比較政治學、比較經濟學、比較歷史學、比較教育學、比較心理學、比較民俗學、比較文化學……等等。這種現象本身便無可爭議地表明，比較作為一種研究手段，在當代學術研究中具有特殊的意義。而究其原因，則在於它不但有助於將對象置於更為寬泛的背景之下，從整體性、綜合性的角度來考察，而且能夠變換視點，互為主客，避免只見樹木不見森林或各是其是，各非其非的弊病。文學研究當然也不例外。只有將不同民族的文學作為世界文學的一個有機組成部分，考察它們之間的聯繫、共同性與差異性，我們才能真正認識其特殊價值，也才能真正認識整個人類文學活動的意義。另外還必須提到的是學科邊緣化、交叉化的趨勢。學術研究發展至當代，各學科間的界限已趨於模糊，不同學科研究領域的互滲、交叉已在所不免。不但相鄰學科易於交叉、結合，就是相距較遠的學科，也傾向於打破固有的疆域，走向一種新的整合。整合的結果，要麼是若干新學科的誕生，要麼是原學科的拓展與深化，而無論哪一種情況，都會導向對比較的重視，將比較作為重要的研究手段。所不同於上述者，這裏進行的是學科間的比較而非國家或民族間的比較。在文學研究領域內，這種邊緣化、交叉化的發展趨勢一方面導致

了諸如文藝心理學、文藝社會學、文學語言學和文學人類學等新學科的形成，另一方面則有力地推進了跨學科的比較研究。如果說，我們對不同民族文學的比較是基於走向世界文學的構想，那麼跨學科研究則出自這樣一種考慮，即文學作爲人類的精神現象之一，應該在與其他精神現象的聯繫中來進行考察，通過比較各種不同的精神現象，更好地認識人類的精神現象，也更好地認識文學自身。不言而喻，當代學術研究的這種整體化和交叉化趨勢，與比較詩學的宗旨、研究手段正相一致。

第三，比較詩學在八十年代中國的興盛，還與這一時期中國文論建設的需要相關。進入八十年代以來，中國的文學理論經歷了一個譯介——消化——重建的過程。剛開始是大量譯介、引進西方現代文論，在短短的幾年間，我們幾乎將西方二十世紀所有文藝理論流派都介紹進來，從理論觀點到研究方法，全部梳理了一遍。我們以西方現代文論爲武器，對先前按蘇聯文論模式建構起來的那套文論體系作了全面的清理，一時間大有懷珠抱玉，傲視古今之感。然而不久之後，人們很快便意識到，儘管五花八門、紛紜雜陳，但那只是一種虛假的繁榮，除卻借鑒之外，我們仍是兩手空空。更要命的是，我們自以爲已經擺脫了蘇聯文論模式的拘縛，卻又不自覺地陷入西方現代文論的藩籬，恰如俗語所謂「東倒西歪」，失其立身之本。經受了這個教訓，人們這才回過頭來，重新檢視、反思二十世紀以來中國文論發展的歷史，探尋重建中國現代文論的途徑與方法。而檢視、反思的結果，不外是兩條：一是融合古今，二是融合中西，在此基礎上建設具有中國特色的現代文藝理論。顯然，這種重建中國現代文論的迫切願望和重建的途徑，爲比較詩學的繁盛提供了極好的契機。因爲無論是借鑒外來理論還是繼承中國古代文論遺產，都離不開比較、選擇，尤其是對於中國古代文論的繼承，首先就有一個再認識的問題。有了前兩次的教訓，我們學會避免用外來文論的標準、尺度去衡量、宰割中國古代文論，也學會避免拿中國古代文論去簡單比附外來文論。對於今天的理論研究者來說，最重要的問題是明確中國古代文論與西方文論、現代文論之間的共同性與差異性，這才有可能求同存異，真正推進有中國特色的現代文論體系的建立。正是出於這種考慮，自八十年代中期以來，有關中國古代文論民族特色的探討成爲理論界共同關心的話題，而這恰好與比較詩學的興盛同步。事實上，這兩者正好是互爲因果的：對古代文論民族特色的探討，前提是引入

西方文論作爲參照系，這就不能沒有比較。而比較的目的，就在於更好地認識古代文論自身的特色，看看古代文論中哪些是和西方文論相通的，哪些是相異的。所以，比較作爲一種研究方法，在八十年代以來的古代文論研究中有著極爲重要的意義。在 1987 年出版的《中國古代文論研究方法論文集》中，直接涉及比較方法的就有五、六篇，其餘論文不少也附帶提到，由此可以看出該方法在古代文論研究中的巨大影響。

除上述原因外，還有一點也應該提及，那就是經過一個時期的改革開放，我們不僅具備了發展比較詩學的社會環境，而且也創造了研究必備的學術條件和培養了相當一批有較好素質的專業人材。這與三、四十年代的情況很有幾分相似，所不同者是隊伍更加壯大，條件更爲成熟。

二、中西比較詩學的歷史與發展

在中國大陸，最早將比較詩學作爲一個專門術語正式提出的，大概是錢鍾書。1981 年，張隆溪在《讀書》第 10 期上發表了《錢鍾書談比較文學和「文學比較」》一文，介紹錢鍾書對開展比較文學研究的若干意見。文中寫道：「錢鍾書先生認爲文學理論的比較研究即所謂比較詩學（comparative poetics）是一個重要而且大有可爲的研究領域。如何把中國傳統文論中的術語和西方的術語加以比較和互相闡發，是比較詩學的重要任務之一。」其後，1983 年，張隆溪又撰寫了題爲《應該開展比較詩學的研究》的短文，就開展比較詩學研究的意義、方法等問題提出了自己的意見。該文發表於 1994 年《中國比較文學》創刊號，在某種意義上可以看作是中國比較詩學研究趨於自覺的一個標誌。〔註 7〕

不過，如果不拘泥於名目，比較詩學作爲一種研究方法，其歷史在中國幾乎和比較文學一樣悠久。

最早從事中西詩學比較的，或許當推清末的王國維，這在他的《紅樓夢評論》、《人間詞話》和《宋元戲曲考》中均有所表現。陳寅恪曾在《王靜安先生遺書序》中將王國維的治學方法概括爲三條，其中第三條就是「取外來

〔註 7〕在此之前，胡經之曾提出「比較文藝學」的概念，發表於《北京大學學報》1980 年第 6 期的《中國美學史方法論略談》一文道：「近幾年來，比較文藝學蓬勃發展起來，中外都有人在對中國和西方的美學、藝術傳統作比較的研究」；後又在 1981 年 2 月 25 日《光明日報》發表《漫談比較文藝學》。

之觀念與固有之材料互相參證，凡屬於文藝批評及小說戲曲之作，如《紅樓夢評論》及《宋元戲曲考》等是也」。王國維受康德、叔本華和尼采哲學、美學思想影響較深，並有意識地以之與中國傳統詩學、美學相比較，這是王國維詩學的一個很突出的特點。雖然這種比較離現代意義上的比較詩學尚有距離，但應該說確有比較詩學的因子。

　　早期的古代文論研究者也注意到中西比較的重要性和必要性。寫作《中國詩學大綱》（1924）的楊鴻烈自稱他「最崇信摩爾頓（Richard Green Mouldon）在《文學的近代研究》所說的：普遍的研究——不分國界、種族，歸納的研究，進化的研究」，而寄希望於將來。這就很有些比較詩學的意味。中國文學批評史的開山之作、陳鍾凡的《中國文學批評史》（1927）在討論文學義界時先引述法國文論家維尼（Vinet）和英國文論家阿諾德（Arnold）等人有關文學的看法，然後寫道：「以遠西學說,持較諸夏,知彼所言感情、想像、思想、興趣者,注重內涵。此之所謂采藻、聲律者,注重法式。實則文貴情深而采麗,故感情、采藻二者,兩方皆所並重。特中國鮮純粹記事之詩歌,故不言及想像；遠西非單節語,不能準聲遣字,使其修短適宜,故聲律非所專尚。此東西文學義界之所以殊科也。」〔註8〕儘管此處對中西文學觀念的比較失之簡單，但作者的比較意識卻是可貴的，其思路也不無可取。

　　到了三十年代以後，中西詩學的比較意識更趨強烈，所見也較先前更為深刻。在1934年出版的方孝岳所著之《中國文學批評》中，作者明確指出：「百年以來，一切社會上思想或制度的變遷，都不是單純的任何一國國內的問題；而且自來文學批評家的眼光，或廣或狹，或伸或縮，都似乎和文學作品的範圍互為因果，眼中所看到的作品愈多，範圍愈廣，他的眼光，也從而推廣。所以『海通以還』，中西思想之互照，成為必然的結果。」這裏不但指出了自1840年以來中國與外界的交往導致國際間相互影響的擴大，因此中西思想之互照遂成為學術研究的必然，而且強調了比較的雙向性。這就較陳鍾凡所說之「以遠西學說,持較諸夏」進了一大步。尤其值得稱道的是，方孝岳在該書中還提出了「比較文學批評學」的概念。他說：「『五四』運動（民國八年）裏的文學革命運動，當然也是起於思想上的借照。譬如因西人的文言一致，而提倡國語文學，因西人的階級思想，而提倡平民社會文學，這種錯綜至賾的眼光，已經不是循著一個國家的思想

〔註8〕陳鍾凡：《中國文學批評史》，上海中華書局1927年版，第5頁。

線索所能討論。『比較文學批評學』，正是我們此後工作上應該轉身的方向。」〔註9〕當然，我們不能據此認爲早在三十年代，中國人就提出了西方學者在三十年後才想到的比較詩學概念，不過我們也不必太謙，因爲方孝岳所言，的確道出了比較詩學的部分意義，雖然他這樣說更多的是立足於中國的文學現實。

還應該提到羅根澤的《中國文學批評史》。在該書《緒言·解釋的方法》一節中，作者特別提出「辨似」，認爲凡是有價值的學說，都同時具有某種共同性和獨特性。「不幸研究學藝者，往往狃同忽異：大抵五四以前則謂後世的學說同於上古，五四以後則謂中國的學說同於歐美。實則後世的學說如眞是全同於上古，則後世的學說應當取消；中國的學說如眞是全同於歐美，則中國的學說應當廢棄。所以我們不應當揉合異同，應當辨別異同」。不但對中國歷代文論家的觀點要辨別異同，對中西文論觀點也要辨別異同。因爲「學術沒有國界，所以不惟可取本國的學說互相析辨，還可與別國的學說互相析辨。不過與別國的學說互相析辨，不惟不當妄事揉合，而且不當以別國的學說爲裁判官，以中國的學說爲階下囚。揉合勢必流於附會，只足以混亂學術，不足以清理學術。以別國學說爲裁判官，以中國學說爲階下囚，簡直是使死去的祖先，作人家的奴隸，影響所及，豈只是文化的自卑而已」。〔註10〕羅根澤這些話寫於三十年代，但在今天看來，仍覺切中時弊，表現出一種清醒的自主意識。從比較詩學思想或理論的發展看，如果說陳鍾凡注意到引入西方詩學之於古代文論研究的必要，方孝岳突出了中西比較應該取互照互省的態度，那麼羅根澤所論，則是將這種比較的重心由求同轉向求異，由以西方標準爲取捨轉向注重中國文論自身的特徵。這恰與七十年代以來港臺及海外學者的觀點相吻合。

眞正代表了三、四十年代中國比較詩學研究實績的，是錢鍾書、朱光潛、梁宗岱和宗白華等人的著述。

即使在今天看來，錢鍾書作於四十年代的《談藝錄》也堪稱比較詩學的典範之作。作者基於這樣一個信念：「東海西海，心理攸同；南學北學，道術未裂。」所以《談藝錄》的寫作，便「頗采『二西』之書，以供三隅之反」。〔註11〕所談雖爲中國古代之詩文創作，卻能廣采西方文藝家相關的理

〔註 9〕方孝岳：《中國文學批評》，三聯書店 1986 年新版，第 227 頁。
〔註10〕羅根澤：《中國文學批評史》，上海古籍出版社 1984 年版，第 31－32 頁。
〔註11〕錢鍾書：《談藝錄·序》，中華書局 1984 年版，第 1 頁。

論和作品實例與中國文論互爲印證，從中尋繹出共同或共通的文心。譬如書中談「模寫自然與潤飾自然」一節，由唐人李賀詩「筆補造化天無功」說起，引出藝術創作中模寫自然與潤飾自然兩派的差異，認爲「二說若反而實相成，貌異而心則同」，「蓋藝之至者，從心所欲，而不逾矩：師心寫實，而犁然有當於心；師心造境，而秩然勿倍於理」。其所徵引，從古希臘的柏拉圖、亞裏斯多德到中世紀的普羅提諾、文藝復興時期的但丁、莎士比亞，直至近代的培根、龔古爾兄弟和波德萊爾等人的意見。又如「說圓」一節，更是廣征博引，多方比較，除中外前哲談論詩文的有關材料之外，兼及哲學、宗教典籍。作者這樣做的目的，並非呈才顯學或一般地考辨，而是爲了說明「貴圓」乃是中外古往今來文藝創作共同的規律之一。類似的例子還可以舉出不少。總之，超越國別的界限、學科的界限來探討文藝創作的一般規律，是錢鍾書《談藝錄》最突出的特徵，正是這一點奠定了該書在中國比較詩學史上的地位。

朱光潛的《詩論》是一部探討中西共同詩學原理的專著，但側重點更在中國詩學。據作者在先期完成的《文藝心理學》中所說，《詩論》是應用文藝心理學的「基本原理去討論詩的問題，同時，對於中國詩作一種學理的研究」。〔註12〕因爲在他看來，中國傳統的詩話雖有片言中肯，簡練親切的優點，但零亂瑣碎，不成系統，缺乏科學的精神和方法，故而有必要借助西方詩學的方法，予以謹嚴的分析和邏輯的歸納。不過，《詩論》該書並非只是以西繩中，而是在比較的基礎上進行分析、判斷，得出最後的結論。作者的態度很明確：「一切價值都由比較得來，不比較無由見長短優劣。現在西方詩作品與詩理論開始流傳到中國來，我們的比較材料比從前豐富得多，我們應該利用這個機會，研究我們以往在詩創作與理論兩方面的長短究竟何在，西方人的成就究竟可否借鑒」。〔註13〕《詩論》無疑貫徹了這一意圖，在給中國詩及其理論以科學的闡釋的同時，作者也充分注意到其自身的特徵與價值。該書第七章評萊辛的詩畫異質說即爲一例。朱光潛在肯定萊辛學說對藝術理論的貢獻之後，指出相對於中國的詩與畫來說，萊辛的見解未必十分正確。以畫而論，中國畫所講究的「氣韻生動」和表現畫家的心境，便與萊辛以畫爲模寫

〔註12〕 朱光潛：《文藝心理學·作者自白》，《朱光潛美學文集》第一卷，上海文藝出版社1982年版，第6頁。

〔註13〕 朱光潛：《詩論·抗戰版序》，《朱光潛美學文集》第二卷，上海文藝出版社1982年版，第4頁。

自然的觀點相抵觸；以詩而論，中國詩偏重景物描寫的傳統和列舉物象的寫法，也與萊辛所見不侔。〔註14〕所謂通過比較以見長短優劣，由此可見一斑。

梁宗岱的《詩與真·詩與真二集》，宗白華的《中國藝術意境之誕生》和《中國詩畫中所表現的空間意識》等著述，同樣具有這種跨國界、跨學科比較的特點。他們以其對藝術的敏銳感受，對中國和西方詩歌、繪畫、音樂的良好修養，在中西比較詩學研究領域作出了自己的貢獻。儘管他們不曾以從事比較詩學自詡，但恰如梁宗岱所說：吸收、融匯東西文化，開創新局面並非一朝一夕所能成就，「所以我們的工作，一方面自然要望著遠遠的天邊，一方面只好從最近最卑一步步地走」。〔註15〕正是有了他們奠定的基礎，我們今天的比較詩學研究才能拾級而上，發揚光大。

從五十年代到七十年代，由於文化上的封閉，國內比較詩學的研究基本上趨於停滯，除了錢鍾書的《通感》、《讀〈拉奧孔〉》和李澤厚的《意境雜談》等有數的幾篇論文之外，比較詩學論著幾近空白。倒是海外學者受比較文學美國學派的影響，得風氣之先和條件之便，將中西比較詩學的研究推進到一個新的階段。

韋勒克、雷馬克等美國學者將「美學的沉思」引入比較文學，提出平行研究、跨學科研究，以及倡導破除歐洲文化中心論等，無疑從外部促進了中西比較詩學的復興。而中國傳統詩學固有的特徵與價值在日益擴大的文化交往中也迫切需要重新認識。在此情勢之下，國外的漢學家和一批華裔學者率先開始了中西詩學的比較研究，並從學理上探討了這種研究的必要性和研究手段。其中最引人矚目的，當推美國斯坦福大學教授、華裔學者劉若愚和美國加州大學聖地亞哥分校教授、華裔學者葉維廉的研究。

1973 年，劉若愚出版了他用英文寫作的《中國文學理論》，就作者基本的寫作意圖而言，這本是一部向西方讀者介紹中國文學理論的著作，但出版之後卻在海內外比較文學界產生了很大的影響。從比較詩學的角度看，《中國文學理論》的主要貢獻在於：第一，進一步強調了開展比較詩學研究的必要性，特別是突出了研究歷史上互不關聯的文學理論之於建立一般文學理論的必要性。作者在該書《導論》中寫道：「我相信，在歷史上互不關聯的批評傳統的

〔註14〕 朱光潛：《詩論》，《朱光潛美學文集》第二卷，上海文藝出版社 1982 年版，第 136－138 頁。

〔註15〕 梁宗岱：《詩與真·詩與真二集》，外國文學出版社 1984 年版，第 44 頁。

比較研究，例如中國和西方之間的比較，在理論的層次上會比在實際的層次上，導出更豐碩的成果。……屬於不同文化傳統的作家和批評家之文學思想的比較，可能展示出哪種批評概念是世界性的，哪種概念是限於某幾種文化傳統的，而哪種概念是某一特殊傳統所獨有的。如此進而可以幫助我們發現（因為批評概念時常是基於實際的文學作品），哪些特徵是所有文學共通具有的，哪些特徵是限於以某些語言所寫以及某些文化所產生的，而哪些特徵是某一特殊文學所獨有的。如此，文學理論的比較研究，可以導致對所有文學的更佳瞭解。」第二，從文學本論的角度將中國傳統文學觀念與西方相關理論比較，一方面對中國傳統文論進行現代闡釋，另一方面則是「為中西批評觀的綜合，鋪出比迄今存在的更為適切的道路，以便為中國文學的實際批評提供健全的基礎」。〔註16〕雖然該書的某些具體論點還可商權，但恰如中譯者杜國清所說：作者在英美多年，深感西洋學者在談論文學時，動不動就以西方希臘羅馬以來的文學傳統為馬首是瞻，而忽略了東方另一個不同但毫不劣於西方的文學傳統。「由於這本書的出現，西洋學者今後不能不將中國的文學理論也一併加以考慮，否則不能談論『普遍的文學理論』（universal theory of literature）或『文學』（literature）一般，而只能談論各別或各國的『文學』（literatures）和批評（criticisms）而已」。〔註17〕

葉維廉自七十年代以來發表的中西比較詩學的系列論文，奠定了他在海外比較詩學研究領域的重要地位。1983 年，葉維廉以「比較詩學」為題，將自己多年來有關比較詩學研究的論文結集出版，這無疑是對「比較詩學」這一術語的充分肯定。與劉若愚相似，葉維廉也主張通過比較詩學的研究，來尋求跨文化、跨國度的共同的文學規律（common poetics）和共同的美學據點（common aesthetic grounds），只是他更強調了這種研究應該採取一種互為主客、互照互省的方法。在葉維廉看來，東西方文學分屬於不同的文化模式（他稱之為「模子」），因此，要想尋求共同的文學規律，「我們必須放棄死守一個『模子』的固執，我們必須要從兩個『模子』同時進行，而且必須尋根探固，必須從其本身的文化立場去看，然後加以比較加以對比，始可得到兩者的面

〔註16〕劉若愚：《中國文學理論》，杜國清譯，臺灣聯經出版事業公司 1985 年版，第 3、7 頁。除《中國文學理論》外，劉若愚還著有《中國詩學》（The Art of Chinese Poetry），亦為比較詩學之作。

〔註17〕同上書，第 332 頁。

貌」。葉維廉進而指出，如果將兩個「模子」比喻爲兩個部分交迭的圓，那麼二者交迭的地方就是我們建立基本「模子」的地方。「我們不可以用 A 圓中全部的結構行爲用諸 B 圓上，而往往，不交迭的地方——即是歧異之處的探討和對比更能使我們透視二者的固有面貌，必須先明瞭二者操作上的基本差異性，我們才可以進入『基本相似性』的建立」。〔註18〕這也就是說，尋求跨文化、跨國度的共同文學規律的前提，是對產生於不同文化模式下的文學及其規律有著正確的全面的瞭解，在考察相異性的同時去認識共同性，而不是以某一模式爲尺度去衡量取捨。在爲臺北東大圖書公司 1983 年出版的《比較文學叢書》寫的總序中，葉維廉再次指出：「我們在中西比較文學的研究中，要尋求共同的文學規律，共同的美學據點，首要的，就是就每一個批評導向**裏**的理論，找出它們各個在東方西方兩個文化美學傳統**裏**生成演化的『同』與『異』，在它們互照互對互比互識的過程中，找出一些發自共同美學據點的問題，然後才用其相同或近似的表現程序來印證跨文化美學匯通的可能。……我們不要只找同而消除異，我們還要借異而識同，藉無而得有」。〔註19〕在中西比較詩學研究實踐方面，葉維廉雖不象劉若愚那樣系統，但在若干具體問題的探討上卻更爲深入，而且注重結合作品來進行比較分析。如收入《尋求跨中西文化的共同文學規律——葉維廉比較文學論文集》中的大部分論文，和收入《中國詩學》中的《中國文學批評方法略論》、《中國古典詩中的傳釋活動》和《言無言：道家知識論》等文章，〔註20〕都體現了他所主張的互照互省、辨異識同的研究態度和方法，以見解的新穎和思理的縝密給讀者留下很深的印象。

　　臺灣和香港的學者在比較詩學的研究上也取得了可觀的成果。如古添洪、侯健、張漢良、王建元，袁鶴翔、鄭樹森、周英雄、黃維梁等，於中西比較詩學均用力甚勤，其研究可以說代表了台港兩地的水平。還應該提到的是香港中文大學著名比較文學研究專家李達三（John J.Deeney）教授，作爲一個西方學者，他對開展中西比較詩學給予了超乎尋常的關注。他堅信，「如果亞洲內部自己能夠產生一些批評術語和概念，而不完全借用西方創造的各種

〔註18〕葉維廉：《東西比較文學中模子的應用》，見溫儒敏、李細堯編《葉維廉比較論文選》，北京大學出版社 1986 年版，第 11 頁。

〔註19〕同上書，第 32 頁。

〔註20〕《中國詩學》一書由三聯書店 1992 年出版。

術語和概念，那麼東方的文學傳統將對世界比較文學界產生深遠、廣泛的影響」。「應當經常地更多地應用中國的批評術語，如：賦、比、興、詩話、氣、情景等，而且還要用大量的例子和註釋對這些術語進行詳盡的說明，直至全世界的比較文學家都很熟悉爲止」。因爲，「對某個重要術語的眞正理解，有助於你更加接近、瞭解具有與眾不同的中國的『文心』」。〔註21〕

　　進入八十年代以來，正如比較文學一樣，比較詩學的研究在中國大陸也得到復興。1979 年，錢鍾書的《管錐編》由中華書局出版。該書的出版不僅可以看作中國比較詩學研究復蘇的標誌，而且在很多方面起了一種典範和引導的作用。從表面上看，《管錐編》似乎只是作者閱讀《周易正義》、《毛詩正義》等十部典籍的箚記，但其實仍與《談藝錄》有著某種內在的聯繫，其主旨仍在探討古今中外共通的「文心」。錢鍾書一向認爲，「人文科學的各個對象彼此系連，交互映發，不但跨越國界，銜接時代，而且貫穿著不同的學科。」〔註22〕因此，即使是對於文學問題的探討，也不能僅侷限在文學著作之內。與早先的《談藝錄》相比，《管錐編》承續了其跨國界跨學科的比較方法，而研究視野更爲開闊。據粗略的統計，該書引述到的古今中外著者近四千人、著述達上萬種，其中外國部分著者八百余人，著述一千七、八百種，而且不少是國內第一次提到的。〔註23〕就其打通古今、跨越中外、縱橫於不同學科而言，不但國內，就是國際上也很少有著作堪與之匹敵。值得注意的是，錢鍾書並不以「比較詩學」或「比較文學」相標榜，更不是從某種既定的理論框架出發去進行比較，追求所謂系統性或完備性。他往往是由古代典籍中涉及到的某個問題生發開來，結合具體的文藝現象對比映襯、識同辨異，或印證前人已有之說，或提出自己獨創之見，而每每能探微索賾，於片言隻語中釋疑解惑，爲不刊之論。正如樂黛雲所說：「《管錐編》最大的貢獻就在於縱觀古今，橫察世界，從『針鋒粟顆』之間總結出重要的文學共同規律。也就是突破各種學術界限（時間、地域、學科、語言），打通整個文學領域，以尋求共同的『詩心』和『文心』」。〔註24〕

〔註21〕見約翰・J・迪尼、劉介民主編《現代中西比較文學研究》（一），四川人民出版社 1988 年版，第 262、264 頁。

〔註22〕錢鍾書：《詩可以怨》，見《七綴集》（修訂本），上海古籍出版社 1994 年版，第 133 頁。

〔註23〕參見鄭朝宗所編之《管錐編研究論文集》中敏澤《序》、陸文虎文，福建人民出版社 1984 年版。

〔註24〕樂黛雲：《中國比較文學的現狀與前景》，見《比較文學與中國現代文學》，北京大學出版社 1987 年版，第 14 頁。

如果說《管錐編》還雜有比較詩學以外的內容，那麼同是 1979 年出版的《舊文四篇》則可以說是純粹的比較詩學之作。這四篇論文再加上 1981 年發表的《詩可以怨》，較爲集中地反映出錢鍾書在比較詩學研究方面的造詣和學術特色。而且，較之博大精深的《管錐編》，《舊文四篇》和《詩可以怨》似乎更易於爲一般讀者接受，從而更具有方法論上的指導意義。應該說，不少人正是從研習這五篇文章入手，而後涉足比較詩學研究的。

從八十年代初開始，比較詩學在中國很快就有了長足的發展，不過短短幾年間，就由原先作爲比較文學的一個分支發展爲相對獨立的學科，其成果也由開始時的單篇論文發展爲研究專著。在八十年代前期的研究成果中，如張隆溪的《詩無達詁》、王元化的《劉勰的譬喻說與歌德的意蘊說》、周來祥的《東方與西方古典美學理論的比較》、蔣孔陽的《我國古代美學思想與西方美學思想的一些比較研究》、張月超的《中西文論方面幾個問題的初步比較研究》、蘇丁的《中西方文學批評的心態層次比較》等論文都產生了一定的影響。而比較引人注意的，是曹順慶的中西比較詩學系列論文。自 1981 年起，曹順慶陸續發表了《亞里士多德的「Katharsis」和孔子的「發和說」》、《「風骨」與「崇高」》、《「移情說」「距離說」與「出入說」》、《「物感說」與「模仿說」》、《意境說與典型論產生原因比較》、《論西方現代派文藝表現說與中國古代文藝表現說》等論文，這些論文的共同點，是將中國古代文論的若干重要範疇、命題與西方文論中的相關理論進行比較，辨識異同，以期深化對問題的認識。儘管在今天看來，這些論文還帶有簡單化的傾向，在確立問題的可比性和具體論述等方面猶可商榷，但畢竟向系統的中西比較詩學研究邁出了一步，曹順慶本人也因此在新時期以來的比較文學、比較詩學研究中佔有一個顯眼的位置。1986 年，曹順慶在上述論文的基礎上完成了專著《中西比較詩學》，1988年由北京出版社出版，成爲國內第一部以「比較詩學」爲名的著作。從該書的體例安排來看，曹順慶試圖對中西詩學作一種整體的全面的比較，他分別討論了形成中西詩學各自特色的文化背景，和中西詩學在藝術本質論、藝術起源論、藝術思維論、藝術風格論、藝術鑒賞論五個方面的異同，從而形成一個相對自足的整體。以是之故，有人稱譽該書爲比較詩學研究中「開風氣之先」的新作。〔註25〕

繼曹著之後又有不少比較詩學專著問世。就我所見，大概有這樣幾部：1、

〔註25〕狄兆俊：《一部比較詩學的新作》，《中國比較文學》1989 年第 2 期。

樂黛雲、王甯主編的《超學科比較文學研究》。該書爲論文集，收入樂黛雲、王甯等國內學者撰寫的 16 篇跨學科比較研究的論文，大致分爲文學與其他社會科學的比較、文學與藝術的比較和具體文學問題的比較三部分。2、黃藥眠、童慶炳主編的《中西比較詩學體系》。這也是一部多人合作的產物。全書分爲三編：第一編比較中西詩學的文化背景，第二編比較若干中西詩學範疇，第三編爲影響研究。3、狄兆俊的《中英比較詩學》。作者從亞伯拉姆斯所概括的四種文論流派中選取實用理論和表現理論兩派作爲框架，結合中英兩國不同時期的詩論進行比較研究，以期揭示出某些共同的文學規律。4、馬奇主編的《中西美學思想比較研究》。該書除討論中西美學的文化背景和各自的基本特徵外，主要突出了中西若干重要美學範疇間的比較，如和諧、崇高、靈感、悲劇、意境與典型、妙悟與直覺等。5、朱徽的《中英比較詩藝》。分上下兩編，上編探討中英詩歌在表現技巧層面的異同，下編爲中英詩人詩作的比較研究。〔註 26〕總而言之，這幾部專著雖然各有側重，但都試圖通過比較，更好地認識和把握中西詩學各自的特徵，進而探求跨文化跨國界的共同的文學規律。有必要指出的是，其中《中西比較詩學體系》被列入國家「七五」重點課題，《中西美學思想比較研究》被列入教委「七五」科研項目，《中英比較詩學》也被列入教委「七五」博士點項目。這既表明上述研究的份量，也表明比較詩學在這一時期所受到的重視。

　　另外，從八十年代初開始，在進行比較詩學研究的同時，人們也對比較詩學自身作了理論上的探討。早期的一些文章如胡經之的《比較文藝學漫說》、張隆溪的《錢鍾書談比較文學和「文學比較」》及《應當開展比較詩學研究》、劉綱紀的《中西美學比較方法論的幾個問題》等，都對開展比較詩學研究的意義、目的和方法作了一般性的闡述。後來的研究專著，包括一些比較文學概論或教程方面的著作，也都在不同程度上辟出篇幅予以討論、介紹。不過，相對於比較詩學研究在實踐方面的進展而言，學界對其理論上的研究明顯滯後，較爲系統而深入的文章尚不多見。對於諸如比較詩學的義界，比較詩學與比較文學的關係，比較詩學的研究對象和研究方法，比較詩學研究

〔註 26〕　《超學科比較文學研究》，中國社會科學出版社 1989 年版；《中西比較詩學體系》，人民文學出版社 1991 年版；《中英比較詩學》，上海外語教育出版社 1992 年版；《中西美學思想比較研究》，中國人民大學出版社 1994 年版；《中英比較詩藝》，四川大學出版社 1994 年版。

史等問題還有進一步深入探討或系統總結的必要。這方面近年來一個比較明顯的趨勢，是從對話的角度探討深化中西比較詩學研究的途徑。如曹順慶的《中西詩學對話：現實與前景》、樂黛雲的《中西詩學對話的必要性與可能性》和《中西詩學對話中的話語問題》、錢中文的《對話的文學理論——誤差、激活、融化與創新》等，〔註 27〕提出中西詩學對話，目的在於改變先前偏重闡發式研究的格局，從總體上將中國詩學置於與西方詩學平等的地位，在對話中激活中國傳統詩學，重鑄中國文論話語，使之得以融入當代文論。顯然，儘管在具體的研究思路上仍是從共同的文學基本問題入手，識同辨異，但以對話的方式替代一般說的中西詩學比較，提出這種對話中的話語問題，這無疑反映出當前中西比較詩學研究的觀念的更新和策略的改變。

三、比較詩學和古代文論研究

在一般意義上說，比較詩學原指跨國界跨語種跨文化跨學科的文學理論的比較，不過在實際的應用中，比較詩學常常是一個不甚確定的概念。一方面，它往往與比較美學、比較藝術學等範疇混同，雖然從理論上說它們之間無論在內涵還是外延上都只是相通而非相同；另一方面，我們似乎也沒有將其從比較文學中分離出來，就是說，比較詩學仍被看作是比較文學研究的一種策略或方法，而有意無意地忽略了其具有特定研究對象和目的。所以，在大多數比較文學教材中，比較詩學只是處在與影響研究、平行研究等方法相並列的位置。這與比較詩學的重要意義是不相稱的。準確界定比較詩學並非本文的任務，這裏只想說明，從比較詩學的研究實踐來看，它應該具有一個獨立的地位。

我們可以在兩個層面上來給比較詩學定位。

第一，作爲比較文學發展的一支，比較詩學即是跨國界跨語種跨文化跨學科的文學理論研究，其比較的對象是詩學，或者說，是產生於不同文化背景之下的文學理論的比較。正是這一點使它有別於一般意義上的比較文學。比較文學的研究對象首先是不同國家或不同語種的文學作品，不論其所採用的方法是影響研究還是平行研究，它都是從具體作品出發；而比較詩學的研

〔註 27〕 曹順慶文載《當代文壇》1990 年第 6 期；樂黛雲的《中西詩學對話的必要性與可能性》載《中國比較文學》1993 年第 1 期；《中西詩學對話中的話語問題》和錢中文文收入論文集《多元文化語境中的文學》，湖南人民出版社 1994 年版。

究對象則是文學理論，是分屬於不同文論體系的範疇、命題、理論形態乃至理論體系本身。不妨這樣理解：比較文學更多地屬於文學史的範疇，比較詩學更多地屬於文學理論的範疇。同時我們也可以說，比較文學的外延較比較詩學更為寬泛，它在廣義上包容了比較詩學。

第二，作為比較文學發展的必然，比較詩學又成為比較文學研究的指導性策略，就是說，比較文學不能僅滿足於尋求不同國別、語種間文學在事實上的關聯，不能只是一種國際間文學的「外貿」（韋勒克語）史的研究，它還必須上升到文學理論的高度、美學的高度。用錢鍾書的話說：「比較文學的最終目的在於幫助我們認識總體文學乃至人類文化的基本規律」，〔註28〕這裏說的總體文學應該是在其本來意義上使用的，即指「詩學或者文學理論和原則」，〔註29〕說得更準確些，是指超越於國別文學之上的一般文學規律。既然如此，比較文學便不得不導向比較詩學，或者說，比較文學在本質上即是比較詩學，儘管它實際的研究範圍較一般說的比較詩學寬泛，但終極目的並無不同。

這種殊途同歸：直接從產生於不同文化背景之下的文學理論的比較研究中尋求一般文學規律，和由具體的文學現象的比較入手進而抽繹出帶有普遍性的理論原則，正是比較詩學的意義所在。事實上，在具體的研究中，比較詩學的這兩條途徑常常是相互滲透和相互補充的。一方面，直接的理論比較離不開作品實例的佐證；另一方面，對作品的比較分析、歸納概括也需要一定理論的指導。也許，為了避免意義的含混，我們有必要將前者稱之為狹義的比較詩學，而將後者稱之為廣義的比較詩學。但無論如何，比較詩學不應視為與影響研究、平行研究等並列的比較文學的研究方法之一，而應該被看作是比較文學研究的內容之一才更為適宜。一定要說方法，也應該是文學研究而非比較文學研究的方法，是文藝理論研究的方法，美學研究的方法。

由此我們可以確定狹義的比較詩學研究的對象、範圍及方法，並結合中國古代文論的研究作一些分析。

比較詩學研究的對象是不同民族的文學理論，它直接對構成不同民族文學理論體系的理論內涵和理論形態進行比較研究。也就是說，比較詩學的研究對象包括兩個方面：一是分屬於不同文論體系的範疇、概念、命題，二是

〔註28〕 張隆溪：《錢鍾書談比較文學和「文學比較」》。《讀書》1981 年第 10 期。
〔註29〕 韋勒克、沃倫：《文學原理》，三聯出版社 1984 年版，第 44 頁。

這些範疇、概念、命題的表述或存在方式。就此而言，比較詩學與比較文學之間的界限似乎並不難區分。不過，說到比較詩學的研究範圍，恐怕就不那麼單純了。因爲對文學理論的比較研究勢必會涉及到文學批評，包括批評態度、批評標準和批評方式，當然也就會涉及批評對象即作家作品，這樣在研究範圍上就與比較文學頗爲接近。同時，對文學理論的比較也不能不擴展到文藝思潮、審美趣味，不能不深入到產生這種理論的哲學、文化層面，如此比較詩學又與比較美學、比較文化學有了某種相通。此外，雖然習慣上我們將跨學科研究視爲比較文學的方法之一，但跨學科研究的目的卻在於尋求文學與其他藝術或社會科學之間的內在關聯，因此這種研究無疑最富於比較詩學意味。所以我們只能說：比較詩學的研究範圍是以文學理論爲中心的輻射面，它與比較文學的區別僅在於輻射中心的不同。

相應地，比較詩學的研究方法也並非獨立於比較文學之外的某種方法，而只是於比較文學研究的諸方法中有所側重而已。由比較詩學的目的所決定，平行研究和跨學科研究較影響研究更爲常用，包括西方學者在內的很多人都認識到，較之同一文化系統中不同國別之間文學理論的比較，那種產生於不同文化模式中的文學理論的比較更具有特殊意義，更有助於發現那些共同的文學規律。而跨學科研究，尤其是綜合了平行研究的跨學科研究，同樣爲實現比較詩學的目的提供了獨特的便利。因此，儘管比較詩學並不拒絕影響研究，但平行研究和跨學科研究顯然更得比較詩學研究者的青睞。

對於中國的比較詩學研究來說，情況大體上與此相符。從我們上文對中國比較詩學研究史的回顧不難看出，比較詩學研究在中國不但表現出一種早熟的態勢，而且已經形成了自己的特色。

就研究對象而言，在中國，比較詩學研究關注的主要是中西詩學的異同，而且主要是中國傳統詩學與西方詩學的異同。作爲中國學者如此選擇，道理似乎是不言自明的，因爲他們必得從自身的現實需要出發去研究問題，而五四以後中西文化的撞擊、融匯更從客觀上迫使人們去比較、選擇。不過，如果只是從本土意識的角度去解釋導致上述現象的原因，那是不夠的，還應該考慮到比較詩學的學科性質和終極目的。中國學者從一開始就意識到，比較詩學的意義在於探求古今中外共同的「文心」。早在四十年代錢鍾書就明確指出：「東海西海，心理攸同；南學北學，道術未裂」。故其研究，「頗采『二西』之書，以供三隅之反」。後來一些海外學人對此更是倍加重視，如劉若

愚稱他寫作《中國文學理論》一書的「第一個也是終極的目的，在於提出淵源於悠久而大體上獨立發展的中國批評思想傳統的各種文學理論，使它們能夠與來自其他傳統的理論比較，而有助於達到一個最後可能的世界性的文學理論」。〔註30〕海陶偉（J.R.Hightowre）承認：「我們對文學理論在歐洲的發展，知道得很多，對印度的文學理論的發展知道得很少，而對中國的則幾乎一無所知。因此，在這方面我們可期望看到中國文人對文學藝術的新態度、新觀點，或許我們會發現中國文學理論，重證我們已有的觀點」。而通過中西方文學的比較，「最終我們可能有望發現文學的『恒常定理』，數學上所謂的『常數』——語文在人類有意識地應用作文學目的下所產生的文類、形態、徵象和技巧。這種認識將有助於使我們得到一個更令人滿意的文學定義，比我們單從一小部分人類的文學經驗所得到的任何定義，更為準確」。〔註31〕李達三表示：他之所以選擇中國文學作為基本的比較體與出發點，「不僅是由於中國文學的清新面目，更鑒於一個信念：我們可望自其他迄今仍然陌生的文學之處頗多。此外，富麗之中國傳統給比較文學所增添的特殊東方色彩，更能開拓西方人的眼界，使他們對文學產生一種更廣闊的概念」。〔註32〕所以，中國的比較詩學研究自然將重心放在了中國傳統詩學與西方詩學的跨文化比較上，而有關中國現代詩學與西方詩學的比較、中國詩學與亞洲其他國家詩學的比較，相對說來要薄弱得多。

　　就研究方法而言，中國學者似乎更偏愛平行研究。從早期錢鍾書的《談藝錄》、朱光潛的《詩論》，到後來劉若愚、葉維廉乃至曹順慶等人的研究，幾乎都是以平行研究為主。影響研究不是沒有，但大多是關於西方詩學對中國近現代詩學的影響，或馬克思主義文藝思想、俄蘇文藝思想對中國現代文學理論的影響，如黃藥眠、童慶炳主編的《中西比較詩學體系》就為影響研究專設一編。此外，還有個別文章論及中國傳統詩學輸出的。這類研究一則受材料的限制，不像平行研究那樣有更為廣闊的研究領域；再則其意義主要是對某種理論在接受過程中的變異性考察，關注的是時效性而非恒常性，這

〔註30〕劉若愚：《中國文學理論》，杜國清譯，臺灣聯經出版事業公司 1985 年版，第 3 頁。

〔註31〕海陶偉：《中國文學在世界文學中的意義》，見《英美學人論中國古典文學》，香港中文大學 1973 年版，第 32、33 頁。

〔註32〕約翰·J·迪尼、劉介民主編：《現代中西比較文學研究》（一），四川人民出版社 1988 年版，第 265 頁。

就與比較詩學研究的終極目的——尋求跨文化跨國界的共同的文學規律隔了一層，因此它在比較詩學研究中的作用便難以和平行研究相比。對於中國這樣一個歷史上長期處於封閉狀態的國度，影響研究，尤其是詩學的影響研究更是先天不足。值得一提的倒是由台港學者倡導的「闡發研究」。所謂「闡發研究」，是指借鑒西方詩學理論及其方法來研究中國傳統文學和詩學，這曾被看作是比較文學研究之「中國學派」的特徵之一。如古添洪、陳慧樺為《比較文學的墾拓在臺灣》所作的序中寫道：「我國文學，豐富含蓄；但對於研究文學的方法，卻缺乏系統性，缺乏既能深探本源又能平實可辨的理論；故晚近受西方文學訓練的中國學者，回頭研究中國古典或近代文學時，即援用西方的理論與方法，以開發中國文學的寶藏。……我們不妨大膽宣言說，這援用西方文學理論與方法並加以考驗、調整以用之於中國文學的研究，是比較文學中的中國派。」〔註33〕不論學界對比較文學的中國學派這一提法持何種態度，此處所說之闡釋研究確是中國比較詩學在研究方法上的特色。正如我們先前提到的，早期的中國古代文論研究者已經明確表示，要借鑒西方文學理論和科學方法來研究、整理中國古代文論。以至於朱自清說：「現在學術的趨勢，往往以西方觀念（如文學批評）為範圍去選擇中國的問題；姑無論將來是好是壞，這已經是不可避免的事實。」〔註34〕劉若愚作《中國文學理論》，也試圖對傳統文論作「更有系統、更完整的分析，將隱含在中國批評家著作中的文學理論抽提出來」。〔註35〕而要做到這一點，援用西方文論框架及方法便在所不免。應該看到，較之文學作品的批評，對中國傳統文學理論的闡釋、整理更須借助分析、歸納等邏輯手段。所以，問題的關鍵不在要不要闡發，而在於如何闡發。就是說，如何既給傳統詩學以合乎現代科學規範的表述，又避免由於援用西方理論和方法所造成的以西繩中的弊端。正是為了糾正早期的研究者單向闡發可能導致的移中就西的偏頗，當代比較詩學研究特別強調了闡發的雙向性，主張互為主客，互照互省，以期通過比較來識同辨異，實現中西互釋。

　　就研究目的而言，尋求跨文化跨國界的共同的文學規律無疑是比較詩學

〔註33〕古添洪、陳慧樺編著：《比較文學的墾拓在臺灣》，臺灣東大圖書公司1985年版，第1－2頁。

〔註34〕朱自清：《朱自清古典文學論文集》，上海古籍出版社1981年版，第541頁。

〔註35〕劉若愚：《中國文學理論》，杜國清譯，臺灣聯經出版事業公司1985年版，第6頁。

研究的終極追求。不過,對於中國學者來說,似乎還不能只停留在這個認識上,還應該有自己的目的。說老實話,總體文學或共同詩學如果是指消除一切國別和民族差異的文學及其規律,那麼它並非一個在短時期內便可望企及的目標;如果指某些已然存在於不同文學系統、文論模式中的普適性因素,則我們現在尚不能將其抽繹出來別構一套放之四海而皆準的理論。因此,在尋求跨文化跨國界的共同文學規律這個終極目的之外,我們的比較詩學研究還可以有自己的近期目的。從中國比較詩學的研究實踐來看,這種近期目的主要有二:一是通過比較加深對中國傳統詩學的理解,更好地認識中國傳統詩學的獨特價值,把握其特徵。宋人蘇軾詩云:「不識盧山眞面目,只緣身在此山中」。引入西方文論作爲研究的參照系,可以使我們跳出「此山」,從一個新的視角,一種異質文化的眼光來觀照中國傳統詩學,從而有新的發現,新的理解,新的評估。二是在比較的基礎上進行選擇,求同存異,爲現階段文學理論的建設作必要的準備。李達三的意見不無道理:「既然『共同詩學』(common poetics)顯然是一種不切實際的、也是不受歡迎的調和品,那麼,我們就沒有理由不去探討一種複合詩學(composite poetics),這種詩論將有益於我們對所有民族的文學精品加以比較」。〔註36〕所以,相對於共同詩學,我們不妨先建立一種「複合詩學」,一種既吸收古今中外文論之共識共見,又充分考慮不同文論中的特殊內涵和價值的綜合性理論。由此再走向跨文化跨國界的一般文學理論,恐怕更具有現實性和可行性。

綜上所述,中國的比較詩學研究的確有自己獨特的追求,在某種意義上我們甚至可以說,恰如比較文學有中國學派一樣,比較詩學也有中國學派。事實上,比較詩學之中國學派不但與比較文學之中國學派相通相合,而且更爲集中地體現了中國學派的特色。極力贊成中國學派提法的李達三最近認爲:「在創建『中國學派』的工作中,『術語翻譯』和『比較詩學』是中西比較文學大廈的一對支柱。前者的開展極有意義,它有助於使西方人士瞭解中國文學和文化的本質;而後者則有助於使中國文學在互補性的世界文化範圍內定位」。〔註37〕李達三所說「術語翻譯」,其實仍與比較詩學相關,因爲準確貼切的術語翻譯必須以對中西文學、文論術語各自本來意義的理解爲前提,而這正是比較詩學研究要解決的問題之一。所以,這對「支柱」的眞正

〔註36〕李達三:《從比較的角度看中國文學》,《中國比較文學》1987年第一期。
〔註37〕李達三:《下世紀最佳文學研究》,載《中外文化與文論》1996年第1期。

承重點，還是落在比較詩學上。我想，李達三的意思不是說比較詩學應該成為中國比較文學研究的主體，而是強調它之於比較文學中國學派的重要意義。再看曹順慶對比較文學中國學派研究方法的概括。他認為：與法國學派的影響研究、美國學派的平行研究形成對照，「中國學派則將以跨文化的『雙向闡發法』，中西互補的『異同比較法』，探求民族特色及文化根源的『模子尋根法』，促進中西溝通的『對話法』及旨在追求理論重構的『整合與建構』等五種方法為支柱，正在和即將構築起中國學派『跨文化研究』的理論大廈」。〔註38〕不難看出，這五種方法都是中西比較詩學研究所擅長的方法，雖然不是比較詩學的專利。由此也可說明中西比較詩學與中國比較文學研究的非同一般的關係。

探求中西比較詩學研究在八十年代趨於繁盛的原因，回顧其自本世紀初以來發生發展的歷史，以及分析其在研究對象、方法、目的等方面的特徵，確實可以使我們有不少新的認識。就本書的題旨來說，它無可爭議地表明：隨著中西比較詩學研究在世界範圍內的興盛，對中國古代文論的研究也進入到一個新的時期，比較詩學並非只是比較文學研究者關注的問題，它同樣應該是古代文論研究者必須掌握的方法。且不說老一輩研究者早已自覺地應用這一方法，為創立中國文學批評史學科作出了努力；單就作為一種現代學術研究的發展趨勢而言，置身於今天的我們也不能漠然視之；更何況古代文論若想與現代文論接軌，若想走向世界，比較詩學可謂必由之路，捨此之外別無它途。

從中國古代文論研究的角度著眼，比較詩學研究的意義首先在於提供了一個新的視角，使我們有可能在更為廣闊的背景下來審視中國傳統文論，更好地認識其特徵與價值。與一般比較文學研究不盡相同的是，將比較詩學引入中國古代文論研究，主要是為了彌補傳統研究方法偏於以古釋古的不足，改變長期以來古代文論研究的封閉格局。同時，通過中西詩學的比較辨析，可以拂去歷史蒙在古代文論身上的塵埃，使之得以激活，以一種新的面目出現，成為中國現代詩學的一個重要組成部分。

這種比較應該在不同層面上展開，既有範疇、概念的辨析，也有命題、原理的互相發明；既可以是特定時期、階段文藝特色、文藝思潮的比較，也可以是單個理論家、專著的比較；從中西不同文體理論各自的特色，到中西文論體

〔註38〕 曹順慶：《比較文學中國學派基本理論特徵及其方法論體系初探》，載《中國比較文學》1995 年第 1 期。

系的總體對照，都應該納入研究視野。隨著研究的拓展，這種比較將深入到美學和文化層面，如葉維廉所說，探尋產生中西文論各自的「美學的據點」，進而深化我們對古代文論的認識。除了跨文化、跨國界的中西比較之外，中國傳統藝術與文學之間的比較、其他社會科學與文學之間的比較也具有重要的意義，也可以使我們更真切理解中國藝術精神，理解中國詩學的深層意蘊。倘若這種比較能與跨文化跨國界比較結合起來，那無疑更具有特殊的價值。

當然，比較不是比附，更不是以西方文論爲尺度去預設模式，削足適履。對於先前中西比較詩學研究中存在的以西格中的弊病，我們自不必諱言，但同時應該看到，導致這些弊病的原因，與其說是方法的，不如說是態度的。而最終解決問題的途徑，還在於更進一步的、更深入更全面的比較。在借鑒比較詩學研究中國古代文論的實踐中，我們免不了會有一些失誤，這不足怪，更不必因噎廢食，對任何新方法的嘗試都需要一個熟悉的過程，何況意識到失誤本身就是一種收穫。

在 1985 年 8 月舉行的國際比較文學協會巴黎年會上，七十五歲高齡的艾金伯勒以《比較文學在中國的復興》爲題發表講演，對中國的比較文學研究寄以厚望。樂黛雲由此提出設想：「如果說比較文學發展的第一階段主要成就在法國，第二階段主要成就在美國，如果說比較文學發展的第三階段將以東西比較文學的勃興和理論向文學實踐的復歸爲主要特徵，那麼，它的主要成就會不會在中國呢？」〔註39〕十年之後，曹順慶撰文對這一設想作了充分的肯定，認爲以跨文化研究爲基本特徵的中國比較文學將是繼法國學派、美國學派之後世界比較文學發展的又一新階段。〔註40〕可以斷言，中西比較詩學在這個新階段中將會扮演一個重要的角色。如果跨文化研究確實代表了未來比較文學研究的方向，那麼中國學者也就確實有條件在跨文化研究中大顯身手。因爲，與西方學者對東方文化的瞭解相比，東方學者對西方的瞭解無疑要多得多，這正是一批海外華裔學者率先在中西比較詩學領域有所創獲的原因。

如果我們的古代文論研究與比較詩學研究攜手，齊頭並進，殊途同歸，豈非如雙水匯流，相得益彰！

〔註39〕樂黛雲：《中國比較文學的現狀與前景》，見其《比較文學與中國現代文學》，北京大學出版社 1987 年版，第 9 頁。

〔註40〕參見曹順慶：《比較文學中國學派基本理論特徵及其方法論體系初探》，《中國比較文學》1995 年第 1 期；《跨越第三堵牆，創建比較文學中國學派理論體系》，《中外文化與文論》1996 年第 1 期。

第六章　資料整理

在不少人的觀念中，資料整理算不上正式的研究，而只能看作是研究的準備階段，這不能不說是一種偏見或淺見。實際上，資料整理並不如某些人想像的那麼容易，它同樣需要良好的素質，相當的學養，同樣要求一定的理論功底和分析、解決問題的能力。資料整理和理論研究是相輔相成，互為條件的，可以偏重卻不能偏廢。一方面，理論研究所達到的深度與研究者所掌握的資料有著密切的關聯；另一方面，資料整理的水準也會受制於整理者的理論素養。相應地，資料整理中存在的問題會在理論研究中暴露出來，而理論研究中薄弱環節也可以從資料整理中找到原因。作為單個的研究者如此，作為一門學科的研究史同樣如此。

所以，資料整理理所當然是古代文論研究的重要組成部分，也理所當然地成為我們回顧與反思的一項重要內容。本章討論的具體內容包括五個方面：1、資料的收集，2、資料的考訂，3、資料的編選，4、資料的釋譯，5、資料的利用。除了總結七十年來古代文論資料整理方面的進展外，對於存在的問題、改進的措施也將提出意見。

一、資料的收集

研究中國古代文論碰到的第一個問題，就是資料的收集。今天的研究者是幸運的，他不必像老一輩學人那樣從浩如瀚海的古籍中去一鱗半爪地發掘收集古人談論文學的材料，而可以直接佔有已經整理出來的大量的古代文論文獻進行研究。確實，就整個古代文論資料整理工作而言，資料的收集相對說來是做得最好、最有成效的一項。經過幾輩學人七十年的努力，時至今日，

絕大部分較爲重要的古代文論文獻已經發掘出來，至少是沒有太大的遺漏了。

這當然有一個過程。

我們知道，中國古人並不熱衷於構築自己的文學理論體系，也很少長篇大論地去討論文學問題。雖說古人也明白批評和創作是兩種不同的才能，但他們中的大多數人都不滿足於只做一個批評家或理論家，而往往是一身兼創作、批評二任。這樣一來，不但純粹的理論性文章比較少見，而且也使得文學批評和理論著述難以與創作並駕齊驅，難以成爲一個獨立的門類。因此，除了像劉勰《文心雕龍》這類具有較爲明顯的理論色彩的專著，以及若干以詩話、詞話爲題的雜著能夠單行於世之外，大量的古代文論材料均散見於各類文集。唐宋以降，雖然有人多少作了一些分類摘編的工作（如所謂詩格、詩法一類），但其用意原在爲初學詩文者指點入門途徑，故往往流於淺俗，並不能眞正反映出古人對文學的基本見解。另外，傳統目錄學中雖有「詩文評」一類，置於集部的末尾，但實際上我們如果眞要瞭解某個時期古人的文學思想，僅僅看這部分附錄是不夠的，還必須讀古人文集中的其它文章，包括書信、箚記、序跋，甚至嚴格意義上的文學創作。因爲這些部分同樣體現了作者本人的文學觀念、審美追求和批評原則，儘管可能只是片言隻語，斷簡殘篇，卻仍有其特殊的價值在，令人不容忽視。

這種重創作而輕理論的傾向客觀上還加速了古代文論文獻的亡佚。從中國古典文學研究史的角度看，古人對於先前著名的文學典籍多有注疏、輯佚，但對於理論文獻的態度就要輕慢得多。以魏晉六朝文論爲例。曹丕的《典論·論文》若非蕭統收入《文選》，恐怕也和《典論》一書同時失傳了；劉勰《文心雕龍》前無古人，後乏來者，然其中《隱秀》一篇至今仍是殘篇；鍾嶸的《詩品序》亦然，其流傳中導致的前後錯亂之病每令研究者扼腕。重要著作尚且如此，則一般理論文獻的命運也就可想而知了。

所以，早期的古代文論研究者首先要解決兩大難題：一是用以指導研究的理論原則，二是佔有研究所需的原始材料。如果說前一個難題他們多少還可以借鑒外來的理論，那麼後一個難題則差不多完全得由自己去摸索。在這方面他們幾乎沒有現成的東西可用。這樣我們也就不難理解，何以早期的批評史著作在今天看來主要以材料的梳理見長。研究者們由傳統的詩文評入手，逐步擴大視野，從詩話、詞話到散見於文集中的評論文字，從史籍的文學傳序、文苑傳序到別集、總集、選本的序跋，從詩文理論到詞曲、小說、

戲曲理論，乃至樂論、書論、畫論，等等，其工作眞如披沙揀金、煮海取鹽，要論述一個朝代的文學批評，該翻閱多少典籍文獻才能尋繹出所需的研究材料！尤其是唐宋以後文獻浩如煙海，以個人之力，實難以遍覽群書，確保沒有重要的遺漏。在這種情況下，有些批評史著作遠詳近略，或對小說戲曲理論闕而不論，其原因恐怕就不能只歸結爲囿於傳統文學觀念了。個人精力所限，理論修養所限，亦爲重要原因。同樣，材料既如此得之不易，自然也就無暇深入分析，更何況是居高望遠，作理論上的宏觀把握呢。

　　在五十年代以前，古代文論研究者的資料收集基本上只是爲個人撰寫批評史作準備，整理出來公開出版的並不太多。研究者在資料收集方面的進展，往往直接體現在他的學術著作中。從五十年代後期開始，系統整理中國古代文論資料被提上議事日程，開始有計劃地整理出版。到六十年代中期，已出版了幾種重要的古代文論資料。一是由郭紹虞、羅根澤主編、人民文學出版社出版的《中國古典文學理論批評叢書》（後改名爲《中國古典文學理論批評專著選輯》）。這是一套分輯出版的大型古代文論、文學史研究資料叢書，據該書「編輯說明」，其編選標準是「突出主流和顯示全面相結合：主要選錄各個時代富有現實主義和積極浪漫主義精神的理論批評論著，特別注意發掘與人民革命運動、愛國運動有密切聯繫的文藝思想；同時照顧到文學史上曾經發生一定影響的各個流派的理論」。此處所說，不妨視爲那個時代的一種門面話，不必過於當眞。從實際編選出版的情況看，所謂突出主流雖未落到實處，但面的照顧卻非空言，像《滄浪詩話校釋》、《帶經堂詩話》、《隨園詩話》、《甌北詩話》、《飲冰室詩話》、《人間詞話》、《白雨齋詞話》、《文章辨體序說》、《論文偶記》、《漢魏六朝百三家集題辭》等，的確是代表了一定時期某個方面的文學思想的重要著作。除個別外，叢書中的大多數只是校點而未加註釋，書中附有整理者的校點說明，略作評述。這套叢書的出版，對於推進古代文論的研究起了積極的作用，要說有什麼不足的話，那就是編選帶有較大的隨意性，似乎只是由校點者興趣所在決定書目，而沒有把理論價值作爲選擇的標準，這就導致了叢書的零散。當然，文革的爆發中斷了叢書的繼續出版，這也是編選者們預先未曾想到的。二是由中國戲曲研究院整理、出版的《中國古典戲曲論著集成》。該書共分十冊，收入中國古代戲曲論著 48 種，爲當時乃至後來一個時期的戲曲理論研究提供了很大的便利。三是古代文論選本的編輯，即郭紹虞主編的《中國歷代文論選》三卷本和舒蕪等人編選的《中國

近代文論選》兩卷本。這我們留待下文再作介紹。

從七十年代後期開始，在恢復古代文論研究的同時，資料的收集、整理工作也得到了重視。原先中斷了的叢書《中國古典文學理論批評專著選輯》繼續出版，據統計已達三十餘種。另外正陸續出版的還有由程千帆主編的《明清文學理論叢書》和徐中玉主編的《中國古代文藝理論專題資料彙編》，各自也都有若干種問世。

除綜合性資料彙編之外，還新出了一些重要的分體文論資料。如詩詞理論方面，重新校點出版了清人何文煥輯錄的《歷代詩話》、近人丁福保輯錄的《歷代詩話續編》、《清詩話》，和由郭紹虞新編選的《清詩話續編》、唐圭璋匯輯的《詞話叢編》增補本。其中《清詩話》1963 年曾由中華書局上海編輯所印行，1978 年新版時郭紹虞又對《前言》作了較大的補充；《詞話叢編》初版於 1934 年，共 60 種，1986 新版時增補了 25 種。這些資料的出版，不但減免了研究者翻檢古籍之勞，而且經過今人的校勘訂正後，更為翔實可靠。另外，由中國社會科學院文學研究所文藝理論研究室王大鵬等人編選的《中國歷代詩話選》（一、二冊）也屬較有影響的一種。在小說批評理論方面也有大進展，陸續出版了黃霖、韓同文的《中國歷代小說論著選》，曾祖蔭等人的《中國歷代小說序跋選注》，孫遜、孫菊園的《中國古典小說美學資料彙編》、丁錫根的《中國歷代小說序跋集》等資料集，以及若干評點本小說，從而填補了先前小說理論資料整理的空白。戲曲理論方面則有蔡毅的《中國古典戲曲序跋彙編》和吳毓華的《中國古代戲曲序跋集》問世，較《中國古典戲曲論著集成》又有所豐富。再如郭紹虞編輯的《萬首論詩絕句》，從一個特殊的角度彙聚了古人的詩論，就論詩絕句這一文體而言，的確堪稱宏富之作。

進入從九十年代以後，大型古代文藝理論資料彙編的編撰開始投入運作。據我所知，葉朗主編的《中國歷代美學文庫》目前已經定稿並交付出版社，將於近期內由高等教育出版社出版；饒芃子主編的《中華文藝理論集成》也接近完稿，擬由花城出版社出版。這兩部大型資料彙編總字數都在千萬以上，為全國多名專家學者歷時數載、共同合作的產物，其收羅之廣，篇幅之巨，均遠遠超出以往的資料彙編。有這兩套書在手，則中國古代文論之重要文獻大體上可以按圖索驥，循目求文了。應該說，這兩套大型資料彙編的完成，標誌著古代文論研究資料收集工作取得了重大的進展，為今後古代文論研究的拓展與深化創造了十分有利的條件。

　　不過，若以為這兩套書就將所有古代文論資料包攬無遺，從此可以不必翻檢古籍，不必再去查閱大量的原始材料，那就不免過於樂觀了。我們姑且不論謄抄、印刷過程中難免的魯魚亥豕、手民誤植之憾，或節選摘錄可能造成的偏解，即以資料收集的完備程度來看，事實上也還會有所遺漏。諸如編選者的眼光、尺度，彙編本身實際的容量、體例等，都可能影響到收集的範圍。所以，儘管主觀上希望大而全，但實際的結果並不完全如其所想。尤其是明清以後部分典籍浩繁，的確很難在有限的篇幅中納入所有材料，至多只能說沒有重要的遺漏而已。

　　資料收集之不可輕言完備，可由對宋代詩話的輯佚一事見出。宋人所作詩話亡佚者甚多，羅根澤、郭紹虞二人均做過宋代詩話的輯佚，以羅、郭二人在收集材料方面的學養功力，似乎不該有大的遺漏，然而，載於《永樂大典》中的范溫《潛溪詩眼》論韻一段重要文字卻未能收入，至錢鍾書作《管錐編》才予以揭出。錢鍾書謂范溫此論：「因論書畫之『韻』推及詩文之『韻』，洋洋千數百言，匪特為『神韻說』之弘綱要領，抑且為由畫『韻』而及詩『韻』之轉捩進階。……融貫綜賅，不特嚴羽所不逮，即陸時雍、王士禎輩似難繼美也。」〔註1〕相比之下，《宋詩話輯佚》所收《潛溪詩眼》28則猶不過鱗爪。而正是這一段文字的發現，使批評史家對范溫不得不另眼相看，在宋代文學批評史中給他留出一席之地。類似的材料會不會再發現呢？恐怕誰也不能貿然否定。

　　再如歷代詩話的收集。據劉德重、張寅彭所著《詩話概說》，他們手頭掌握的詩話書目多達六百餘種，其中不少是《歷代詩話》、《歷代詩話續編》、《清詩話》、《清詩話續編》未收的，而且就是這六百多種，也還不能說已收羅無遺。〔註2〕

　　我們還沒有對國內各大圖書館所藏古籍作一次全面的普查和清理，至於對流傳到海外的孤本、珍本的尋訪，更是有心無力。相信還有不少重要的文獻尚未發掘出來，這應該是我們今後資料收集的方向之一。

　　此外，從研究的角度來說，資料收集其實並不限於歷史文獻，研究成果也應作為我們關注的對象。比如海外學人對中國古代文論的翻譯、闡釋及不

〔註1〕錢鍾書：《管錐編》第四冊，中華書局1979年版，第1361-1363頁。
〔註2〕參見劉德重、張寅彭《詩話概說》所附《歷代詩話要目》及該書《後記》，中華書局1990年版。

同角度的研究所得，同樣有必要進行收集、譯介，這對學科建設、對古代文論研究的現代化當不無裨益。但遺憾的是，這方面的工作還相當薄弱。

二、資料的考訂

對收集到的資料進行考訂，是資料整理的第二項工作，這包括對文獻作者歸屬、寫作時間的確定，和字句正誤的校勘等。簡言之，資料考訂的意義在於確認文獻的歷史身份，使我們的研究得以建立在可靠的基礎之上，避免張冠李戴或以訛傳訛、厚誣古人的弊病。古代文論作為一種歷史的研究，不能不將歷史的真實性放到一個特殊的位置。

在這方面，前輩學者已做了大量的工作，取得了明顯的成果。我們今天讀到的相當一部分資料彙編，都經過了前輩學者的考訂校勘，雖不能說絕對正確無誤，但確實是將錯誤減少到最低限度，盡可能接近歷史的本來面目了。像上節提到的《中國古典文學理論批評專著選輯》以及詩話、詞話和小說戲曲理論文獻資料，都有不少學者付出了心血。至於一些重要典籍的考訂，如劉勰《文心雕龍》、鍾嶸《詩品》、嚴羽《滄浪詩話》、王國維《人間詞話》等，學者們更是多方考辨訂正，在現有的史料條件下，探幽索隱，為恢復其歷史本來面目作了最大的努力。以《文心雕龍》為例，本世紀以來，在清人黃叔琳《文心雕龍輯注》、近人李詳《文心雕龍補注》的基礎上，經過黃侃、范文瀾、劉永濟、楊明照、王利器、陸侃如、牟世金、詹鍈等一大批學者的不懈探索，我們對劉勰的生平和《文心雕龍》一書的歷史面目已有了較為真切的瞭解，儘管不是所有問題都有了定論，但若干重大問題，譬如劉勰的生卒年、《文心雕龍》寫作與成書的時間、《隱秀》篇的真偽、不同版本之文字異同的校勘改定等，學界基本上形成了共識，也可以說去史實不遠。正是有了這樣一個可靠的基礎，對《文心雕龍》的理論研究才會取得如此豐碩的成果。

前輩學者中，在古代文論資料考訂方面用力最勤、成果最多的無疑是郭紹虞。《中國文學批評史》自不必說，該書的寫作宗旨，原在客觀地闡述古代文論家的思想觀點，呈現歷史的本來面目，因此必然要對史料作認真細緻的考訂，以求確鑿無誤。尤其應該提到的是郭紹虞在詩話考訂方面的工作，如七十年代撰寫的《宋詩話考》及為《清詩話》所作前言等，都是頗見功力之作，不只給研究者提供了便利，也為我們的資料考訂樹立了典範。郭紹虞早年即對宋代詩話作過全面的清理輯佚，有《宋詩話輯佚》二冊行世，但他並

不止於一般地收羅彙聚，將材料抄錄出來便算完事，而且對文獻之作者、版本、他書稱引等情況均作了認眞的考索。《宋詩話考》一書作爲《輯佚》的姊妹篇，提供了較爲詳盡的宋代詩話文獻的相關史料。是書共分三卷：「以現尙流傳者爲上卷；其部分流傳，或本無其書而由他人纂輯成之者爲中卷；至於有其名而無其書，或知其目而佚其文，又或有佚文而未及輯者，則概入下卷。」〔註3〕對每一種詩話，郭紹虞都根據所掌握的材料，予以盡可能完備的說明。其較詳者，如歐陽修之《六一詩話》，包括作者生平、寫作時間、版本、異稱，以及體例和對後來詩話的影響等，均有說明。其較簡者，如《元祐詩話》，只有數句，交待此書卷帙、著錄何書、作者不詳及已佚等情況。而不論詳簡，都是建立在對史料的大量涉獵、佔有的基礎上，鉤沉撮要，從而使該書成爲研究宋代詩話乃至整個中國古代詩話不可不讀的重要著作。此外值得注意的是郭紹虞於資料考訂的同時，還兼及其他，如其理論價值、品評得失，以及在詩話史上的意義等，也都隨時予以點出，使人讀之而得宋代詩話流變之概。這就超出了一般的資料考訂，而能給人以理論上的啓迪。資料考訂做到這一步，應該說是達到近乎完美的境界了。由此也可看出，那種以爲資料考訂無非是翻檢古書，抄錄故實的看法，實在是一種淺見。沒有一定的理論眼光，沒有融研究於考訂的才略，實際上很難眞正做好資料工作。在爲丁福保所輯《清詩話》作的《前言》中，我們同樣可以看到郭紹虞在資料考訂方面表現出來的學養功力，儘管這只是一篇長文，但其寫作宗旨仍與《宋詩話考》不異。

　　五十年代以來，我們還對若干具有重要理論價值而作者身份未能確定的古代文論文獻作了研究，取得了一些進展，其情況恰如羅宗強、盧盛江《四十年古代文學理論研究的反思》一文中所述：「四十年來，我們對古文論有關史實的研究，做了一些可貴的工作，例如對《樂記》作者的問題，曾開展過深入的討論；對《毛詩序》作者、作年的研究，也提出了不少看法。雖然至今未能定論，但確實已把問題深入了。尤其可貴的是，在一些問題上我們已有了相當出色的成果。例如，關於署名王昌齡的《詩格》究竟爲誰所作的問題，一直有不同意見，多數研究者認爲非王昌齡所作。近來李珍華、傅璇琮二先生發表了《談王昌齡的〈詩格〉》（《文學遺產》1988年6期），提出《詩格》爲王昌齡所作。這篇文章對有關材料作了極爲縝密的考辨，可以說，至

〔註3〕郭紹虞：《宋詩話考》，中華書局1979年版，第1頁。

今爲止凡能找到的論據都找出來了。雖然尙無有力證據排除《詩格》有可能僞作於王昌齡去世的天寶末至皎然撰《詩式》的貞元初這段時間，然亦找不出《詩格》非王昌齡所作的證據。在史料限制的條件下，能把問題解決到這個程度，就是相當難能可貴的了。」這些研究之所以可貴，因爲它們或增加了問題答案的可信程度，如指出《樂記》、《毛詩序》的作者當爲漢代儒生而非先秦的某人；或縮小了問題疑點的探討範圍，如肯定《詩格》寫作時間的上下限。這樣，儘管離問題的最終解決尙有距離，但畢竟向前推進了一大步，爲理論研究提供了較爲堅實牢靠的基礎。羅、盧文章寫道：「在古文論研究中，凡涉及史實不清的問題，似較少有如此認眞對待的，大體不甚了了，便作理論分析，且滔滔不絕。而其實，史實不明，一切理論的分析都只能是憑空造作，無大意義」。〔註4〕這既是對李、傅研究的稱許，也道出了資料考訂的意義。

必須承認，對資料的考訂絕非一項可以掉以輕心或大而化之的工作，而確有其重要的作用。一篇歷史文獻究竟作於何時，作者是誰，這不僅關係到某個理論家的著作權問題，更重要的是它所提出的思想觀點在批評史上的地位和意義，處在一個什麼樣的歷史環節的問題。譬如《樂記》的作者，究竟是先秦的公孫尼子，還是漢代的儒生？這個史實如不能澄清，則與之相關的一系列問題也就難以眞正落到實處，而對中國古代文藝思想史之先秦、漢代段的總結便會有不同的理解。所以，有些重要史料研究的進展，甚至可能導致對批評史的重新認識，使某些早已成爲定論的看法不得不予以修正。

近年來關於司空圖《二十四詩品》眞僞的研究即爲一例。

《二十四詩品》舊題爲唐司空圖所作，關於這一點，長期以來似乎沒有人提出異議，至少沒有作過專門的探討；在各種批評史著作中，也都眾口一致遵從舊說，將《二十四詩品》放在司空圖名下，置於唐代文學理論發展階段來進行論述。1994年，復旦大學陳尚君、汪湧豪二人合作撰寫《司空圖〈二十四詩品〉辨僞》，首次明確提出《二十四詩品》非司空圖所作的意見。陳、汪文章刊發於上海古籍出版社出版的《中國古籍研究》創刊號，然該刊實際出版時間爲1996年，此前，在1994年11月中國唐代文學年會和1995年9月中國古代文論年會上，陳、汪已將其基本觀點作了闡述，當即引起了很大

〔註4〕 羅宗強、盧盛江：《四十年古代文學理論研究的反思》，《文學遺產》1989年4期。

的反響。這篇《司空圖〈二十四詩品〉辨僞》長達三萬餘字，主要從文獻考辨的角度論證了《二十四詩品》非司空圖所作。其基本觀點爲：1、司空圖的生平思想、論詩雜著和文風取向與《詩品》有明顯的差異；2、明萬曆以前未見書錄提到司空圖著有《詩品》，也沒有人徵引該書；3、蘇軾所云司空圖「自列其詩之有得於文字之表者二十四韻」，實指司空圖《與李生論詩書》中列舉自己所作詩二十四聯，而非《二十四詩品》；4、所謂司空圖《二十四詩品》係明末人據《詩家一指・二十四品》僞造，而《詩家一指》的作者，當爲明景泰間在世的嘉興人懷悅。

　　繼《辨僞》一文之後，汪湧豪又在 1996 年第 2 期《復旦學報》上發表了《論〈二十四詩品〉與司空圖詩論異趣》，對司空圖生平思想、詩學理論和著述形態與《二十四詩品》的差異作了更爲詳盡的論證，重申《二十四詩品》非司空圖所作的觀點。

　　受陳、汪文章啓發，北京大學張健對《詩家一指》的作者問題作了更進一步的考察。他在考察、比較《詩家一指》不同版本的基礎上，寫成《〈詩家一指〉的產生時代與作者》一文，就《二十四詩品》的作者問題提出了自己的看法。張健文章贊成《二十四詩品》非司空圖所作和出自《詩家一指》的意見，認爲《詩家一指》並非懷悅所作，因爲明初人趙撝謙的《學範》已引用過該書，較懷悅的時代早七十餘年，從有關材料來看，懷悅只是出資刊刻而已。而據明正統年間史潛校刊的《新編名賢詩法》中所收《虞侍書詩法》，其較《詩家一指》本要更接近原貌，所以《詩家一指》（包括《二十四詩品》）眞正的作者，很有可能是元代著名文人虞集，至少可以肯定出自元人之手。〔註5〕顯然，張健的研究使對該問題的探討又向前推進了一步。

　　上述觀點在學界引起不小的震動，很多學者都對此問題發表了自己的意見。〔註6〕儘管態度各不相同，但大家一致認爲該問題的提出是近年來古代文論資料考訂的重要進展，値得做更加深入的探討。部分著名學者甚至表示接受《二十四詩品》非司空圖所作的意見，如王運熙撰文稱：「今後，如果其他同志提不出強有力的反證，我準備放棄《二十四詩品》爲司空圖所作的傳統

〔註 5〕 張健文章發表於《北京大學學報》1995 年第 5 期。
〔註 6〕 關於學術界對此問題的不同看法，可參看《中外文化與文論》1996 年第 1 期刊載的獨孤棠《司空圖〈二十四詩品〉眞僞問題討論述要》，和《復旦學報》1996 年第 2 期刊載的汪泓《司空圖〈二十四詩品〉眞僞辨綜述》。

說法。」﹝註7﹞張少康、劉三富二人新近出版的《中國文學理論批評發展史》則已吸收了上述研究成果,對《二十四詩品》是否爲司空圖所作持存疑態度,而將其附在司空圖詩論一節之後予以評述。

從古代文論資料考訂工作的角度來看,這場關於司空圖《二十四詩品》眞僞的討論,除了其取得的成果外,還有一點令人欣慰,那就是青年學者的積極參與。在不少人心目中,資料考訂似乎是老一輩學者的專長,青年學者的優勢更在於理論方面的研究,然而事實並非完全如此,上述幾位作者,特別是汪湧豪、張健都還相當年輕,卻表現出在文獻學方面的良好素養。確實,研究中國文學批評史,不能不具備扎實的文獻學功底,對於版本目錄、考據校勘之學有相當程度的瞭解。我們對此必須有充分的認識和重視,如果年輕一代學人僅滿足於利用前輩學者的資料積累而自己卻無新的創獲,那麼他在理論研究上的建樹也就有限。

資料考訂是一項費力耗時甚多而進展較慢的工作,對一個問題的考訂往往需要研究者翻檢披閱大量的原始文獻,而最終能否達到預期的目的還不一定。所以,眞正能沉潛下去,甘於寂寞來從事資料考訂的人並不很多,相對於理論研究而言,近五十年來古代文論資料考訂方面的成果明顯要遜色不少。儘管對司空圖《二十四詩品》眞僞的研討似乎預示了一種轉機,但此項工作仍有待於加強,有待於更多學者的參與。

三、資料的編選

資料的編選同樣是一門學問。我們收集、考訂資料的目的,在於爲整個古代文論研究提供基本的研究材料,這就有一個如何編選的問題。這一方面取決於我們實際收集到的材料的數量,另一方面也取決於我們對這些材料研究、理解的程度。七十年來,古代文論資料的編選依時間先後大體上可以分爲三種類型,即:選本、類編和彙編,這既是爲了滿足不同的研究需要,同時也體現出我們在資料編選方面的進展。

早期出版的資料主要是選本,其問世時間大概始於三十年代中期,恰與幾種批評史著作出版的年代相近。就我所見,李華卿選編的《中國歷代文學理論》似乎是較早的一種。該書 1934 年由神州國光社出版,約十萬字左右,

---

﹝註7﹞ 王運熙:《〈二十四詩品〉眞僞問題我見》,載 1995 年 10 月 29 日《新民晚報》。

收入自先秦《論語》（節錄）至近人林紓《致蔡子民書》共 75 篇，另有附錄一篇（蔡元培《復林琴南書》）。無注，也沒有作者介紹和解題性說明，除書前有編著者一篇自序外，完全是古代文論原著的選編。作者自稱這是一部「加以相當精密的選擇的中國歷代的許多人們對於文學之見解與理論的輯集」，但以今天的眼光看，該書所收雖不無價值，卻遠非「精密的選擇」，更不能代表中國古人對文學及其理論的主要看法。這首先是編選者本人的理論水平的侷限，其次是他的著眼點乃在爲撰寫中國文學發展史做準備，因此很多具有重要理論價值的文獻被遺漏了。譬如《文心雕龍》選入了 5 篇，按全書比例數量並不算少，然而所選 5 篇爲《明詩》、《樂府》、《詮賦》、《論說》、《總術》，可見其關注重心實際上不在文學理論而在文學史。尤可怪者，該書還選入李白的古詩《日出入行》，且置於清代。即使是出自無意，其粗心疏漏如此，又怎能自詡爲「相當精密的選擇」呢？值得稱許的倒是該書對近代文論的重視，收入黃遵憲《人境廬詩草自序》，王國維《人間詞話》（節錄）、《宋元戲曲考》（節錄）、《紅樓夢評論》，梁啓超《小說與群治之關係》等重要著述，確實表現出某些過人之處。

　　王煥鑣編注的《中國文學批評論文集》也屬較早的一種，1936 年正中書局出版，收入《毛詩序》以下至清代曾國藩《家訓》共 55 篇論文。與李華卿本相比，這個選本的不同有二：一是側重古人有關文學的種種見解，而非作爲文學史的一種印證；二是入選論文除個別篇目外，基本上是文章理論，詩詞理論極少，連鍾嶸《詩品序》這樣重要的詩論均排斥在外。再就是增加了作者小傳、解題和簡單的註釋。從書前《序言》表露出的思想傾向看，編注者的文學觀念似偏於傳統一路，較爲守舊。這無疑影響了他對古人論文的甄選。

　　早期選本到現在還有一定影響的，恐怕只有許文雨編著的《文論講疏》一種了。該書爲編著者在北京大學授課講稿，凡二十餘萬字，1937 年由正中書局印行。所收篇目始於漢代王充《論衡・藝增》，止於王國維《宋元戲曲考》，論數量不過 14 篇（種），遠較前二書爲少，但以精粹而論則過之。客觀地說，此書所以在今天還有一定的影響，主要是其註釋方面的原因，但其編選眼光亦頗可注意。許文雨對於中國古代文學批評理論的發生發展及理論價值有著較爲科學的認識，他在《導言》中指出魏晉六朝時古代文論方始粗具規模，以劉勰《文心雕龍・物色篇》寫氣圖貌隨物宛轉之說、《情采篇》盼倩生於淑

姿之言爲不朽之見，謂司空圖《詩品》、嚴羽《滄浪詩話》所見在唐宋古文家之上，確實體現了一種近代的文學觀念。故其編選原則標舉鍾嶸之自然英旨，突出了文學性特徵。其《例略》道：「本編收載中國歷代各體文論，頗以表彰自然英旨之作爲主，借覘純粹文學之眞詣。其他基於社會觀點立論者，少錄；基於倫理觀點立論者，不錄。又但憑意興，片語自賞；或出以吟詠，徒矜詞致；並乖論體，概不錄載。」這樣一個選錄標準，固然也不無偏頗，但較諸前兩種之駁雜，畢竟要更爲可取一些。

1962 年，郭紹虞主編的《中國歷代文論選》由中華書局出版。在此之前，舒蕪、陳邇冬、周紹良、王利器四人編選的《中國近代文論選》已於 1959 年由人民文學出版社先期出版。該書標明爲郭紹虞、羅根澤主編的《中國歷代文論選》之一種，但與中華書局本體例不類，似乎與《中國古典文學理論批評專著選輯》更爲接近，只是爲單篇選編而非專著選輯。不過二書實可以互相配合，因郭編《中國歷代文論選》以清代爲下限，而《中國近代文論選》恰好銜接上。

從選本的角度看，這兩部書的突出特點是較爲全面，與早期選本相比篇幅均有明顯的增長。《中國歷代文論選》分爲三編（卷），上編起周、秦訖隋、唐，中編宋、元、明，下編清代，共一百多萬字。《中國近代文論選》分上下冊，收文二百四十餘篇，大體上按時代先後分爲三輯，每輯之內又按流派分若干單元，總字數近六十萬。就編選意圖而言，《中國歷代文論選》主要作爲當時教育部指定編寫的教材，在配合中國文學理論批評史教學的同時，還試圖爲建立新的文學理論體系提供可資借鑒的材料，故所收論文注重其理論價值；而《中國近代文論選》則重在反映中國近代文藝思想鬥爭的過程，主要是爲滿足當時研究的需要。兩相比較，雖然都提供了豐富的歷史文獻，但前者似更爲全面，更能見出中國古代文論的概貌。或許是考慮到避免與《中國古典文學理論批評專著選輯》重複，《中國近代文論選》未收已作爲選輯單獨出版的部分（譬如梁啓超的《飲冰室詩話》和王國維的《人間詞話》），這就不免是一種缺憾。另外，《中國歷代文論選》在編選體例上還有一個重要的突破，即採取了正文與附錄相結合的方式。這一方面便於重點教學，另一方面也有助於把握理論觀點的淵源流變。顯然，如此編排更具實用性和靈活性。

這兩種選本的出版，極大地方便了當時古代文論的教學和研究，時至今日仍有相當的參考價值。1979 年，《中國歷代文論選》又做了較大的修改增補，

主要是增加了小說、戲劇、民歌等方面的理論和近代部分的文學理論，同時由原先的三卷改爲四卷，並於四卷本之外，另精選出供學生使用的一卷本。經過這番修改後的《中國歷代文論選》無疑成爲當今最具權威性的選本，儘管自八十年代以來陸續又有不同類型的選本問世，但總體而言尚未超出該書。

　　八十年代以後資料編選工作新成果之一，是類編本的出現。其中較早而又產生了一定影響的，恐怕是由武漢大學中文系中國古代文學理論研究室編輯的《歷代詩話詞話選》。該書初版於 1984 年，篇幅並不算大，但在編排上卻頗有新意。它從歷代詩話詞話中精選出古人較富理論意味的見解 1360 餘條，分爲 24 類大致按年代先後編排。這 24 類依次爲：感物言志、興觀群怨、沿革因創、詩品人品、妙悟、神思、比興、情景、形神、意境、眞實、自然、自得、用事、詩理、寄託、含蓄、聲律、詩味、練意、詩眼、詩法、風格、詩評。編者的意圖顯然重在實用，故於每一條材料之下均注明版本出處，以便徵引查閱。另外在每一類的後面還有編者撰寫的說明，從理論上對該類材料作簡要評述。這個分類照顧到了中國古代文論的實際，相對客觀一些，但從現代文學理論的角度看並不十分理想，缺乏一種總體的佈局和逐層展開的系列，因此難免給人零散瑣碎之感。而且以份量而論，也嫌單薄了些。

　　由賈文昭、程自信主編的《中國古代文論類編》動手本不晚，在八十年代初即完成初稿，並有徵求意見稿行世，但延至 1988 年才由海峽文藝出版社正式出版。以是之故，其實際的影響晚於《歷代詩話詞話選》。不過，在八十年代出版的古代文論類編中，它仍是最有影響的。其所以如此，當然得力於該書的一些獨到之處。大概而言，主要有三個方面：一是選擇範圍較寬，不以常見的詩話詞話爲限，書分上下兩冊，共一百二十萬字，可見包羅之廣；二是編排較爲合理，分創作論、文源論、因革論、文用論、鑒賞論、作家論六編，以下再分細目，這與流行的文學概論框架大體對應，故易於按類翻檢；三是審校較爲仔細，因爲有徵求意見稿在前，正式出版時得以減少訛誤，作爲資料類編，這當然是很重要的一條。繼《中國古代文論類編》之後，賈文昭又編選了《中國近代文論類編》，體例與前書完全一致，仍分六編，凡四十餘萬字，於 1991 年由黃山書社出版。兩部書合在一起，作爲一套中型的古代文論資料類編，確實爲文學理論研究者帶來了很大的便利。要說有什麼不足，恐怕主要還是分類未臻完善。如創作論涵蓋過寬，以至與作品論混而不分；文源論與文用論是否有必要分爲兩編等，都還可以再作商榷。更重要的是，

這樣一種框架似乎並不完全適宜中國古代文論自身的體系，因而難免間有削足適履之處。

還應該提到趙永紀編選的《古代詩話精要》。這也是一部類編性質的書，體例與《中國古代文論類編》相似，分本體論、通變論、作家論、創作論、題材體裁論、風格論、批評鑒賞論七大類，選自三百餘種詩話，共七十多萬字。1989 年由天津古籍出版社出版。是書雖然材料採編範圍較窄，只限於詩話一體，但仍有一定的參考價值。

將徐中玉主編的《中國古代文藝理論專題資料叢刊》視爲大型的資料類編也許不合編者的本意，但這套叢刊的確具有類編的性質，只是規模較爲宏大。據該書《編選說明》，叢刊擬分 15 個專題，即本原、情志、神思、文質、意境、典型、辯證、風骨、比興、法度、教化、才性、文氣、通變、知音，在此專題之下再作分類，譬如已出的《藝術辯證法》又具體分爲一多、正反、有無、虛實等 19 個專題，按專題編排材料。最後視材料多寡，或一個專題一冊，或數個專題一冊分別出版。由此可見，雖然分類原則與前述幾種不同，但其基本體例仍屬一致，而且目的都在於爲理論研究提供便利。與先前幾種類編相比，這套叢刊收羅範圍更爲寬泛，不只傳統的詩話詞話、散見於他書的有關詩文詞曲、小說、戲劇理論包容在內，繪畫、雕塑、書法、音樂理論也都納入其中。這就是說，該叢刊所收實際上已超出古代文論，故其以「中國古代文藝理論專題」爲名。這樣一種分類原則和編排方式，對於中國古代文藝理論的專題研究當然很有助益，儘管不同分冊之間難免會有一些重複，但就各自專題研究而言仍有並存的理由。從目前已出的三種（《通變編》、《藝術辯證法編》、《意境、典型、比興編》）來看，確實做得不錯，可以說代表了進入九十年代以後古代文論資料類編的新進展。

如果說類編的主要目的在於爲理論研究提供便利，那麼彙編似更偏於史的研究，尤其是以某種文體爲限的資料彙編，其輯錄初衷大多是作爲修史的一種準備。因爲從修史的角度說，資料必求完備、全面，而理論研究這方面的要求可以低一些，沒有重要的遺漏即可。當然這也只是大概而言，並非絕對如此。籠統些說，所謂彙編，只是將某一方面的文獻資料彙聚成編，並不問其方面之廣狹大小，故在早期的資料彙編中，大者如唐圭璋的《詞話叢編》，小者如郭紹虞的《文品匯鈔》，都爲彙編之一種。後來出版的如《中國古典戲曲論著集成》、《中國古典編劇理論資料匯輯》、《中國古典小說美學資料彙編》、《宋

代詞學資料彙編》等等，也還是某一文學樣式之理論資料的彙聚。〔註 8〕從當前古代文論研究發展的進程來看，我們更需要一種包羅所有文學樣式乃至藝術樣式的古代文藝理論彙編，但遺憾的是，此種彙編至今尚未問世。目前雖有兩種已經完稿或接近完稿，然而能否在本世紀內出齊，仍令人堪憂。而且，要想最大限度地彙聚中國古代文藝理論資料，完成一部眞正網羅無遺的中國古代文藝理論或美學資料全編，恐怕還須假以時日。

　　說到古代美學資料，有兩部書是不能不提到的，即由北京大學哲學系美學教研室編選的《中國美學史資料選編》，和由胡經之主編的《中國古典美學叢編》。前者初版於 1980 年，後者初版於 1988 年，均由中華書局出版。這兩種資料雖然是從美學史或美學範疇角度來編選的，且遠非完備，但對於八十年代以來的古代文論研究仍產生了較大的影響，尤其是前者常爲人所徵引。此外，由吳調公主編的八卷本《中國美學史資料類編》目前已出書法、文學、繪畫等若干卷，在編排上也具有自己的特色。

　　簡而言之，七十年來古代文論資料的編選經歷了一個由粗而精，由略而全，由史而論，由單一到多樣的發展過程。無論是選本、類編還是彙編，都取得了頗爲可觀的成果，滿足了不同的需要。至於今後發展的方向，我以爲不外三條：選本求其精當，類編求其科學，彙編求其完備。三者各有側重，互爲補充，從而爲我們的史、論研究奠定更爲厚實的根基。

四、資料的釋譯

　　對於古人來說，傳統詩文理論的註釋似乎沒有特別的必要。這固然是因爲文字不須疏通，但更重要的還在於不像現在有一個話語系統的轉換問題。就是說，古代文論範疇、術語的理論涵義在其時是不言自明，無須細辨的，即使有一些理解上的分歧，也不致構成爭議的中心，更不會吸引眾多研究者的注意。所以明清以下雖有一些零星箋注，然而遠不及對經典作品那樣熱衷。五四以後情況發生了變化，隨著西方近代文學理論的引入，以至於取代了傳統文論的統治地位，對傳統文論的詮釋才眞正成爲問題。從七十年來古代文論註釋、翻譯工作的發展不難看出，古代文論的釋譯在本世紀所以成爲一項大工程，所以有那麼多的注、譯本問世，主要根源不在文字的障礙，而在話

〔註 8〕目前正在編輯中，由吳文治主持的《中國詩話全編》亦屬此類。

語方式的轉換，在文學觀念和理論體系的變遷。

在五十年代以前，這種轉變尙不十分明顯。我們注意到，儘管自新文學運動以後，對傳統經典文學作品的白話文翻譯成爲一時風氣，但對傳統詩學典籍的翻譯卻無人問津，其中原因，除了對傳統詩學的輕視之外，更主要的應該說是兩種話語方式間轉換或對接的困難。這需要一個過程，包括對外來文論的消化，和對傳統文論的再認識。

相應地，早期的古代文論註釋基本上還是傳統的方式，即主要爲字詞的訓詁，和典故、出處的考索，同時又表現出若干新的特徵。作爲這方面的代表，則有范文瀾的《文心雕龍注》和許文雨的《文論講疏》。

范文瀾的《文心雕龍注》初版於二十年代末，此前曾以《文心雕龍講疏》爲名於 1925 年刊出。該書出版後即受好評，梁啓超稱其「徵證詳核，考據精審，於訓詁義理，皆多所發明」。後來日本學者戶田曉浩作《文心雕龍小史》，許爲《文心雕龍》註釋史上的劃時代之作。范注《文心雕龍》，最突出的特點是徵引力求宏富完備。其《例言》稱：「有關正文者，逐條列舉，庶備參閱」。凡存世之文，均予以抄錄，卷帙繁重者則注明出處。范文瀾開列的徵引篇目多達 356 種，可見其用功之深。相對說來，理論內涵的闡釋要薄弱一些。儘管范文瀾自己試圖避免「釋事而忘意」之弊，認爲《文心雕龍》「爲論文之書，更貴探求作意，究極微旨」，事實上也確有所發明，不乏中肯甚至獨到之見，但遠不及其在徵引考據方面的工作。所以，當代研究者在肯定范注重要價值的同時，也指出了其略嫌繁冗，拙於發明的不足。不過，這應該歸因於時代的限制，要想在理論發明方面有更多的創獲，還需要相當的理論準備。

上文曾述及許文雨的《文論講疏》是早期較有影響的古代文論選本之一，其實該書的價值更在註釋方面。該書所選篇目不多，然註釋頗詳，尤其是其中的《詩品》、《人間詞話》，所錄既爲全文，註釋復求詳盡，故今人研治二書鮮有不參考者。許氏的註釋，一方面仍承傳統，於典故、出處多有說明徵引，凡正文涉及之名物作品，一一加以注明，以省讀者翻檢查閱之勞。同時他的徵引又有所側重，如其《例略》所說：「本編疏文，亦每舉某體與其後起之體相況；某辭與其追擬之辭相證。蓋爲覽者計，援後證前，轉覺易明。然就作者言，則自非原其始出，不足明其所本。」大概許氏的用意，原在借選文以見史的發展流變，所以其所徵引，除直接涉及的作品外，相關的論述也儘量附錄於後。譬如其注《文心雕龍‧麗辭》，便羅列了古人對於駢、散體的種種

看法，然後申說己見，儼然是一篇專題討論。這便不同於一般的徵引，而照顧到批評史自身的特徵。另一方面，許氏的《文論講疏》，頗採近人、今人之說，甚至有援西人觀點以相證者。其注《文心雕龍》，屢引黃侃《箚記》、范文瀾《文心雕龍注》語；注《人間詞話》之「造境」，則引英國文論家溫切斯特所言：「創造之想像者，本經驗中之分子，爲自然之選擇而組合之，使成新構之謂也。」以之來解釋「造境」，應該說是切合王國維本意的。雖然還可以有更好的解釋，但許文雨之引入西方文論，就古代文論的註釋而言，無疑開風氣之先，體現了時代發展的某種必然。

　　五十年代以後，隨著對古代文論研究的重視，註釋工作也有計劃地提上議事日程，取得了可觀的成績。在單篇選注方面，首推郭紹虞主編的《中國歷代文論選》。這套選本不僅選錄較爲全面，而且註釋也很有特色。這主要是突出了對理論內涵的闡釋。如其《例言》所說：「各篇注文，目的在於闡釋本篇的理論內容，凡用典、用事、運用成語或引用資料，其有關文學理論或文學知識範圍者，一一加以註釋。此外，擇要加注。」所以，該書作爲教學用書，註釋雖力求詳明，但又不是廣徵博引。除註釋外，還於正文篇末加以說明，而目的仍在「闡釋原文的主要論點，理清其思想線索，論述其在文學思想史上繼承發展的關係和對後世的影響，以期啓發讀者深入地去思考問題。」顯然，與早期的註釋相比，《中國歷代文論選》的重心已有所轉移，更多地偏於義理了。另外值得注意的是，該書特別提出了以今訓古的問題，認爲中國古代文論有其獨特的民族內容與形式，而「運用現代的專門術語加以比附，很難完全確切，並且容易造成概念上的混亂」。正是有見於此，該書對於現代術語的運用採取了較爲審愼的態度。不過，這確乎是一個無法廻避的問題，審愼是必要的，但問題的最終解決卻不能只依靠審愼。《中國歷代文論選》的註釋體例、態度對後來古代文論選注產生了很大的影響，八十年代以來新出的幾種選注本，如霍松林主編的《古代文論名篇詳注》、《近代文論名篇詳注》，李壯鷹主編的《中華古文論選注》等，雖有一些發展變化，個別解釋不無新意，但若就體例而言，仍不出《中國歷代文論選》的範圍。

　　在專著的註釋方面也有長足的發展，尤其是重要專著的註釋。諸如《文賦》、《文心雕龍》、《詩品》、《二十四詩品》、《人間詞話》等，都有若干個注本。其它有影響的專著，也差不多都有注本出版，而且都達到了相當的水平。從總體上看，從事註釋工作的主要是老一輩學者，而他們的註釋多以學力深

厚、考訂精審見長。如郭紹虞的《滄浪詩話校釋》，雖然是五十年代的產物，
然徵引詳盡，附錄完備，至今尚無出其右者；詹鍈的《文心雕龍義證》則為
《文心雕龍》註釋集成之作，其彙聚古今各家之說，兼申己見，堪稱《文心
雕龍》註釋史上范注之後的又一重要成果。令人欣慰的是八十年代以後，一
批具備了新的知識結構的中青年學人也參與這項工作，使古代文論註釋呈現
出新的特色。如滕咸惠的《人間詞話新注》將王國維所受叔本華、尼采的影
響納入註釋，從而深化了對王國維文學思想的認識；曹旭的《詩品集注》則
充分佔有資料，不但對國內現存的各種版本、註釋廣採博收，而且對日本、
韓國等海外學者的研究成果也盡可能予以借鑒。他們的注本所以後來居上，
這種眼界的開闊無疑起了決定性的作用。

在某種意義上說，古代文論今譯並不比註釋來得容易，雖然今譯的目的
主要在於普及而非研究。一個好的譯本離不開好的註釋，但有了好注本不等
於也就有了好譯本。因為譯本不像註釋，可以避重就輕，繞過難點；或者可
以多方徵引，反覆申說，它必須照顧原文的行文，不能有半點的取巧。最重
要的，是今譯所用的語言與傳統的表述方式有重大的差異，稍有不慎，便會
背離原意，代古人立言。所以，古代文論的今譯工作較之註釋要晚得多，以
《文心雕龍》為例，雖然註釋很早就著手，但直到六十年代，才有陸侃如、
牟世金的《文心雕龍選譯》和郭晉稀的《文心雕龍譯注十八篇》問世。

八十年代以來，隨著註釋工作的加強，古代文論今譯也有很大的進展，
從單篇選譯到專著全譯都不乏善績可陳。前者如趙則誠等人的《中國古代文
論譯講》、夏傳才的《中國古代文學理論名篇今譯》，後者如陸侃如、牟世金、
趙仲邑、郭晉稀、周振甫等人對《文心雕龍》的翻譯，以及趙仲邑的《鍾嶸
詩品譯注》、杜黎均的《二十四詩品譯注評析》、施議對的《人間詞話譯注》
等，都是有一定影響的譯本。它們既以其淺近通俗的語言獲得較多的讀者，
促進了古代文論的普及，同時又不乏譯者本人的獨到之見，具有一定的學術
價值。

其實古代文論今譯的意義除普及之外，還可以作為譯成其它語種的必要
準備，而這一點常被我們所忽略。認真說來，古代文論的翻譯實際上包括兩
層意思：一是今譯，也就是從古文譯為現代漢語；二是譯為某種外文。儘管
到目前為止，在古代文論的對外翻譯方面，國內學者還缺乏一種自覺意識，
還不曾有計劃地去從事該項工作，但這確實到了應該考慮的時候了。一方面，

由於語言、文化的隔閡，海外學者的翻譯往往不少謬誤，甚至是一些常識性的謬誤，這已爲海內外學人所指出；而另一方面，我們自己又無人去做這項工作，任其謬誤，這就有些說不過去了。〔註9〕當然，對中國古代文論作跨文化、跨語際的翻譯，這確實具有相當的難度，但也不是就非他人不能。如果我們眞正努力去做的話，絕不會比他人做得差。而要想保證翻譯的準確、順利，優秀的現代漢語譯本無疑將會大有助益。

應該看到，古代文論的註釋發展到當代，對註釋者的知識結構提出了更高的要求。傳統的國學基礎固然重要，現代文藝理論素養也不可少，沒有一定的理論素養，僅從字面上去解釋，那不但容易流於空泛，甚至可能曲解古人，失其本意。舉個例子，《文心雕龍・神思》「杼軸獻功，煥然乃珍」一句，舊注多解之爲修飾潤色，而王元化則聯繫《神思》全篇，提出此實就藝術想像之功用而言。〔註10〕較諸舊注，這無疑更近情理。而王元化所以能超越舊說，自然是得力於他的文學理論功底。從古代文論註釋的發展趨勢看，重心已不在名物典故的訓釋，而轉向術語、概念、命題含義的闡發，這就必然要求註釋者兼通舊學新學，從文學理論的角度來認識、理解、註釋古代文論。

在我看來，對古代文論的註釋應該和理論研究結合起來，互爲前提。就是說，一方面，理論研究必須建立在準確理解原始文獻的基礎之上，這樣才不致流爲鑿空之論；另一方面，對古代文論的註釋也須以一定的理論研究成果爲前提，沒有對原始文獻的整體的理論把握，沒有縱向的考察和橫向的比較，只見樹木不見森林地去進行註釋，那非但不能以意逆志，以心會心，而且往往容易隔靴搔癢，甚至南轅北轍。

五、資料的利用

此處所謂資料的利用，主要指各類工具書的編撰，包括各種與古代文論研究相關的書目、提要、研究論文索引、專著引得、辭書等等。它們也應該是古代文論資料整理的一項重要內容，應該與整個古代文論研究保持一種同步關係。那麼，七十年來，我們這方面的工作進展如何呢？

〔註9〕關於古代文論外文翻譯的情況，可參看本書第九章《海外和台港地區的中國古代文論研究》之有關部分。

〔註10〕參見王元化《文心雕龍講疏・釋〈神思篇〉杼軸獻功說》，上海古籍出版社1992年版，第109頁。

老實說，工作是做了一些，但離令人滿意尚有較大的差距。

研究中國古代文論，首先當然應該瞭解現存的全部古代文論的歷史文獻，編出中國古代文論著述的見在書目。即使一時不能做到收羅無遺，至少也應該保證大體上完備才是。然而到目前爲止，我們能夠拿出來的唯一的成果，只有山東大學中文系中國古代文藝理論史編寫組編撰的《中國古代文藝理論資料目錄彙編》。該書所收除文學理論外，還包括了樂論、書論、畫論、戲曲理論、篆刻理論，實際上不能算是古代文論資料目錄，而且文論部分也遠非完備。但儘管如此，自該書1981年由齊魯書社正式出版後，十五年來，它仍是唯一的一部資料目錄彙編。形成如此局面的原因，與其說是這類彙編沒有多少實際應用價值，不如說是耗時費力，求全不易，且通常不被視爲學術性研究成果。這種觀念上的偏狹直接導致了學界對該項工作的冷淡。

書目提要的情況稍好一些。1987年，吳文治主編的《中國古代文學理論名著題解》由黃山書社出版，填補了這方面的空白。該書對中國古代146部文論著作的基本內容和作者、版本等情況作了介紹，撰稿人大多爲古代文論研究領域的專家學者，故雖是題解性的著述，也兼有一定的學術性，反映了當時對中國古代文論專著和理論家研究的狀況。對於有志於學習、研究中國古代文論的人來說，確實不失爲一部較好的入門導讀；而對於古典文學和古代文論研究者，該書也具有一定的查閱、參考價值。1991年，霍松林主編的《中國歷代詩詞曲論專著提要》由北京師範學院出版社出版。此書介紹的範圍雖較吳文治之《題解》爲窄，僅限於詩、詞、曲理論專著，但學術色彩更濃一些，更趨於專門化的工具書。據書前霍松林序，這部《提要》共著錄古代詩、詞、曲理論專著437種，分兩部分編排。其中理論價值較高的爲正文，包括詩論專著214種，詞論專著53種，曲論專著27種，共294種。另有理論價值不大作爲「存目」列入附錄，計有詩論專著88種，詞論專著51種，曲論專著5種。其提要內容則與《題解》一書相類，介紹著錄各書的主要內容，兼及著者生平、版本源流等。

說到書目提要，目前亟待填補的一個重要空白是本世紀以來古代文論研究專著的提要。對於古代文獻的提要介紹，我們已是過於輕視，而對於當代研究成果的匯總介紹，我們更是任其闕如。我們並不知道迄今爲止到底出版了多少古代文論研究方面的專著，尤其是近十年來的情況。羅宗強等人編撰的《古代文學理論研究概述》一書曾對1988年以前出版的重要專著有所介紹，

但篇幅所限，頗爲簡略。1994 年，北京大學出版社出版了由喬默主編的《中國二十世紀文學研究論著提要》，其中也收入了若干古代文論方面的研究專著，但由於該書宗旨在整個文學研究，故所收遠非完備，而且不少當收未收的重要遺漏。對於古代文論研究的發展來說，只有研究對象的提要而無研究成果的提要，這無論如何是一個潛在的危機。

古代文論專著引得的編纂也相當薄弱。三、四十年代，哈佛燕京學社和中法漢學研究所等機構都曾有計劃地編纂過不少古代典籍的專書引得或通檢，爲研究提供了很大的便利，其中王利器編纂的《文心雕龍・新書通檢》至今尚有參考價值。而自五十年代以後，此項工作幾近沉寂，直到八十年代才漸有起色，但古代文論專著方面仍少人問津，除了朱迎平編纂的《文心雕龍索引》之外，其它重要專著的引得、通檢依然闕如。當然這有古代文論專著自身的原因，譬如篇幅大多不長，而且沒有一個比較權威的版本等等。不過類似的工作仍有必要去做，如果能將一定時期所有與文藝理論相關的文獻匯總，在此基礎上編纂引得，那無論對於史的研究或論的研究，都會是一件很有意義的事。

在研究專著和論文索引的編輯方面，中國人民大學古代文論資料編選組編輯 1989 年出版的《中國古代文論研究論文集》中附有一個「中國古代文論研究論文索引」，但只是解放前部分。目前最爲完備的應該說還是羅宗強等人編撰的《古代文學理論研究概述》，儘管該書所據材料下限止於 1988 年。該書提供了從二十年代至 1988 年底的古代文學理論研究論文索引，除論文索引外，還有同一時間段出版的「古代文學理論研究專著書目」和「古代文學理論批評專著、譯注者著作書目」。而且，它對自二十年代以來的研究情況按朝代和專人作了簡要介紹。這就極大地方便了研究者，使他們對於古代文論研究的歷史與現狀有一個粗略的瞭解，在進行某一課題的研究時便於查找相關的資料，知道已有的研究成果和尚待解決的問題，從而避免選題的重複，有利於將研究導向深入。遺憾的是這部書印數太少，僅 500 冊，一般人不大容易看到。如果類似的索引、書目能夠不間斷地編輯、出版下去，比如以五年或十年爲一階段，分冊印行，那無疑是一件功德無量的事。

近年來資料利用方面最重要的成果，當爲《文心雕龍學綜覽》的編纂與出版。這部由楊明照主編、上海書店出版社 1995 年出版的大型資料彙編，洋洋六十餘萬言，堪稱對《文心雕龍》研究之歷史與現狀的最全面、也是最權

威的總結。該書包括六個專欄：1、各國（地區）研究綜述；2、專題研究綜述；3、專著專書簡介；4、論文摘編；5、學者簡介；6、索引。另有一個附錄，收入有關《文心雕龍》學會學術活動的情況介紹和《文心雕龍》主要版本簡介。顯然，《綜覽》的內容相當全面，而且撰寫人爲七個國家（地區）的七十多位《文心雕龍》研究專家，確保了該書的學術質量。所以，有此一冊在手，則有關《文心雕龍》研究的所有問題盡收眼底，了然於胸。恰如王元化在《序》中所說：「《文心雕龍學綜覽》使讀者可以在《文心雕龍》研究方面追源溯流，進一步總結以往的工作，對其中錯誤處加以改正，不足處加以充實，闕漏處加以填補，從而有助於《文心雕龍》研究者開拓思路，釐定課題，以避免雷同前人的舊作。」事實上，這部《綜覽》不只爲《文心雕龍》研究提供了極大的方便，也爲古代文論研究之專著研究資料彙編提供了典範。如果所有重要的古代文論專著研究都能有一部類似的《綜覽》，再將次要的專著研究資料合編爲若干冊，那麼對於整個古代文論研究的歷史與現狀，我們也就會有一個相對完整的認識了。

關於辭書的編撰還應該說幾句。古代文論辭書的編撰是進入八十年代以後的事，從已經出版的幾種來看，都有自己獨特的價值與特色，對於促進古代文論研究的普及與發展，方便基本知識的查閱，起了一定的作用。其中由趙則誠、張連弟、畢萬忱三人主編的《中國古代文學理論辭典》於 1985 年出版，屬最早問世的一種，且流傳較廣。該書共收辭目近千條，分理論家、理論著作、文體流派和名詞術語四類編排，釋義簡明，查找方便。作爲第一部古代文論辭典能做到這一步，已很不錯。五年以後，彭會資主編的《中國文論大辭典》出版，較前書又有所完善。這主要表現爲：1、辭目的確立更爲寬泛。該辭典共收辭目 2955 條，時間跨度從先秦至晚清，文論之外，兼及樂論、畫論、書論等。2、編排漸趨細密。全書分爲 12 編：文學來源與形象、興象、意象和意境的創造，文學作品的構成，文學創作，寫作技巧，以氣論文，藝術辯證法，審美要求，文學風格流派和創作方法，文學通變，文藝作用，文學賞評，名家名著。各編以下依材料性質再分細目。3、突出了中國古代文論自身的若干特色，尤其是其中的第四編、第六編和第七編。4、釋義注重揭示理論內涵，採取縱橫流動的表述方式，即介紹概念術語的源流演變，同時又與西方文論的相關術語進行比較。5、引文皆注明版本，並盡可能擇善而從。總之，編者的用意，是希望通過這些方面的改進，使之成爲一種專業性較強的理論工具書。張葆全主編的《中國古

代詩話詞話辭典》於 1992 年出版，分詩話、詞話兩卷，每卷又分若干類。該書編撰宗旨兼顧文學史，故有關古代詩詞名篇佳句的品評、本事軼事的考訂之類也酌情收入，書後附有詩話詞話研究論文索引（1909－1991）和詩話詞話整理及研究書目索引（1949－1990）。這對古典詩詞的愛好者、古代文論的研究者都不失為一部頗有參考價值的工具書。成復旺主編的《中國美學範疇辭典》又另有特色，該書於 1995 年出版，雖然著眼於中國古典美學範疇，仍與古代文論相通，故亦可視為古代文論辭書之一種。不過它的宗旨乃在闡釋中國美學範疇、概念的確切含義，並於具體辭條的闡釋中昭示中國美學的獨特精神。與其它幾種辭書相比，《中國美學範疇辭典》更富理論色彩，更追求學術品位，書中有些辭條的釋義實際上已超出了一般的介紹，差不多就是一篇有自己見地的研究論文。這是很不容易的。

總而言之，與史的編撰、論的研究相比，七十年來古代文論資料整理工作要明顯滯後，未能充分反映出研究所達到的學術水準，同時也影響了學科的進一步發展。要想扭轉這種局面，我以為關鍵在於：

第一，改變資料整理不算學術研究的偏見，有意識地加重資料整理在整個古代文論研究中的份量。長期以來，資料整理一直被看作是一種簡單勞動，其價值也不能與理論研究相提並論，譬如古籍校注不能作為學位論文提交答辯，在提職晉級時，資料彙編、提要、辭典之類遠不及學術專著重要等等。這無疑極大地挫傷了人們從事資料整理的積極性，使這項工作處在一種無足輕重的境地。應該看到，資料工作與理論研究是相輔相成，缺一不可的，片面強調理論研究而輕視資料整理，最終必然導致整個研究的停滯。

第二，改變各自為戰的局面，實行集體合作，統籌安排。羅宗強、盧盛江所說極是：「我們在研究工作中還沿用著一家一戶小作坊的方法，一切自己從頭動手。」〔註 11〕因此有些資料工作不免重複，而規模較大一些的整理或編纂又難以獨力完成。若能統一規劃，由某一機構（比如古代文學理論研究學會）牽頭組織，有計劃地確定一些重點項目，約請本專業的專家學者共同協作，同時再取得出版部門的支持，則經過數年時間的努力，目前古代文論資料工作的滯後狀態可望有一個大的改觀。

第三，改變傳統的操作方式，引入現代化的研究手段。我們曾憑藉博聞

〔註 11〕羅宗強、盧盛江：《四十年古代文學理論研究的反思》，《文學遺產》1989 年 4
　　　　期。

強記，憑藉抄寫卡片做了大量的工作，取得了一定的成績，但在進入信息化時代的今天，僅依靠傳統的手工方式去進行資料整理已不能滿足研究的需要，更何況學術研究正趨於國際化。所以，我們的資料工作也必須有一種現代意識，必須掌握、利用國外已然普及的計算機檢索技術，迎頭趕上。通過利用計算機檢索和電腦聯網，製作古代文論歷史文獻和研究成果的資料光盤，使我們的資料工作儘快與國際接軌，從而為研究者提供更多的便利。

當然，除了觀念和方式手段的變革之外，我們還應該要求從事資料工作的人具備新的知識結構，真正把資料整理和理論研究結合起來。有這樣一個基礎，古代文論資料的整理在走向現代化的同時，也就走向了科學化和規範化，而那正是古代文論資料整理工作發展的方向。

第七章　史的編撰

批評史的撰寫無疑是中國古代文論研究中一個最主要的部分，它集中體現了該領域研究所達到的廣度和深度，故一定時期批評史著述的水平，往往代表了該時期古代文論研究的水平，而所存在的問題與不足，也同樣會在批評史中反映出來。同時，批評史的出現又是古代文論研究趨於成熟的標誌。沒有對大量原始材料的梳理考訂，對歷史上單個文學批評家、理論家及其著述的深入研究，對各個時期文藝思潮、理論傾向的準確理解，乃至對整個中國古代文學批評和理論發展的宏觀把握，要寫出一部令人滿意的批評史是難以想像的。只有當對古代文論的研究達到一定規模時，批評史的撰寫才成爲可能。所以，批評史的撰寫就其本質而言是一項集成性工程，是古代文論研究的總體建構，相應地，對七十年來中國文學批評史著述的回顧與反思，可以使我們在一種較爲開闊的視境中來總結、評判古代文論研究的成敗得失。當然，具有這種總結、評判的可能是一回事，而具體做得怎麼樣又是一回事，但無論如何，七十年來批評史撰寫的成績與不足、經驗與教訓，都是本書不能迴避的。

一、七十年來批評史撰寫的實績

我們首先回顧一下七十年來批評史撰寫的實績。

1927 年，陳鍾凡的《中國文學批評史》由上海中華書局印行。雖然全書不過七萬餘字，嚴格說來還算不上「史」，只能說是一個粗略的綱要，但作爲第一部由中國學者自己撰寫的中國文學批評史，陳著的意義卻不能低估。第一，它體現了當時中國學者的一種強烈的民族責任感。在中國古典文學和古代文論研究方面，日本漢學家先行一步，其中鈴木虎雄於 1925 年率先出

版了《支那詩論史》，這對於中國學者無疑是一個震撼，使他們深感愧對祖先。〔註1〕陳鍾凡書中雖未自述其寫作動機，但人同此心卻不難想見。所以，儘管缺乏必要的學術積蓄，陳氏還是倉促上馬，在較短的時間內完成《中國文學批評史》的寫作。我們今天評判陳著，這一因素是不能不考慮的。第二，陳著以「中國文學批評史」爲名，意味著他對研究對象的性質、特徵有自己的理解，而且與鈴木虎雄所作明顯區別開來。當初孫俍工之所以將《支那詩論史》易名爲「中國古代文藝論史」，就是因爲鈴木原著兼及詩論以外的內容（原書由三篇組成：第一篇論周秦各家有關詩的見解，第二篇論魏晉南北朝的文學論，第三篇論明、清之格調、神韻、性靈三種詩說），有名實不符之嫌。陳著不僅從內容和時間跨度兩個方面擴充了鈴木所論，而且「中國文學批評史」名目的確立，也使研究之對象、範圍得以明確。這個名目後來被沿襲下來，爲若干部專著所取，乃至作爲一個公認的學科名稱，正表明它具有一定的科學性。第三，在批評史的研究方法和編撰體例方面，陳著也作出了自己的貢獻。陳鍾凡所運用的「以遠西學說，持較諸夏」的方法，對中國文學批評史所作的分期，雖然在今天看來，不免失之簡單，但畢竟代表了學科草創時期人們的認識，眞正以一種近代學術研究的眼光來反觀中國古代文學批評，從而完成了方法論上的由傳統向現代的轉換。正是從陳鍾凡的《中國文學批評史》開始，傳統的詩文評獲得了相對獨立的意義，而批評史也才從文學史中分離出來，成爲一門獨立的學科。

如果說，作爲一名拓荒者，陳鍾凡的貢獻主要在於搶先劃定學科研究的領域───一種類似於跑馬占地，圈定版圖的行爲，還未來得及對其學術領地作細緻耕耘的話，那麼後來的研究者則在這塊領地上進行了建設性的勞作。諸如方孝岳的《中國文學批評》、郭紹虞的《中國文學批評史》、羅根澤的《中國文學批評史》、朱東潤的《中國文學批評大綱》等著作，應該說即是這種勞作的第一批豐饒的收穫。這些著作在三、四十年代的問世，顯示了中國學者的研究實績，也標誌著對中國古代文論的研究進入到一個新的階段。

從批評史研究自身的發展來看，較之陳鍾凡的批評史，這些著作顯然要完備、成熟得多。首先，在材料的佔有上，已不同於陳著的簡略粗疏，而趨於細密充實，尤其是郭紹虞和羅根澤的兩部在材料的清理爬梳方面均下了很

〔註1〕參見孫俍工譯鈴木虎雄《中國古代文藝論史》（即《支那詩論史》）自序，周作人爲王俊瑜譯青木正兒《中國古代文藝思潮論》所作序。

大的功夫。郭著所論，已超出了傳統的詩文評的範圍，將史籍中的文苑傳、文學傳序和文集中表現了作者文學觀念、思想的篇章，以至於筆記、論詩詩一類的材料都納入了自己的研究視野。羅根澤明確表示，他寫作《中國文學批評史》的思路，是先博後約，由繁返簡：「許多寫書的同志大都計劃著先由簡略而後擴充到詳贍，我最早卻擬了一個相反的計劃，打算『由博返約』，先寫逢說就錄的資料較詳的分冊出版的中國文學批評史，然後再根據這些資料寫一本簡明的中國文學批評史綱要」。〔註2〕以是之故，羅著材料的豐贍自是不待言的。注重材料的完備同時也就意味著研究面的擴大，就是說，不只充實、豐富重要理論家的材料，而且對於那些較爲次要的理論家的觀點也予以論列；不只關注傳統的詩、詞、文理論，對先前所忽略了的小說、戲曲理論也給其一席之地。雖然四家著述各有側重，但研究面的拓寬卻是一致的。

　　其次，在理論闡釋方面也有明顯的改觀。陳著雖提出「以遠西學說，持較諸夏」，並對「文學」、「批評」之義界有所闡釋，然極爲粗略，且未能將之作爲貫穿全書的指導思想。故其論述面雖廣，卻多爲材料的簡單臚列，而殊少進一步的分析評判。或許可以說，儘管陳著採用了與近代學術研究規範相一致的結構方式，但其思想體系還未脫出傳統的羈絆。而方、郭、羅、朱四家所著則不同，不但對材料的取捨已體現出新的眼光，而且加強了理論分析，對歷史上不同觀點、學說能以近代文學觀念爲指導進行評判。如方孝岳自述其寫作意圖，謂「大致是以史的線索爲經，以橫推各家的義蘊爲緯」；〔註3〕朱東潤明確表示批評史不能不帶有作者個人的主觀色彩：「既然是史，便有史觀的問題」，因爲「作史的人總有他自己的立場」。〔註4〕當然，他們畢竟還是受舊學薰陶而成長起來的一代學人，雖然也領受了新學的洗禮，但學而未化之病仍在所不免，更何況研究對象又純然是古典的東西，所以，這種理論上的分析、闡發也就未臻圓融之境，新舊參半，甚至扞格牴牾之處時有所見。

　　再次，史家意識漸趨自覺。陳著對研究對象自身之性質、特徵及研究主體之條件幾乎沒有涉及，其第二章論文學批評之意義、派別，言甚疏略，於研究

〔註2〕　羅根澤：《中國文學批評史》1958年重印序，見其《中國文學批評史》，上海古籍出版社1984年版，第5頁。

〔註3〕　方孝岳：《中國文學批評·導言》，三聯出版社1986年版，第5頁。

〔註4〕　朱東潤：《中國文學批評史大綱》，上海古籍出版社1983年新版，第5頁。

方法僅取歸納、推理、判斷及歷史的批評四端；第三章雖以「中國文學批評史總述」爲題，也不過用二百餘字的篇幅一筆帶過，並未觸及實質問題。至方、郭、羅、朱四家之作出，才開始有意識地對中國文學批評史研究本身進行審視。四家之中，羅根澤所作最爲全面、深入。在羅著第一章《緒言》中，作者以兩萬餘字的篇幅，專門討論了有關文學批評史研究的諸多問題，包括：1、文學界說；2、文學批評界說；3、文學與文學批評；4、文學史與文學批評；5、中國文學批評的特點；6、文學批評與時代意識；7、文學批評與文學批評家；8、文學批評與文學體類；9、史家的責任；10、歷史的隱藏；11、材料的搜求；12、選敘的標準；13、解釋的方法；14、編著的體例。從《緒言》中我們可以看出，羅根澤對中國文學批評史自身的特徵，研究者的職責、素質，以及研究中國文學批評史的態度、方法等，都有著相當清醒的認識。譬如他於文學界說贊成折中廣狹二義，謂除詩歌、小說、戲曲、美文之外，還須納入辭賦、駢文乃至書箚、史傳等；於文學批評界說則取其廣義，即包含批評理論和文學理論在內，便是從中國文學批評自身特徵出發而作出的選擇。又如關於批評史的體例，羅根澤主張兼攬編年、紀事、紀傳三體之長，別創一種「綜合體」以求符合歷史的本來面目，也是經過深思熟慮之後的認識。要而言之，到三、四十年代，批評史的撰寫已積累了一定的經驗，其成果已具有相當的學術水準。

　　此後，從五十年代到七十年代，批評史的撰寫進入到一個新的時期，一個重寫批評史的時期。由於意識形態的更迭對學術研究的影響，我們對以往的成果否定多於肯定，批評多於借鑒，乃至有推倒重來，另起爐灶之舉。學者們努力在新的世界觀、方法論的指導下，撰寫出新的中國文學批評史。不論是郭紹虞對其舊作的修改，還是黃海章的《中國文學批評簡史》，都試圖走一條新的路子，進行新的嘗試。雖然這些嘗試的結果是走向非歷史化，但其初衷、用心卻在於跟上時代的發展，在於從新的角度去認識、闡釋歷史。這在當時應該說有其歷史的必然性。即使不考慮當時政治環境作爲一種外部力量的驅使，單就學術自身發展而論，也必須有某種新的動力來推進批評史研究的自我超越。所以，歷史地看，郭、黃的失誤也給稍後的研究者提供了教訓和借鑒，使他們得以避免簡單化的偏頗，從而在批評史的撰寫中有所建樹。劉大杰主編的《中國文學批評史》和敏澤的《中國文學理論批評史》，即是代表了這一時期研究水平的兩部批評史專著。

　　這裏有必要說明的是，劉大杰主編之《中國文學批評史》（上冊）於 1964

年出版；而中冊完成於 1980 年，1981 年出版，爲集體編著，不署主編之名；下冊則完成於 1983 年，1985 年出版，署名王運熙、顧易生主編。雖然出版時間相距達二十年，但基本思想卻比較一致。該書上、中、下三冊卷首均有一說明，其上冊說明稱：「本書編寫，力圖遵循馬克思列寧主義的觀點，比較系統地說明我國文學批評的發展過程和文學理論鬥爭的實際情況」。中冊說明沿用了這段話，下冊則將「文學理論鬥爭的實際情況」改爲「重要文論家的成就及貢獻」。對比一下五、六十年代古文論研究用語，這裏所說的「文學理論鬥爭」正反映出那個時代的研究宗旨和指導思想。儘管下冊在用語上作了一點變動，然而既經形成的指導思想並不會馬上隨之改變；何況，從七十年代末到八十年代初，理論界所要做的首先是「撥亂反正」，亦即回到文革之前理論研究的正軌上去。所以，即便完成於八十年代初的批評史，其基本思想傾向與六十年代實無質的差異。敏澤的《中國文學理論批評史》當然更不例外，因爲作者明言該書初稿寫作於文革之前，1979 年出版時只作了一些局部的修改。

應該承認，與三、四十年代出版的幾部批評史相比，這兩部著作仍有自己的特色和學術價值，而且可以說有所發展。

一方面，最明顯也是最外在的，是篇幅的增加。這主要表現爲在縱向上延長時間跨度，在橫向上拓寬論述範圍。此前的批評史均以清末爲下限，近代文論不在其內，且只分論詩、詞、文批評，於小說、戲曲理論較少涉及。而復旦三卷本（此稱謂更近事實）與敏澤所著，都將中國文學批評史之下限延伸至近代，對於 1840 年以後，五四運動之前的文學批評、理論作了較爲系統的討論。同時，他們也有意識地加強了明清以後小說和戲曲理論的研究，從而進一步擴充了批評史研究的領域。這不能不說是一個發展。

另一方面，則爲研究宗旨和指導思想的改變。就研究宗旨而言，如果說早期的批評史更多地是作爲文學史研究的一個分支，其目的在於通過批評史去瞭解、印證文學史，那麼後來的這兩部著作則帶有較爲明顯的理論化傾向，或者說，其興趣主要不在歷史上的批評實踐而在文學理論。如復旦三卷本所說之「文學理論鬥爭」或「文論家的成就及貢獻」，已經表明了這種重心的轉移；敏澤在傳統的「中國文學批評史」中加進「理論」二字以爲書名，同樣是基於研究宗旨的改變。就指導思想而言，便是強調馬克思主義哲學、文藝學思想的指導意義，將階級分析的方法應用於中國文學批評史的研究。從這兩部書的實際情況看，雖然仍不免有一些簡單化、教條化的地方，但從總體

上說，還是取得了若干成果，尤其是通過對一定時期經濟和政治背景的分析，突出了社會因素在文學批評、理論發展中的作用，這就超出了早先批評史侷限於排比材料、考訂史實，就文學現象談文學現象的不足，不僅擴大了研究的視野，也深化了對歷史的認識。

八十年代以後批評史撰寫的新進展，當以中國人民大學蔡鍾翔、黃保眞、成復旺三人合著的《中國文學理論史》爲起點。該書 1987 年出版，當即爲學界所重。這部共分五卷，將近二百萬字的通史明顯具有承前啓後的特點。說它承前，因爲它借鑒了以往批評史撰寫的經驗，既充分肯定了早期批評史取得的成績，又進一步強調了運用歷史唯物主義研究中國古代文論的必要性，從而仍與此前批評史有著密切的聯繫；說它啓後，則是該書並非只是綜合前人之長，而且有作者本人的新見，體現了八十年代思想解放所帶來的學術生氣和文學理論研究的若干進展。與先前的幾部批評史相比，這部《中國文學理論史》變化的不只是名字，不只是篇幅的增加，材料的充實，而主要在於它立足於一個更高的理論視點，以一種前所未有的標準、尺度去認識和評判中國古代文論。在諸如對老莊文藝思想及受其影響的文論著作的評價，對魏晉六朝文論偏重形式技巧傾向的認識，對司空圖《二十四詩品》、嚴羽《滄浪詩話》理論價值的分析等一系列問題上，都與先前的見解有較大的差異，其價值取向和思維方式均帶有鮮明的時代氣息。另外，在運用歷史唯物主義方法考察中國文學批評史的同時，除了注意特定時期的經濟、政治背景之外，該書作者還突出了文化背景尤其是哲學思想之於文學理論發展變化的意義，對於像魏晉玄學、明代心學等時代思潮作出了客觀的分析與評價，揭示了它們與特定時期文學批評和文學理論的內在聯繫。

從 1989 年開始，由王運熙、顧易生主編的七卷本《中國文學批評通史》相繼問世，目前已經出齊。〔註5〕在某種意義上說，這部著作可以看作是先前復旦三卷本的一種擴充。恰如該書第一卷《先秦兩漢文學批評史·說明》所

〔註 5〕《中國文學批評通史》凡七卷，分別爲：1、《先秦兩漢文學批評史》，顧易生、蔣凡著，上海古籍出版社 1990 年版（以下六卷亦由該出版社出版）；2、《魏晉南北朝文學批評史》，王運熙、楊明著，1989 年出版；3、《隋唐五代文學批評史》，王運熙、楊明著，1994 年出版；4、《宋金元文學批評史》，顧易生、蔣凡、劉明今著，1996 年出版；5、《明代文學批評史》，袁震宇、劉明今著，1991 年出版；6、《清代前中期文學批評史》，鄔國平、王鎭遠著，1995 年出版；7、《近代文學批評史》，黃霖著，1993 年出版。

言：「多卷本的《中國文學批評通史》較之我們過去主編的三卷本《中國文學
批評史》，體例相近，但內容方面則有較大的發展。」與三卷本比，七卷本在
篇幅上擴充了三倍，總字數達三百五十萬，堪稱鴻篇巨制。而其最突出的特
點，也就在於求大求全。對於先前批評史已經提到的古代文論家及其著作，《通
史》作了更全面細緻的論述；對於先前批評史忽略或較少論述的，則予以彌
補充實。作者的用心，顯然是想撰寫出一部完備詳盡的中國文學批評史，故
只要是與文學問題相關的材料都盡可能網羅在內，予以分析評判。這樣做誠
有其長處，即可以展示中國文學批評史的全貌，至少可以為研究者提供較為
完備的材料；但也有其短處，那就是容易為材料所淹沒，在關注具體問題的
同時忽略了批評史作為一個整體自身的發展流變。這套通史的撰寫與出版，
的確應該說是本世紀中國文學批評史研究的一件大事，尤其是它以材料的豐
富、論述的細緻和篇幅的浩大將批評史的撰寫推進到一個前所未有的階段，
成為後來人在短期內難以逾越的高峰。就此而言，不少學者譽之為二十世紀
中國文學批評史研究的集大成之作，實非溢美之詞。

　　羅宗強主編的八卷本《中國文學思想通史》，是又一部篇幅宏大之作。其
八卷依次為：《周秦漢文學思想史》、《魏晉南北朝文學思想史》、《隋唐五代文
學思想史》、《宋代文學思想史》、《遼金元文學思想史》、《明代文學思想史》、
《清代文學思想史》、《近代文學思想史》。從目前已經出版的兩卷──羅宗強
的《隋唐五代文學思想史》（1986）和張毅的《宋代文學思想史》（1995）來
看，該書確有自己獨到的特色，代表了傳統批評史研究的一個新的發展方向。
尤其是羅著，作為一部斷代史，對隋唐五代時期文學思想的發展衍變作了相
當深入的分析，真正描述勾勒出對象的整體風貌和發展軌跡，其過人之處不
僅在於指出文學思想史之於文學批評史、理論史的聯繫與區別，將古代文論
的研究視野擴大到文學創作實際，還在於表現出一種思想史研究的自覺意
識，一種追究現象之內在關聯和演變動因的思辨精神。正是這一點使該書在
八十年代以來眾多的批評史著述中佔有一個特殊的位置。

　　說到斷代史，目前獨立於通史之外的似乎只有許結的《漢代文學思想史》
（1990）一部，不過，上述兩種通史中以朝代劃分的各卷實不無斷代史的意
味。就是說，雖然以通史為名，但事實上還是若干斷代史的集合。即以許著
的情況而論，納入羅宗強主編之《中國文學思想通史》亦未為不可，因許著
恰為文學思想史，且其寫作宗旨與編撰體例也與羅著頗多一致。所以，客觀

地說，我們其實不乏斷代史的撰寫，而且其作為獨立的斷代史，恐怕較作為通史之一部分更為成功。

八十年代以後批評史撰寫的又一重要成果，或者說發展的一個新的方面，是多種分體文學批評史的出現。在詩學、詞學和小說、戲曲理論等不同領域，都有專門的理論批評史問世。詩學方面的如袁行霈等人的《中國詩學通論》（1994 年）、陳良運的《中國詩學批評史》（1996 年），詞學方面的如謝桃坊的《中國詞學史》（1993 年）、方智範等四人的《中國詞學批評史》（1994 年）；而小說、戲曲理論方面，則有周偉民、王先霈的《明清小說理論批評史》（1988 年）、陳謙豫的《中國小說理論批評史》（1989 年）、方正耀的《中國小說批評史略》（1990 年）、陳洪的《中國小說理論史》（1992 年），和夏寫時的《中國戲劇批評的產生和發展》（1982 年）、葉長海的《中國戲劇學史稿》（1986 年）等等。這些著作的出現，標誌著對中國文學批評史的研究更趨細密，也更趨深入。它們與通史、斷代史一起齊頭並進，互為補充，從不同角度、不同層面共同推進了中國文學批評史的研究，使之呈現出前所未有的繁盛局面。

分體文學批評史之外，還有若干專題史，亦應佔有一席之地。這我們留待下章再談。

二、若干值得注意的問題

如上所述，七十年來我們在批評史撰寫上的成績是相當突出的，儘管其間有過失誤，有過曲折，但終歸是向前發展的。時至今日，我們的確可以充滿自信地說，經過三代學人七十年來的辛勤耕耘，中國文學批評史的研究已結束了拓荒階段而進入大面積收穫季節，作為一門學科，中國文學批評史也由稚嫩走向成熟，由涓涓細流發展為滔滔江河。

但我們仍應保持清醒的頭腦，對存在的問題予以充分的重視。有七十年批評史研究的成績無疑是我們的巨大財富，但若不能正確對待，則它也可能成為我們今後研究的障礙。如果只看到成就而意識不到問題，那我們就會誤以為批評史研究已經臻於完善，而難以另闢蹊徑，別出手眼，難以超越前人，將批評史研究推向新的階段。事實上，七十年來的批評史研究固然成績斐然，但存在的問題仍舊不少，認識這些問題並尋求相應的對策，正是我們今後進一步拓寬和深化批評史研究的起點。

依我之見，七十年批評史研究始終存在，一直希望解決而又未眞正解決的問題，是如何探求、把握並揭示中國文學批評、文學理論幾千年來遞嬗演變的內在邏輯結構和發展軌跡，使之如生命之進化、如天體之運行歸於有序，而不是將眾多史料按某種預設的模式歸類編排。簡言之，是如何科學地認識批評史自身的規律性的問題。

反映在批評史撰寫中，主要表現爲兩種偏向：一是由對歷史缺乏深刻的洞見所導致的有史料而無史識；二是由片面強調古爲今用和研究者的現代意識所導致的非歷史化現象。前者對歷史有著充分的尊重，以呈現歷史的本來面目爲宗旨，但往往止於對史料的發掘、考訂、辨誤，而未能深入到史料之後，探尋中國古代文學批評發生發展的內在機制和歷史動因。這些研究者似乎沒有認識到，文學批評史或文學理論史與我們通常說的歷史有著很大的差異，傳統史家所謂「實錄」、所謂「秉筆直書」，並不就是文學批評史家的根本要義。對於文學批評史的撰寫來說，傳統史籍慣常採用的編年體、紀傳體、紀事體也不是現成的適宜批評史性質的結構方式，儘管不無借鑒意義。批評史不是大事記，不是若干批評家傳記的綴合，更不是一本逢聞必錄的流水帳，它應該昭示比這更多的東西。後者深知任何歷史都是現代人眼中的歷史，批評史尤其不能例外，故於研究者之主體意識極爲重視。這的確不錯，然而過分強調研究者的主體意識以至於無視歷史作爲一種客觀存在，則不免將歷史看作是可以任人驅使的婢女，或可以隨意組合的積木。在中國文學批評史的研究中，預設模式，先入爲主，褒貶由我，方枘圓鑿。對於史料，合則取之，異則棄之；對於觀點，不問其產生的特定歷史背景，不論其提出的初衷和實際的影響，或比附異邦之說，或等同今人之論，抑揚無憑，褒貶失據。這種偏向往往置中國文學批評史的特殊性、豐富性於不顧，將其人爲地演繹爲適應某種現實需要的抽象品。

如果稍作區分的話，我們可以說中國文學批評史的研究實際上存在著兩個關係密切但又不盡相同的支派：一是作爲中國古典文學史分支的古代文學批評史研究，一是作爲現代文藝理論分支的古代文學理論史研究。雖然我們籠統地稱之爲中國文學批評史或中國文學理論批評史，但實際上卻各有側重，各具特色。大概而言，前者的目的在於印證中國古典文學史，故其研究重點傾向於史的研究，傾向於歷史上的批評理論、批評實踐及文學思潮的梳理總結，於材料的考辨、淵源的追溯尤爲用心，其研究態度則標舉客觀，以

描摹古人的本來面目爲研究追求；而後者的目的則爲建設有中國特色的現代文藝學體系的必要準備，故其研究重點傾向於理論的研究，傾向於歷史上的文學觀念、理論體系、理論形態及具體觀點、命題、範疇的分析研慮，於理論內涵的發掘和理論特色的把握用力最勤，其研究態度崇尚現代意識，而學術追求則爲溝通古今，重鑄中國文論話語。

這種分野其實由來已久。

1924 年，當楊鴻烈撰寫《中國詩學大綱》時，他最初的動機，「本是想編一本《文學概論》」，只是因爲範圍過大，最後才縮小爲中國詩學。楊鴻烈說他「最崇信摩爾頓（Richard Green Moulton）在《文學的近代研究》所說的：「普遍的研究——不分國界，種族；歸納的研究，進化的研究。但這種奢念，只得希望將來了」。〔註 6〕由此可見，尋求古今中外共通的文學規律是楊鴻烈的目的所在，這也開啓了後來重視理論研究的一派。文學批評史的研究則別有追求。雖然其開山之作——陳鍾凡的《中國文學批評史》並未表明其寫作意圖，但郭紹虞在其《中國文學批評史》初版自序中卻坦言：他屢次想編著一部中國文學史，因考慮到這是一項巨大的工作，故「縮小範圍，權且寫這一部《中國文學批評史》」。「我只想從文學批評史以印證文學史，以解決文學史上的許多問題，因爲這——文學批評，是與文學之演變有最密切的關係的」。〔註 7〕郭紹虞的意見很能代表這個時期一般人對文學批評史的看法，譬如方孝岳表示：「我們現在把一個國家古今來的文學批評，拿來做整個的研究，其目的在於使人藉這些批評而認識一國文學的眞面」。因爲這較之直接閱讀作品更爲容易便捷。〔註 8〕羅根澤也說：由於「文學批評中的文學裁判既尾隨創作，文學理論又領導創作，所以欲徹底的瞭解文學創作，必借助於文學批評；欲徹底的瞭解文學史，必借助於文學批評史」。〔註 9〕直到五十年代初，王瑤還持類似的觀點，主張：「我們現在研究批評史，不但不能把它和文學史的發展脫離來看，而且文學批評史正是一種類別的文學史，像小說史、戲曲史一樣，因此，不能只從形式上找相當於文學批評的概念的材料，而須考察在歷史發展中文學所受的相當於批評的影響」〔註 10〕相對說來，這

〔註 6〕 楊鴻烈：《中國詩學大綱》，商務印書館 1928 年版，第 3 頁。
〔註 7〕 郭紹虞：《中國文學批評史》，商務印書館 1934 年版，第 1、2 頁。
〔註 8〕 方孝岳：《中國文學批評》，三聯書店 1986 年新版，第 2 頁。
〔註 9〕 羅根澤：《中國文學批評史》（一），上海古籍出版社 1984 年新版，第 11 頁。
〔註 10〕 王瑤：《中國文學批評與總集》，《光明日報》，1950 年 5 月 10 日。

一時期的研究者大多傾向於由批評史印證文學史，而偏重從理論建設的角度
來研究、撰寫批評史的尚不多見。

自五十年代後期開始，隨著文藝理論界提出建設有民族特色的馬克思主
義文藝學體系的要求，古代文論研究的重心轉向清理理論範疇、命題和專題
研究，史的意識漸趨淡化。正是由於對理論的重視，《文心雕龍》以其體大思
精、籠罩群言一時成爲關注的熱點。在當時人心目中，較之傳統詩文評零散、
瑣碎、不成系統，對《文心雕龍》的研究無疑更具特殊的意義，更有助於新
的文藝學體系的建設。另一方面，批評史的撰寫趨於沉寂，除羅根澤的續作、
劉大杰的半部批評史外，真正稱得上是新作的幾乎沒有。這與同一時期中國
文學史競相出版的熱鬧局面，恰好形成一種頗有意味的對照。自此以後，中
國文學批評史撰寫中的重論輕史遂成爲一種定勢，其影響一直延續到九十年
代。從五十年代末郭紹虞將其改作易名爲《中國古典文學理論批評史》，到敏
澤寫於七十年代的《中國文學理論批評史》和蔡鍾翔等人八十年代問世的《中
國文學理論史》，乃至張少康、劉三富近年出版的《中國文學理論批評發展
史》，都不約而同地特別標明「理論」，以區別於先前的中國文學批評史。這
種話語的轉變正可作爲研究重心轉變的標識，它從一個側面說明了研究視
角、研究對象和研究方式的易位。不過，指出這種轉變並無評騭之意，事實
上人們所以不避繁複，如此命名確有其充分的理由。

除了強調古爲今用所產生的影響之外，還有一個潛在的因素也不應忽
略，那就是學科的獨立意識。批評史從文學史分化出來之後，自然不甘於做
文學史的附庸，因此必然會有意遠離文學史，盡可能在研究目的、對象、手
段等方面與文學史劃清界限，而轉向注重理論研究正可以實現這種學科獨立
的願望。這也在無形中促成了重論一派的主流地位。

所以，古代文論研究在五十年代以後，基本上是重論派一枝獨秀，且隱
隱然有正宗的意味。直到八十年代末，由於一味強調古爲今用、重論輕史所
導致的缺乏歷史感及空疏學風日漸突出，人們才重新回過頭來認眞考慮這種
研究策略的偏頗。1989 年，《文學遺產》組織座談會，反思四十年來的中國古
代文論研究，不少人在發言中明確提出要重視史的研究，要和古代的文學實
踐結合起來。如陶文鵬主張古代文論研究應注意史論結合，反對脫離文學史、
文藝思潮史和批評史實際，用馬列或現代西方文論硬套的做法；蔣寅認爲以
往理論史的研究常給人缺乏歷史眼光的感覺，脫離文學創作的實際；徐公持

則對結合中西文論體系的設想提出質疑，認爲不必爲研究工作設定一個共同目標，多元化才更有利於研究的全面開展。這次座談會發言刊登於同年第四期《文學遺產》，同期發表的，還有羅宗強、盧盛江兩人合寫的長篇論文《四十年古代文學理論研究的反思》。該文全面總結評述了古代文論研究四十年來的得失，尤其突出了目的多元化、方法多元化和注重歷史實感的思想。作者明確主張古代文論研究不必專爲現代文論建設，不必專取古爲今用，「有時候，對於歷史的眞切描述本身就是研究目的。對古文論史料的輯佚、整理、疏證，對古文論的確切含義，它在何種條件下產生，它與其時之思潮、生活風貌、生活情趣、文學創作之關係等等的歷史描述，或者意只在於弄清歷史面貌，於今日並無實用的意義，但亦依然有其學術價值在」。

應該說，上述意見的提出，意味著我們在研究心態上正走向成熟。強調古代文論研究與文學史的聯繫，並不是重複早期治批評史者的觀點，而是在更高層次上的一種回歸。批評史雖由文學史分化、獨立出來，卻不應也不能割斷其與文學史的千絲萬縷的聯繫，過分偏重從理論建設的角度去研究古代文論而輕視甚至拋棄從文學史的角度的研究，不但不利於批評史自身的健康發展，即便對於理論建設而言，實際上也是一種缺憾。

在文學批評史方面，由於史的意識被削弱，相當長一個時期以來，我們研究的重點放在了點與塊上，亦即較多關注單個理論家、論著和理論觀點的分析研討，而較少從總體上探尋不同時代、不同理論觀點之間的遞嬗演變，探尋中國文學批評史自身的發展規律。我們的文學批評史不論篇幅長短，基本上不出兩種結構模式，即以人爲綱或以時代爲綱，按年代先後遠近來編排組織材料。但不論哪種結構模式，都難以眞正勾勒出批評史發展的脈絡，更難以揭示批評史發展的必然。這不是說我們沒有對單個理論家思想的形成追本溯源，而是說對作爲一個整體的中國古代文學批評，我們未能眞正以史家的眼光作出宏觀的把握和描述。因此，學科研究的拓展，更多的是表現爲批評史卷帙的增加，以材料收羅的完備和闡釋的細緻取勝，而不是表現爲執簡馭繁，由博返約，以對歷史發展內在軌跡的深刻認識見長。舉例說，到目前爲止，儘管多卷本批評史已呈難乎爲繼之勢，而簡史、概要一類的著作也出版了好幾部，（譬如黃海章的《中國文學批評簡史》、周勳初的《中國文學批評小史》、朱恩彬的《中國文學理論史概要》等），但我們仍沒有一部眞正的簡史，一部能夠大處著眼、以少勝多的著述。一部優秀的簡史，不應只是繁

重之批評史的簡寫本，它首先必須具備史的意識，能夠準確把握批評史發展流變的脈絡，於提要鉤玄中見出批評史自身的總體特性和內在規律。在這個意義上說，簡史的撰寫並不比多卷本來得容易。無怪當年羅根澤主張由博返約，先繁後簡。這的確是精於治史的卓識。以此觀之，能繁而不能簡，能細而不能粗，其原因正在不能以論帶史，以史證論。故看似重史，實則無史；看似能論，實非眞論。所以，篇幅越是浩繁，頭緒越是紛亂，越是給人以敬而遠之之感，當然也就難以眞正發揮其作用。

在理論建設方面，由於忽視批評史與文學史的聯繫，我們對古代文論範疇和觀點的闡釋往往流於簡單比附，甚至是鑿空之論。求同而棄異，取名而略實的情況時有發生。諸如將古代文論之意象、風格與西方文論之 Image、Style 劃等號，謂《詩經》之比興即形象思維，孟子之以意逆志即接受美學等，都是很有代表性的例子。至於以浪漫主義釋風，以現實主義釋骨，更是不著邊際，令人咋舌。倘若我們的古代文論研究提供給現代文學理論建設的不過是這樣一種「構件」，那我們怎能指望用它們來建立眞正有中國特色的現代文論體系呢？這不只是古代文論研究的悲哀，也是建設現代文論的悲哀。所以，即使是強調古爲今用，強調古代文論研究與現代文論建設溝通，同樣必須注重史的研究，注重聯繫古代文學的創作實際，這才可能給古代文論範疇、命題乃至理論體系以科學的解釋，才可能較爲準確地把握古代文論自身的理論個性，從而眞正有助於建設具有中國特色的馬克思主義文藝學體系。

當然，重申批評史與文學史結合的重要性，並非認爲文學批評史只能是文學史研究的分支，更不是要取消批評史與文學史的區別。強調批評史的研究須聯繫文學創作實際，目的在於避免鑿空而論的偏頗，使之具備歷史眞實感。但與此同時，我們應該明白批評史和文學史到底不是一回事，而所謂歷史眞實，並非僅是指出一定時期文學批評與創作實踐之間的一致，還必須揭示文學批評自身的歷史發展。換句話說，批評史的研究固然不能脫離文學史，但文學史的研究尚非批評史的研究。羅根澤說得極是：雖然文學批評有助於瞭解文學創作，批評史有助於瞭解文學史，「但文學批評不即是文學創作，文學批評史不即是文學史」，相應地，「文學批評眞相不即是文學眞相」。〔註11〕意識不到這一點，將批評史研究與文學史研究混爲一談，這實際是取消了批評史的獨立性。

〔註11〕 羅根澤：《中國文學批評史》（一），上海古籍出版社 1984 年新版，第 11、12頁。

　　所以，批評史若想眞正成其爲史，除開聯繫相關的文學創作實際之外，更爲重要的是將批評理論及其實踐與特定時期的審美思潮、時代風氣以至於文化背景聯繫起來，同時從縱向上考察其發生發展及衍變的歷史進程。而且，我們還必須引入一般文學批評史理論，站在當代文學理論的高度來俯瞰歷史。批評史的研究離不開一定理論的指導，從七十年來批評史撰寫的實際情況看，其在不同時期所達到的深度和所取得的成績，都與該時期文學理論研究的進展有著極爲密切的關係。拒絕一定理論的指導，將批評史研究侷限爲史料的發掘梳理和考訂辨正，割斷歷史與現實的關聯，這只會使批評史研究趨於封閉乃至僵化，最終完全喪失其理論價值。

　　上文曾引述羅宗強、盧盛江文，以爲古代文論研究不必專爲現實服務，這無疑是有道理的。作爲一種糾偏救弊之論，提出這種主張確有其針對性。不過如果就此認爲批評史與現實的文學理論毫無關聯，那又走向另一種偏頗，而這也不是羅、盧文章的本意。考辨史實確有其學術價值在，而且應該說是批評史研究的基礎性工作，但理論探討仍不可少，溝通古今仍不可少。這恰如錢鍾書所說：「古典誠然是過去的東西，但是我們的興趣和研究是現代的，不但承認過去的東西的存在並且認識到過去東西的現實意義」〔註12〕古典文學研究尚且如此，古代文論當然更不例外。在這個問題上，我們或許可以借鑒一下韋勒克的意見。對於批評史與現實的文學理論的關係，韋勒克一方面主張：「批評史不應當成爲一項純粹古籍研究性的課題，我以爲，它應當闡明和解釋我們的文學現狀。反過來說，也只有憑藉近代文學理論才能對它有所理解」。但另一方面，具體到十六世紀至十八世紀中葉這一時期的批評史，韋勒克卻說：「敘述 1500－1750 年期間這個體系內部的種種變化，在我看來，似乎主要是一項古籍研究的任務，跟我們現在的問題無關」。乍看上去，似乎韋勒克自己的觀點互相牴牾，其實並非如此。韋勒克之所以對批評史採取不同的態度，實在是由對象本身的性質所決定的。文藝復興以來的新古典主義學說體系對於西方現代文論並未產生直接的影響，也說不上有什麼理論淵源；「但是十八世紀後期所出現並互相爭鳴的各種學說和觀點，便在今日也還有其意義：如自然主義、藝術是情感的表達和交流的看法、象徵主義和神秘主義的詩學觀點等等」。〔註13〕不妨這樣理

〔註12〕 錢鍾書：《古典文學研究在現代中國》，轉引自鄭朝宗《研究古代文藝批評方法論上的一種範例》，載《文學評論》1980 年第 6 期。

〔註13〕 韋勒克：《近代文學批評史》卷一，楊豈深、楊自伍譯，上海譯文出版社 1987

解，依韋勒克之見，批評史實際上包括了與現實關係較遠和關係較近的兩個部分，對於前者，基本是一種古籍性的研究；而對於後者，則不能不從現代文論的角度予以認識並作出評判。

　　這樣一種因對象性質而異的靈活態度無疑是明智的。儘管對於中國古代文學批評史，我們不能像韋勒克那樣找出一個明確的分界線——中國現代文論並非淵源於其傳統的自然發展，因此難以從縱向上判定哪一段分屬於古典或現代——但我們仍可以從韋勒克的思路中得到啓發：古代文論實際上包括了純屬歷史陳跡和在今天仍有理論活力的兩部分，而我們的研究便可分別採取不同的態度和方法。對於前者，確實沒有必要去追問它的現實意義或作不切實際的現代闡釋，弄清其歷史眞相本身即有學術價值在；對於後者，則不能不引入現代觀念，不能不關注其與現代文論的聯繫。不過，即便如此，我們仍舊面臨著一系列棘手的問題，譬如根據什麼原則來判定研究對象有無現實意義？對於那些能夠肯定與現實關係較密的部分，是否就可以淡化其歷史個性？再有，這兩種方法，純粹的古籍性研究和所謂現代闡釋二者之間是否就毫不相干？如果我們不能回答這些問題，那麼，批評史研究中長期存在的兩種偏向就難以得到徹底的糾正。

三、增強學科自省意識，促進批評史研究的深化

　　批評史研究長期以來存在的另一突出問題，是自省意識的貧弱。我們在批評史的撰寫方面下了很大的功夫，出版了數量可觀的批評史著作，但認眞總結批評史撰寫得失，從學理上探討中國文學批評史自身規律與特徵，以及批評史撰寫體例、研究方法等問題的著述並不多見。本來，對於中國文學批評含義的界定和研究方法的選擇，早期的批評史並不曾廻避，儘管只是浮光掠影。而在三、四十年代問世的批評史著作中，對批評史的性質等問題更是作了較爲深入的探討。令人奇怪的是，五十年代以後出版的批評史，大多放棄了這種學科的自省意識，即使有所論及，也只是一種描述性的敘說而非分析性的研討。是認爲該問題已經解決，抑或不值得深究？無論如何，這至少是批評史學科研究中的一種短視行爲，實際上已阻礙了批評史研究的進一步發展。

年版，第 1 頁。該書原名「A History of Modern Criticism」，譯爲「近代」並不十分準確，因韋勒克一直寫到本世紀五十年代歐美文學批評，共七卷之多，而書名不變。

　　所以，回顧早期的批評史著述，我們不能不敬佩當時研究者的自省意識，尤其是羅根澤在其《中國文學批評史‧緒言》中對相關問題的專門論述。這些論述雖然上文已作了粗略的介紹，但在此尚有重新認識的必要。

　　從學科自省意識的角度來看，羅根澤所論的理論意義首先在於他明確了中國文學批評史的獨特性質。這主要表現爲：1、羅根澤根據中國古典文學的實際情況對文學、批評的涵義作了自己的選擇，使之眞正符合中國文學批評自身的特性。受西方近代純文學觀念的影響，早期的批評史研究者也不免以之爲準繩去評判中國傳統文學及其理論，從鈴木虎雄的《支那詩論史》到郭紹虞的《中國文學批評史》都多少有此傾向，故朱自清在評郭著時特別指出其劃分失當。羅根澤提出於文學用折中義，於批評用廣義，正是爲了避免一味沿襲西方文學觀念所可能產生的偏頗。2、指出了批評史與文學史的聯繫與差異。具體意見已見前述，此不再贅。值得注意的是羅根澤之所以提出這個問題，正是有見於此前研究者多強調批評史與文學史的聯繫，無形中淡化了批評史與文學史在研究對象、目的和方法上的差異，這於學科的發展不利。其次，探討了研究中國文學批評史應取的態度和方法。羅根澤明確指出，所謂歷史可以有兩種解釋：一是「事實的歷史」，二是「編著的歷史」，這兩者並不就是一回事，前者爲客觀存在，後者則爲今人對前者的理解與描述。批評史作爲「編著的歷史」，又有兩種情況，即由史學家編著的以記述史實爲宗旨的批評史，和由文學批評家編著的以創立新說爲目的的批評史。目的不同，態度、方法也就各異。在羅根澤看來，批評史既然是史，則首先必須求眞，其次才是求好，而且惟其求眞才能眞正求好，惟其合乎史實，才能爲今日之鑒。由此出發，羅根澤對批評史研究中的若干方法問題，如材料的搜求、選敘的標準、解釋的方法、編著的體例等，均作了系統的闡述，提出了不少很有價值的意見。諸如主張屏除成見去搜求材料，以述要和述創爲選敘的標準，要求意義的解釋與因果的解釋相結合，以及體例上綜合編年、紀傳、紀事諸體之長等，都堪稱的論，可以看作是對陳鍾凡以來批評史撰寫經驗的系統總結。

　　確實，任何一個批評史家，無論是否在其著述中直接表述，事實上他都會有自己的批評史觀，亦即他對研究對象之性質、特徵，和研究主體之素質，以及連接對象與主體之研究方法、原則等問題的認識。然而，有一定的批評史觀指導研究，和有意識地探討批評史研究自身的問題，這是兩個層面的概念。對於一個嚴肅的批評史家來說，除了實際的研究之外，他必然會關注、

思考這種研究本身，進而致力於批評史學的研慮。應該承認，這種思考、研慮對於學科的發展具有重要的意義。一方面，它是學科成熟的重要標誌，我們判斷一門學科是否成熟，不能只看其取得多少研究實績，還必須看其是否形成了學科的自省意識，是否建立了相關的學科學；另一方面，它又是學科拓展、深化的重要前提，沒有這種自省意識，學科的發展往往只表現爲量的增長，卻難以有質的突破。我們之所以強調羅根澤研究在批評史撰寫中的重要意義，即是著眼於此種學科的自省意識。事實上羅著本身所取得的成就，在一定程度上也應歸因於作者對學科理論的深入探討。

羅根澤之後，繼續該問題探討並有所推進的，我以爲主要是兩人：一位是五卷本《中國文學理論史》作者之一的蔡鍾翔，另一位是《中國文學思想通史》主編、《隋唐五代文學思想史》的作者羅宗強。

由蔡鍾翔參與執筆的《中國文學理論史・緒言》是新時期以來爲數不多的探討批評史理論的重要文獻之一。如果說羅根澤的批評史理論是建立在早期批評史撰寫經驗的基礎上，那麼蔡鍾翔所做的便是對五十年代以後批評史撰寫經驗與教訓的理論總結。我們知道，五十年代以後出版的批評史之不同於早期的批評史，最基本的一點，即是將歷史唯物主義作爲批評史研究之指導思想和方法原則，無論是其所取得的成績還是存在的問題，都與之有著密切的關聯。因此，如何正確將歷史唯物主義方法運用於批評史的研究便自然成爲蔡文討論的核心問題。蔡鍾翔首先肯定了正確掌握歷史唯物主義原理之於批評史研究的重要意義，同時對於若干重要理論原則，如經濟基礎的決定作用、階級分析、世界觀的影響等，也進行了反思、澄清。強調要充分認識問題的複雜性和特殊性，避免簡單化、機械化的做法。在此基礎上，蔡鍾翔還進一步分析了影響中國古代文學理論歷史進程的若干客觀因素，就中國古代文學理論體系自身的民族特徵問題提出了自己的看法。

羅宗強對於中國文學批評史研究的意見，集中見於其《隋唐五代文學思想史・引言》和他爲張毅《宋代文學思想史》所作的序文。從這兩篇文章來看，羅宗強的意見主要是：1、文學思想史與文學批評史、文學理論史既有聯繫又有區別，其研究目的在於描述文學思想發展演變的面貌，探討影響文學思想發展演變的種種原因，以及對不同的文學思想進行評判；2、文學思想史研究的範圍固然包括文學批評和文學理論，但更爲寬泛，它還必須考察文學創作中反映出來的文學思想；3、文學思想史研究的第一位的工作，是古代文學思想的歷史還

原,而附會古人、將古人文學思想現代化則爲研究之大忌。也許因爲這兩篇文章均非全書總序的緣故,羅宗強並未明確闡述爲什麼要在傳統的批評史和理論史之外,又提出思想史作爲新的研究方向。這恐怕不僅僅是由於批評史或理論史的研究範圍遺漏了文學創作,還因爲先前的研究於史的脈絡多有忽略,未能眞正揭示或描述古代文學思想發展演變的軌跡。所以,雖說我們很難完全將文學思想從文學批評或文學理論中抽繹出來,但提出文學思想史卻有助於增強史的意識,尤其是總體史的意識。羅宗強指出:「文學思想在它的發展演變過程中,往往形成一些時間段落。這些時間段落之間,有內在的銜接,但各自又有特點。文學思想史研究的任務之一,便是研究文學思想在它的發展演變過程中形成了一些什麼樣的時間段落,這些段落是怎樣銜接的,各自有些什麼特點。例如,某一個時間段落有哪幾種文學思想潮流,這些文學思想潮流的內容、性質、影響、產生原因、發展狀況如何?主要的文學思想潮流是什麼?它與其它文學思想潮流的關係怎樣?各個時間段落,怎樣構成一個統一的文學思想發展進程?」〔註14〕顯然,羅宗強關注的重心,在於文學思想發展演變的歷史進程和影響該進程的種種因素;他的研究追求,則是揭示中國古代文學思想發展演變的規律,盡可能恢復歷史的本來面目,並突出歷史現象之間的內在關聯。換句話說,在他看來,文學思想史不僅描述歷史,而且還須深入到現象之後,探尋其因果關係和文學思想史自身的發展機制。

值得注意的是,蔡鍾翔和羅宗強在運用歷史唯物主義方法考察影響古代文論或文學思想發展演變諸因素的同時,都表現出一種新的認識。那就是不只考察產生影響的外部因素,如經濟、政治、哲學等,而且還將文學、文學思想自身的作用也納入考察的範圍。蔡文特別論述了中國古典文學語言、文學樣式對古代文學理論體系的影響,認爲古典文學在文字上的特點直接影響了文學理論中的形式論、審美觀和師古復古說,文學樣式方面,詩歌的早熟和主流地位則影響了傳統文論對文學本質與規律的認識。羅宗強所論更進一步,明確提出文學思想的發展有其內部的原因,即「它自身發展過程中的某些辨證法則,它的歷史積累,文學創作實際情況的影響(如該文學思想有無實際的創作業績,創作實踐中是否出現了對已經提出的理論主張的補充與修正,等等)」。〔註15〕

〔註14〕羅宗強:《隋唐五代文學思想史》,上海古籍出版社1986年版,第4—5頁。
〔註15〕羅宗強:《隋唐五代文學思想史》,上海古籍出版社1986年版,第5頁。

這種新的認識所以值得注意，因爲它反映出批評史觀的一個新的走向。

如果我們將那種單純從外部影響考察批評史發展演變的研究思路稱爲他律論模式的話，那麼從內部作用解釋批評史發展演變動因的研究思路便可稱爲自律論模式。回顧七十年來批評史撰寫的歷史，我們不難發現，早期的批評史著作還沒有明顯的他律論或自律論的傾向，因爲那個時期的批評史還未能眞正深入到歷史的表像背後去探尋其發展演變的規律，除了羅根澤提出要有因果的解釋外，大多數研究者實際上還停留在按年代或人物、流派編排史料的層面。同時，文學批評史的學科獨立意識尚不明顯，人們基本上傾向於將批評史看作是文學史的一個分支，這樣一種批評史觀無疑限制了對批評史作本體的建構，限制了對批評史自身特性的認識，當然也就說不上從批評史內部去探尋發展演變的原因。從理論上說，無論是他律論模式還是自律論模式的產生，都以批評史成爲獨立的存在爲前提，只要批評史仍與文學史纏結在一起，我們就難以清晰地描述出其特殊的發展軌跡，也不可能對影響其演變的內外因素作出科學的說明。當然，文學理論自身的發展和指導思想的變革，也是一個極其重要的因素。所以，即使是羅根澤的《中國文學批評史》，雖然注意到歷史條件、自然條件和社會現實對文學批評的影響，注意到文學體類對文學批評的影響，但並未上升到方法論原則的高度，因而其著述也就不屬於他律論或自律論模式。

五十年代以後，馬克思主義的唯物史觀成爲歷史研究領域的指導思想和方法原則，中國文學批評史研究當然也不例外，在某種意義上說，新舊批評史即以是否運用歷史唯物主義作爲分界線的。唯物史觀的引入必然會促使人們去探究批評史發展演變的規律，雖然這種探討主要是著眼於外部因素，但方法論的革新確實將批評史研究推進到了一個新的階段。與此前的批評史著作相比，五十年代以後的新作明顯突出了史的線索，突出了因果關係的研究。我們姑且不論其簡單化的弊端，如現實主義與反現實主義、形式主義與反形式主義或唯物主義與唯心主義之類，單就其注重探討規律性、必然性而言，不能不說是一種史學觀的進步。蔡鍾翔在討論如何運用歷史唯物主義時指出：「『描繪眞實的歷史過程』是對歷史研究的基本要求，但不應滿足於這一步，還需要把歷史的研究方式和邏輯的研究方式統一起來，致力於揭示歷史的內在邏輯，也就是規律性。」〔註16〕歷史唯物主義要求研究者的目光深入到紛紜複雜的歷史現象之後，

〔註16〕蔡鍾翔等：《中國文學理論史》（一），北京出版社 1987 年版，第 6 頁。

從堆積如山的史料中理出頭緒，不只描述中國古代文學批評、文學理論發展演變的歷史進程，更要揭示影響這歷史進程的種種客觀因素。這就較早期批評史偏於材料的考辨和史實的訂正深入一層，至於在這一過程中出現的某些反歷史或非歷史做法，責任原不在歷史唯物主義。

不過，在將歷史唯物主義方法運用於批評史研究時，我們慣常的做法是考察一定時期經濟、政治、哲學等外部因素與該時期文學批評發展演變的關係，並將決定文學批評、理論、思潮發展演變的終極原因歸結爲那些文學之外的因素。也就是說，所謂揭示規律性，實際上只是揭示文學批評史發展演變的外部規律，只是將文學批評史作爲一般的社會科學史來認識。這就是中國文學批評史研究中他律論模式的基本特徵。即便我們能夠完全避免簡單化、教條化的弊病，他律論模式還是不能深入到批評史內部去探尋導致批評史發展演變的自身的原因。

從這樣一個角度來看，蔡鍾翔將中國文學語言、樣式納入考察範圍，視爲影響中國文學理論特徵及發展變化的重要因素之一；羅宗強提出考察文學思想發展的內部的原因，尤其是思想史發展的某些辨證法則，就具有了一種新的意義，代表了一種新的研究思路。當然，他們並非要用自律論模式去取代他律論模式，而是注意到純粹從外部去考察並不能完全揭示影響批評史發展演變的所有因素，不能眞正認識批評史發展演變的內在規律。在他律論模式力所不及的地方，恰恰爲自律論方法的引入提供了用武之地。通過對批評史自身內在發展機制的考察，我們才能認識批評史作爲一個特定的研究領域，一門特定的學科的個性所在，從而改正以往研究中普遍存在的浮泛、不著邊際的弊病。

這同時也意味著對批評史認識的深化。批評史就其學科性質而言，應該屬於思想史的範疇（此處思想史與羅宗強所說不盡相同，取一般義和廣義）。它與文學史相對應，恰如經濟思想史、政治思想史分別與經濟史、政治史相對應一樣。所以，一方面，批評史與文學史密切相關，但批評史不就是文學史；另一方面，作爲思想史之一種，它又與同屬思想史的其它社會思想史，尤其是政治思想、哲學思想、美學思想等有著密切的聯繫。批評史就在這種錯綜複雜的關係中呈現出自己獨特的個性。如果我們意識到這一點，就不會只滿足於從外部來考察決定批評史發展演變的原因。而且，即使是從外部考察，我們也必須探求其特殊的作用方式，如羅宗強提到的士人心態即爲一端。

　　總而言之，批評史研究的深化有賴於我們對批評史認識的深化，而認識的深化又有賴於學科研究的自省意識。這是我們回顧總結七十年批評史撰寫經驗的突出感受。

　　上文曾引述過韋勒克關於批評史研究中如何處理古今關係的意見，那是他在五十年代初撰寫《近代文學批評史》第一卷時提出的。到七十年末，在他為該書第五、六卷寫的《導言》中，又一次針對批評史研究的若干重要問題闡述了自己的看法。我們從他的論述中不僅可以感受到他那種強烈的自省意識，而且也能給我們以啓發，加深我們對批評史研究的認識。

　　在這篇《導言》中，韋勒克首先指出：文學批評史不同於政治史、社會史或經濟史，不應視為通史或文化史的一個分支，批評史也不同於藝術史、音樂史或詩歌史。事實上，「批評史所提出的問題與各種思想史是相同的：哲學史，美學史，政治、宗教和經濟的思想史，語言學和其他許多學問的歷史」。批評史應有其獨立的地位，不能因為看到了櫻桃、李子和葡萄，便否認水果的存在，更不能取消水果與整個植物界的區別。「我們必須把批評當作是相對獨立的活動。任何一門學問，如果不認為它處於相當隔離的狀態，如果不將其他所有東西。用現象學的術語說，『圈在括弧裏』，就絕不會取得什麼進展。……只有界定學科範圍，我們才有希望來駕馭它」。由此出發，韋勒克認為，批評史研究必須探尋自身的建構模式，必須體現出研究者的主體意識。「任何歷史都不可能沒有一種思想傾向、某種對未來的預感、某種理想、某種標準以及某種事過後的聰敏」。所以，不存在「一種完全中立的、純粹說明性的歷史」。韋勒克非常欣賞黑格爾的哲學史觀，他這樣寫道：「黑格爾之前的所有哲學史都可稱為學說誌，即哲學家們學說的總覽和展示，其編排或者按學派（柏拉圖派、懷疑論派、伊壁鳩魯派、斯多葛派等等）或按年代，力圖做到不偏不倚客觀描述，儘管不難發現布魯克的萊布尼茲傾向，或者坦尼曼的康德傾向。在黑格爾那裏，哲學史的整個觀念徹底地改變了。」這裏所謂觀念的改變，是指黑格爾將哲學史理解「一種發展的有機整體，一種合理的延續」，而歷史學家的權利和義務則在於判斷、確定哪種思想才屬於發展的鏈條。因此，黑格爾主張：「一門學科的歷史緊緊地依賴於人們對該學科所持的觀念」；「在哲學史中，雖然它是歷史，但我們卻不必討論任何過去的事」。在韋勒克看來，黑格爾的這些見解對於今天的批評史家「仍然是中肯的」，值得重視和借鑒的。

不過，儘管韋勒克強調批評史的獨立性，贊成批評史應該是一種主體的、邏輯的建構，但他自己的撰寫仍採取了審慎的態度。他表示，在關注批評史中心課題的同時，不能忽略其它與之相關的因素，諸如批評與寫作實踐的關係，批評與美學的關係，哲學、政治和經濟基礎對批評的影響，甚至批評家的階級出身等，都必須予以描述。韋勒克坦陳：「在我書中必定會有許多東西是『學說誌性』的，是說明性的，因為這部書應該對他人有用，而且其目的就在於根據對本文的直接研究來說明批評思想。」另外，對於探尋批評史自身發展的內在延續性，韋勒克認為形式主義文論提供的模式過於簡單化，他也不贊成托馬斯·庫恩在《科學革命的結構》中提出的演變模式。因為批評史實際的發展演變情況遠較此複雜。「一部批評著作不僅僅是系列中的一個部分，鏈條中的一個環節」，它既源自遠古又指向現代。而且，「在批評史中，根本沒有像庫恩對科學史所要求的哪種全面變革，同樣也不存在完全由一個人物和一個神聖的論題文本所主宰的時代」。就是說，批評史不能簡單理解為若干單元思想或理論範式的承續更迭，不能用一個簡單的圖式去概括豐富複雜的歷史現象。〔註17〕

不言而喻，韋勒克對批評史研究自身是作了深思熟慮的，其見解也給當代批評史家提供了有益的借鑒。他肯定了喬治·聖茨伯裏（J.Saintsbury）於本世紀初出版的《歐洲批評和文學趣味的歷史》的價值，同時批評聖茨伯裏幾乎從不對他的寫作方法進行反思，以至於後人從中得不到什麼理論上的參照。而他本人則對批評史理論進行了認真的探討，力圖使批評史的研究同時也成為批評的研究。這種精神無疑是值得我們今天的研究者學習的。如果說聖茨伯裏的著作曾影響了早期的中國文學批評史研究，那麼，今天的中國文學批評史研究者理應有一個更高的理論視點，更大的學術追求。

至少有三點是可以肯定的。

第一，文學批評史不同於事實的歷史，它應該是一種主體的建構，而不能止於史實的鋪陳。關於這一點，當年羅根澤就有明確的認識，指出「編著的歷史」不同於「事實的歷史」，批評史作為今人對客觀存在的史實的認識，當然不免於主觀因素的介入。在批評史的研究撰寫中，我們的確可以有意識地追求一種客觀的態度，象郭紹虞那樣「重在說明而不重在批評」，以保存古

〔註17〕參見韋勒克：《現代文學批評史》第五卷《導言》部分，章安祺、楊恒達譯，中國人民大學出版社1991年版。

人面目爲宗旨。﹝註18﹞但實際上，所謂絕對客觀的，不帶任何主觀色彩的歷史著作是不存在的，哪怕只是資料的編排，也有一個如何決定取捨和歸類原則的問題。即使我們能穿越時間的隧道回到古代，我們仍是以現代人的眼光去觀照、認識、評判歷史，更何況批評史又有其不同於一般事件史的特殊之處呢。所以我們的研究便不能不帶有一定的傾向、標準、尺度，不能不對歷史進行闡釋，而且必然會融入某種「後見」。

第二，文學批評史是思想史之一支，它應該借鑒一般思想史的研究方法，而非事件史的研究方法。這就意味著：（一）對於批評史的研究，重點不在按時間先後描述批評活動的發生發展，而在探尋用以指導批評實踐的文學觀念及理論原則的變遷，因此，在注重批評史與文學史密切聯繫的同時，還得充分考慮到二者的差異。（二）除了從總體上把握各個歷史階段乃至整個中國古代文學批評史的基本特徵和發展軌跡之外，還必須引入單元思想的概念，研究某種具體的文學思想及相關理論命題、範疇的發展演變，與其它文學思想的關聯，等等。就是說，批評史的撰寫雖不能完全避免學說誌的成分，但不能僅僅是學說誌。（三）鑒於文學思想有其自身的歷史傳承性，我們考察批評史發展演變的原因，探尋規律，就不能僅著眼於外部因素，不能只關注一定時期社會的經濟、政治、哲學的影響，還必須結合文學創作實際，深入到文學思想內部，看其如何遵循辨證否定的原則消長更迭，從而描述其發展演變的內在軌跡。

第三，文學批評史有其自身的獨立性，作爲一種特殊的思想史，它固然有與一般思想史相同或相通的某些成分，但我們決不可因此而忽略它的個性。換句話說，對文學批評史的研究應該和自然科學思想史、一般社會科學思想史區分開來，採取相應的、合乎其特殊性的研究手段和編撰體例。文學批評史與文學史、哲學史、文化史的差異不應只表現在材料上，也應該表現在對材料的處理方式上。另外，既然我們研究的是中國古代文學批評史，那麼就必須眞正體現出中國古代文學批評的特徵，在借鑒西方文學批評史研究方法、編撰體例的同時，應該充分意識到中西文學批評在理論體系和發展規律等方面各自的歷史差異，不但注意避免文學觀念上以西繩中的偏頗，也要注意避免研究方法上的簡單照搬。

如果我們能在上述問題上達成共識，那麼，對於迄今爲止的中國文學批

﹝註18﹞郭紹虞：《中國文學批評史・自序》，商務印書館 1934 年版，第 2 頁。

評史研究、編撰所取得的成績就不能過於樂觀，就容易看出存在的問題與不足。譬如說，關於批評史的歷史分期問題。七十年來，我們對批評史應如何分期的確作了有益的探討，提出了若干建設性的意見，如郭紹虞著眼於文學觀念的發展演變，如將批評史分爲文學觀念的演進期、文學觀念的復古期和文學批評的完成期；蔡鍾翔等人著眼於古代文論範疇體系發展演變，分爲濫觴期（先秦兩漢）、發展期（魏晉南北朝至初唐）、深化期（盛唐至宋元）、總結期（明清）共四個歷史階段。這都是比較符合或貼近批評史自身特性的。然而大多數批評史著作實際的撰寫體例仍不免以朝代爲經，以人物爲緯，仍採取與文學史甚至社會史、文化史完全一致的佈局，這就難免會將批評史研究的學術個性消融在一般的歷史研究中，從而難以見出批評史獨有的發展脈絡和內在規律。顯然，批評史要想眞正成爲批評史，則分期和相關的編撰體例問題必須引起足夠的重視，必須在實際的撰寫中體現出各個歷史階段的銜接，各個單元思想的關聯。簡言之，必須描述出批評史發展的連續性。否則，即使標明「發展史」、「通史」，也只是徒有其名而已。對批評史具體應怎樣分期，我們可以有不同的理解，不同的選擇，重要的是這種分期應遵循什麼樣的原則，我們應該有一個清醒的認識。

還有其它問題，如怎樣處理好歷史與現代的關係、縱向與橫向的關係、宏觀與微觀的關係，都還有待進一步的探討。甚至批評史著作的語言，也有必要引起我們的注意，加以改進。雖然是學術著作，同樣應表現出研究者各自的個性。我們讀早期的批評史著作，彼此間語言風格的差異是比較明顯的，然而後來的著作卻頗多雷同。這不能不歸因於思維方式和研究視角的單一化，研究者學術個性的淡化。如果要求高一些，那麼還應該追求文辭之美。畢竟是文學批評史，而且古人談詩論文之作，大多文采斐然，巧比妙喻、麗辭佳句隨處可見，我們爲什麼不能繼承和發揚這一傳統呢？

所以，改進、收穫批評史研究的關鍵，歸根到底是研究者素質的全面提高。

第八章　專題與範疇研究

如果說史的編撰是古代文論研究的一個重要組成部分，那麼與之平行的則是論的研究，而所謂論的研究，實際上主要就是專題與範疇研究。由於一般批評史基本上採用以時代為綱或以人為綱的結構方式，重在描述一定時期或理論家的文學思想的總體面貌，因此，對理論專題和範疇的考察便不得不服從於這種階段性的劃分，而難以充分展開，在追溯淵源、考察流變的同時再作細密的理論分析。這就需要在史的研究之外，還必須從橫向上對古代文論的重要專題、範疇單獨進行研究。在本書第三章討論中國古代文論特徵時我們曾經說過：中國古代文論的體系是一種「潛體系」，這種體系不像西方文論體系那樣有著明顯的邏輯結構，且隱含在不同時代、不同理論家的有關論述之中。所以，對中國古代文論體系的認識就不能只著眼於單個的理論家或某一時期的材料，不能只從史的角度，憑藉歷時性考察來把握其構架，而應該彙聚全部相關材料作共時性研究，這才可能認識其本來面目。既然如此，則對於構成體系的重要理論專題和範疇的研究，也就必須採取同樣的思路，同樣的手段。

事實上，大多數中國古代文論範疇都具有某種歷史的延續性或者說是超個人性。不錯，我們確實可以指出某一範疇的提出者，或強調它之於某個理論家及其文學思想的重要意義，但是，在中國古代文學理論史上，很少有哪一個範疇只屬於某個特定的理論家。更為常見的情況是，不同的理論家沿用同一個範疇，既接受了該範疇原有的含義，同時又賦予它新的意蘊，從而導致了古代文論範疇的多義性。範疇的生成、發展、成熟往往是一個長期的積澱過程，而且經過多人之手。理論專題也是如此，儘管看上去古人關於某個

理論環節的見解似乎各執一詞，然而細細尋繹卻不難發現其內在的邏輯結構，或者說有一個隱含的中心指向。這就要求我們在研究古代文論專題和範疇時，必須有一種整體的眼光，從文學本論與文學分論，文學分論與命題、範疇的相互聯繫中去進行考察分析，而不能只是孤立地闡釋某個理論家的見解。

由此也可看出，專題和範疇研究所以重要，最主要的一點即是它作為中國古代文論體系的基本構件所包蘊的理論內涵。對於當代文論的建設來說，這一點尤具特殊意義。如果說史的研究更多地與文學史相關的話，那麼論的研究——專題與範疇的研究則更能吸引理論家或理論史家的興趣。因為在他們看來，中國古人的文學思想並非只屬於歷史，更不應視為歷史的陳跡，它們依然煥發著理論的活力，可以在重鑄中國當代文論話語的工程中發揮巨大的作用。較之中國古代文論悠久的歷史，其獨特的理論內涵和表述方式更富於現代價值，因而更應該得到當代研究者的重視。

以是之故，七十年來，專題和範疇始終是古代文論研究的重要內容，尤其是自五十年代以後，其所占份量更是與日俱增。本章的寫作，就是希望通過對七十年來古代文論之專題與範疇研究的回顧，肯定成績，找出不足，以期減少今後研究的失誤；同時，對於第七章闕而未及的部分，也是一個必要的補充。

一、研究的進展

將專題與範疇研究合為一章放到一起討論，應該說不是沒有緣故的，這不僅因為專題與範疇同屬論的研究，而且範疇本身必得與專題聯繫起來，才能真正闡明其理論內涵與意義。不過專題與範疇到底是兩個層面的問題，在具體討論時還得作適當的區分，所以本節「研究進展」便分別敘述，以求條理的清晰。

（一）專題研究

專題研究實際上是一個較為籠統的概念。從文學理論的角度說，專題研究通常指具體文學分論的研究，諸如創作論、作品論、批評論、通變論之類，但為了敘述的全面，此處所說之專題研究，含義要更為寬泛一些。大概而言，包括三個方面的內容：1、若干理論命題的研究；2、上述一般意義上的文學

分論研究；3、從不同角度切入對古代文論或整體，或某一方面的橫向研究，如文藝心理學、文化學、哲學等。其中有些內容如對中國古代文論之民族特色的研究、比較詩學等，已作爲專章論列，這裏就不再贅述。

早期的專題研究較爲貧弱，甚至可以說尚未眞正展開。蓋當時研究者的注意所在，主要是史料的梳理和史實的考辨，即使偶有專題研究，眼界也較爲狹窄，對於古代文論之理論意蘊的闡釋還受制於傳統的文學觀念。《中國古代文論研究論文集》所附《索引》中有「專題研究」一欄，編入《中國文學上之「體」與「派」》、《中國文學批評史上之「神」「氣」說》等 25 篇文章。除了個別的幾篇如《中國文藝裏的主動、主靜說》、《中國文學史上之文質觀》視野較爲開闊外，大多數文章旨在討論「文以載道」和「文氣說」兩個命題，所論仍重材料的徵引，而義理的闡發則未臻系統。〔註1〕這也難怪，本來早期古代文論研究即以批評史爲主，且作爲文學史的一個分支，所以自不免於偏重史實，再加上研究者自身理論素養的制約，故其研究不以理論分析見長，實在是情理中的事。

到了五十年代後期，隨著蘇聯文藝理論模式的影響日漸擴大，一些研究者也開始有意識地將這一模式運用於古代文論研究，試圖以之爲框架來分析中國古代文論。例如郭紹虞的《從文和「文學」的含義說明現實主義和反現實主義的鬥爭》、羅根澤的《現實主義在中國古典文學及理論批評中的發展》等文，〔註2〕即爲這方面的代表。但這類文章數量頗爲有限。究其原因，恐怕與當時古文論研究者還不大熟悉此種模式相關；同時在他們看來，中國古代文論與當時流行的文論從體系到觀點都存在著重大差異。所以，要將古代文論納入蘇聯文論模式，重新建構，不是單憑主觀努力就能做到的。一般說來，要進行此種專題研究必須具備兩個方面的條件：一是對中國古代文學理論較爲熟悉，二是有較好的現代文論的功底，這才能夠把握古代文論的內在結構，從而分出條理，加以闡述。然而，對於老一輩學人來說，他們熟悉的那一套理論模式、價值尺度已爲時代所否定，而新的觀念與研究方法尚在學習、摸索之中。與今天的情況相似，他們首先必須考慮產生於封建時代的文學理論

〔註1〕　《中國古代文論研究論文集》，上海古籍出版社 1989 年版，第 707－712 頁。
　　　　另參見文集中的第一組文章。
〔註2〕　郭文發表於 1958 年的《躍進文學叢刊》；羅文刊於《文學評論》1959 年第 4
　　　　期。

如何服務於現實，而其中難點又在於如何分辨某種理論思想性質的進步與落後，這就使得五、六十年代的古代文論專題研究處在一種無所適從的境地，於是，除了勉強作些劃線排隊的工作外，很難再有別的建樹。至於年輕一代文論研究者，主要精力多放在學習掌握新的理論上，於傳統文論尚無暇顧及，缺少必要的知識積累，所以也不可能去從事古代文論的專題研究。

專題研究真正形成規模，應該說是七十年代末以後的事。1978 年 1 月，毛澤東《與陳毅同志談詩的一封信》在《詩刊》雜誌上登出，信中提出：「詩要用形象思維，不能如散文那樣直說，所以比、興兩法是不能不用的。」隨著這封信的發表，對形象思維的研究很快成為理論界關注的熱點。鑒於信中所說主要為中國古典詩歌，又涉及比興手法，所以古代文論之有關形象思維的材料也就引起人們的興趣，開始對之作專門的梳理。諸如郭紹虞、蔣孔陽、寇效信、張少康等人都有專題文章問世，從而揭開了新時期以來古代文論專題研究的新的一頁。另外，作為對六十年代專題研究的一種反思，有關創作方法和現實主義問題的討論也很引人矚目。大概而言，從七十年代末到八十年代初，古代文論專題研究主要為這兩方面的內容，儘管研究視野尚不開闊，但無疑正開始復蘇。

在接下來的幾年間，專題研究呈上升之勢，研究的領域漸趨擴大，論文數量也逐年遞增。據陸海明《古代文論的現代思考》一書中的分類統計，從 1979 年 12 月到 1985 年 6 月出版的十輯《古代文學理論研究叢刊》所登近 200 篇論文中，屬於基本理論問題研究的共有 18 篇，27 萬字，排第二位，僅次於專著專人的研究。涉及的專題有現實主義、形象思維、典型、風格、情感、構思等。〔註3〕雖然統計源只是古代文論研究的一種刊物，但數字比例卻是有代表性的。而從《古代文學理論研究概述》提供的論文索引來看，實際的研究專題還有創作主體論、批評方法論、藝術辯證法等，論文數量在幾十篇左右。可以說，到了八十年代中期，古代文論的專題研究已有較大的發展，無論在量還是質上都超過了前五十年。

所以能有這樣的成果，原因當然是多方面的。不過依我之見，其中比較直接的恐怕是對古為今用的強調。1982 年 10 月，王元化在《文史哲》編輯部召開的古代文論研究座談會上提出，研究古代文論有兩個目的，其中之一就

〔註 3〕陸海明：《古代文論的現代思考》，北嶽文藝出版社 1988 年版，第 24、25、33 頁。

是有助於我們考慮怎樣建設有中國民族特點的馬克思主義文藝理論。此後1983 年，賀敬之、徐中玉、蔡厚示等人又分別撰文，明確表示古代文論研究應爲現實服務，亦即有助於馬克思主義文藝理論的民族化，或豐富和發展馬克思主義文藝理論。〔註4〕正是這一主張導致了研究重心的轉移：一方面是由史轉向論，另一方面則是由微觀轉向宏觀。於是，專題研究自然成爲古代文論研究的重要內容，先是單篇論文，後來又進一步發展爲理論專著。

必須指出，對於這一時期古代文論專題研究的發展，王元化的《文心雕龍創作論》一書起了重要的作用。雖說這部著作按其內容應歸到專著研究的範疇，但它實際的影響卻遠遠超出了《文心雕龍》研究。這是因爲該書在研究視角和方法上都不同於一般的《文心雕龍》研究，其主要內容不是史實的考訂、字詞的校勘，而突出了對《文心雕龍》之創作論作理論上的闡釋。通過「釋義」與「附錄」相結合的體例，比較方法的引入，作者將劉勰所論與中國古人的相關見解及西方相關理論聯繫起來，縱橫交錯，由點到面，從而具有明顯的專題研究的性質。值得注意的是，該書原作於六十年代初，與當時強調繼承我國古代文論遺產，建設民族化的馬克思主義文藝理論的研究宗旨本有著直接的關聯；而1979 年初版時，又正值古代文論研究全面復興之際，古爲今用，爲當代文論建設服務再次成爲研究目的。所以該書一經問世，當即產生了很大的影響，不僅是《文心雕龍》研究史上的別開生面之作，而且對於新時期以來的古代文論專題研究，亦開風氣之先。

繼《文心雕龍創作論》之後，專題研究方面的著作陸續問世，逐漸形成了與批評史並駕齊驅的研究格局。這些著作大致包括三種類型：1、一般意義上的專題研究。如張少康的《中國古代文學創作論》（1983 年），張聲怡、劉九州的《中國古代寫作理論》（1985 年），成復旺的《神與物遊——論中國傳統審美方式》（1989 年），吳承學的《中國古典文學風格學》（1993 年），賴力行的《中國古代文學批評學》（1991 年），陸海明的《中國文學批評方法探源》（1994 年）等等，均屬此類。它們抓住古代文論的某個環節，作了較爲全面深入的論述。2、古代文學理論原理。這是在前一類研究的基礎上，按照現代文學理論模式或框架將古代文論相關見解分門別類，重新建構，如樊德三的《中國古代文學原理》（1991 年）和祁志祥的《中國古代文學原理》（1993 年）。

〔註4〕參見羅宗強等人編著的《古代文學理論研究概述》，天津教育出版社1991 年版，第6、7頁。

這類著作不妨視爲若干專題研究的聚合。此外還有著眼於某一文體理論，對之作現代闡釋的，如肖馳的《中國詩歌美學》（1986 年）、李壯鷹的《中國詩學六論》（1988 年）、胡曉明的《中國詩學之精神》（1991 年）、陳良運的《中國詩學體系論》（1992 年）、黃霖的《古小說論概觀》（1986 年）、蔡鍾翔的《中國古典劇論概要》（1988 年）等等。與分體文學理論史不同，這類著作關注的不是史的發展演變，而是理論的體系構成。3、從某一特殊角度切入對古代文論作橫向或縱向研究。例如從文藝心理學角度切入的，有劉偉林的《中國文藝心理學史》（1989 年）、皮朝綱、李天道的《中國古代審美心理學論綱》（1989 年）、陶東風的《中國古代心理美學六論》（1990 年）和童慶炳等人的《中國古代詩學心理透視》（1994）；而漆緒邦的《道家思想與中國古代文學理論》（1988 年）、韓經太的《中國詩學與傳統文化精神》（1990 年）、蔣述卓的《佛教與中國文藝美學》（1992 年）、張伯偉的《禪與詩學》（1992 年）、盧盛江的《魏晉玄學與文學思想》（1994 年）等，則是從中國古代哲學、宗教、文化與文論的關係角度切入；再如劉德重和張寅彭的《詩話概說》（1990）、蔡鎮楚的《中國詩話史》（1988 年）、《詩話學》（1990 年），又專就中國古代特有的批評文體進行研究，雖然史、論兼備，是亦爲專題研究之一種。

此處列出著作的出版年代，意在說明進入八十年代後期，古代文論之專題研究已蔚爲大觀，無論在深度還是廣度上都有相當的進展，其研究成果足以和史的研究抗衡，不象先前的研究只是集中在史的方面。另外，多種類型著作的出現，表明專題研究作爲古代文論研究的一個重要方面，確實大有可爲，它不僅具有廣闊的研究領域，而且實際上代表了古代文論研究的新的方向。

（二）範疇研究

較之專題研究，範疇研究起步要早一些，其成果也較同期的專題研究多一些。

上文回顧早期專題研究時提到研究「文以載道」和「文氣說」的論文，其實這類論文更宜於列入範疇研究。因爲這些文章的視野所及雖然超出了某個理論家或某部專著，但還不曾有意識地和理論專題聯繫起來，置於相關的理論環節中來進行論述。它們更多的是關注某個範疇在不同時期的不同含義，以及這些不同含義之間的聯繫，而不是將其作爲構成文學分論的核心範疇來考察。或許正是有見於此，在羅宗強等人編的古代文論研究論文索引中，

這類文章大多被納入的「範疇」一欄。〔註5〕比較而言，如此編排恐怕更爲合理。

　　從該索引所列文章可以看出，二十年代到四十年代的古代文論範疇研究基本上還不出傳統文學觀念的範圍，就是說，這個時期研究者討論的範疇，基本上是以傳統文論的價值取向爲選擇標準的。諸如言志、載道、文氣、形神、賦比興、文筆等，都是中國古人談論最多的，而且是正統詩文理論中最爲常見的範疇。研究者們對這些範疇的關注，主要是由於它們在批評史上曾經產生過很大的影響，而不是基於它們所包含的理論意蘊。因此，研究的重心也就落在史實的考辨和梳理上，至於理論意蘊的闡發，雖不能說一點沒有，但尚未予以特殊的重視。

　　五十年代以後，與專題研究的情況相似，範疇研究的立足點，或者說出發點也有所改變，開始由史轉向論。受當時文論模式及價值取向的影響，風骨和意境（境界）這兩個範疇一時間成爲討論的熱點，吸引了不少研究者的目光。這的確很有些耐人尋味。爲什麼不是別的，而偏偏選擇了這兩個範疇呢？如果說，意境所以重要，因爲它是王國維《人間詞話》的中心範疇，而且在中國古代文論中具有特殊的意義，從而應該予以重視，那麼風骨又是憑藉了什麼呢？就《文心雕龍》一書的理論體系而言，風骨雖然重要，卻還算不上是中心範疇，與神思、情采、體性等範疇相比，似乎也沒有什麼特出之處，然而它確實令研究者傾注了太多的熱情。現在回過頭來看，風骨和意境之所以成爲那個時期人們討論的熱點，應該說與當時的文藝理論背景有著直接的關聯。意境的特殊價值，在於它被視爲中國古代文藝創作的中心環節，正與西方文論中的典型範疇相似；而風骨的意義，則是突出了作品必須表現正確的思想感情，必須具備教育作用，質言之，風骨被有意無意地理解爲反對形式主義文風一面旗幟。除此之外，《文心雕龍》之體大思精與《人間詞話》之融匯中西，也是一個相當重要的因素。它們的存在向世人表明，中國古代文論並非全是不成體系的零散篇章或隻言片語，我們也有屬於自己的文論著作和理論範疇。既然如此，對於這兩部著作中的理論範疇，人們當然要給予特殊的重視。

　　研究方法也有一些變化，開始有意識地對古代文論範疇作現代闡釋。無論是對風骨、意境還是其它範疇的研究，都試圖引入流行的文論觀點來進行

〔註5〕見《古代文學理論研究概述》，天津教育出版社1991年版，第391－405頁。

分析，將其納入現代文論體系，使之能夠古爲今用，作爲具有民族特色的馬克思主義文藝理論的一個組成部分。儘管這種現代闡釋不無簡單化的弊病，但對於範疇研究來說，重視理論闡釋卻是必要的，是研究拓展、深化的必由之徑。

近二十年來，範疇研究與專題研究一起成爲古代文論研究的重要方面，取得了重大的進展。與先前的研究相比，這一時期範疇研究的進展首先表現爲視野的拓寬。從羅宗強等人編的索引中我們可以看出，研究者的視野所及，已不只是先前那幾個有限的範疇，而要豐富得多。諸如意象、興象、感興、興趣、虛靜、味等範疇，差不多都是從七十年代末或八十年代初才眞正成爲範疇研究關注的對象，至於一些集中見於某個理論家論著的範疇就更多了。其次是研究視角的變換，或者說重心的轉移。人們討論最多的，是那些體現了文藝創作和鑒賞內部規律的範疇，如上面提到的幾個範疇，都屬於這種情況。換句話說，研究視角已由社會學轉向美學，對古代文論範疇的研究與對古典美學範疇的研究融爲一體。相應地，若干美感範疇如中和、自然、沖淡、雄渾等也在研究中佔有顯要的位置。再次是研究趨於深化，在注重探討範疇的理論意蘊的同時，還兼顧其自身的理論個性。比如對興的研究即爲一例。在早期的研究者那裏，興只是被作爲一種修辭手段或表現技巧，與賦、比相似，其特殊的理論內涵還未被認識。到了八十年代以後，興才被置於審美主客體的相互關係中來討論，才眞正被視爲中國古代文論、古典美學中獨具特色的重要範疇。最後還應該提到的，是比較方法被普遍運用於範疇研究。如中外文論範疇的比較，不同藝術理論範疇或同一範疇在不同藝術理論中使用情況的比較等等，都成爲研究的重要手段。比較方法的引入，使範疇研究有了較爲開闊的視野，並得以更好地認識中國古代文論範疇的民族特色。

此外，從八十年代中期開始，範疇研究本身也成爲討論的話題，就是說，已經開始有意識地反思範疇研究中暴露出來的問題和今後發展的方向。〔註6〕這不僅表明範疇研究已得到學界的重視，而且意味著範疇研究進入到一個新的階段。

成果當然是豐碩的。從七十年代末至今，有關古代文論範疇研究的論文

〔註 6〕如陸海明的《中國古代文論範疇研究芻議》(《上海社會科學院學術季刊》1985
　　　年 1 期)、黃鳴奮的《應當重視古代文論範疇的宏觀研究》(《福建論壇》1985
　　　年 2 期) 等文。

數量雖難以作準確的統計，但不會少於數百篇，內容包括對範疇含義的辨析，表現形態或特性的探討，以及中外比較、跨學科比較等等。論文之外，有影響的研究專著也出版了不少。其中屬於綜論性質的，有曾祖蔭的《中國古代美學範疇》（1986 年）、張海明的《經與緯的交結──中國古代文藝學範疇論要》（1994 年）等，其特點是選取若干有代表性的重要範疇分別論述。專就某一範疇作深入探討的，則有趙沛霖的《興的源起──歷史積澱與詩歌藝術》（1987 年）、吳調公的《神韻論》（1992 年）、蒲震元的《中國藝術意境論》（1995 年）等。另外，由蔡鍾翔主編、中國人民大學出版社出版的「中國古典美學範疇叢書」自 1990 年出版第一部以來，至今已有五部（七種）問世，即：袁濟喜的《和──中國古典審美理想》、塗光社的《勢與中國藝術》、陳良運的《文與質・藝與道》、汪湧豪的《中國古典美學風骨論》、蔡鍾翔和曹順慶的《自然・雄渾》。這套叢書的編輯出版，從一個側面顯示了近十年來古代文論範疇研究的進展。再就是我們在第六章中曾經提到的成復旺主編的《中國美學範疇辭典》，亦應視為範疇研究的成果之一。

　　範疇研究的繁盛，與專題研究的繁盛有著同樣的原因。隨著文革的終結，中國的文藝理論也進入到一個撥亂反正、除舊佈新的時期，擺在人們面前的問題，是如何在馬克思主義文藝思想的指導下，借鑒、吸收西方古典和現代文論的精華，同時繼承我國優秀的文學理論遺產，建設具有民族特色，滿足時代需要的新的文學理論。這本來是五十年代末六十年代初就已經提出的問題，然而由於歷史的原因，在當時並未獲得解決。進入八十年代以後，尤其是經過對西方文論的大量譯介、引進之後，整理、繼承中國古代文論遺產之於建設新文學理論的重要性日益為越來越多的人所認識，古代文論研究意識由此得以增強。與此同時，對古代文論範疇作全面、系統、深入的研究被作為解決上述問題的突破口擺到了重要的位置。正如有的論者所說：「中國古代文學理論在其數千年的歷史發展過程中積累了一套獨特的概念、範疇，中國古代文論的民族特色便集中地體現在這些極其富有理論思維特點的範疇群及其體系之中。對這些數量眾多、涵義深刻的範疇加以整理和研究，並探討研究其體系構成，不但是深入而準確地認識和評價中國古代文學理論內涵、特徵以及揭示其發展規律的一個基本途徑，而且亦是進行中外、古今文論比較研究的一項基礎工程。」〔註 7〕所以，古代文論範疇研究在新時期的長足發展，其實是理所當然的。

─────────────────

〔註 7〕黨聖元：《中國古代文論範疇研究方法論管見》，《文藝研究》1996 年 2 期。

二、問題的反思

古代文論的專題和範疇研究面臨的問題也是相同的。

如前所述，專題研究與範疇研究同屬論的研究，儘管不乏專題史、範疇史的縱向梳理，但總體而言，它們到底不象純粹史的研究那樣以探求歷史的本來面目爲首要目的，而把研究重心放了現代闡釋上。較之純粹的史的研究，專題研究與範疇研究無疑更多主體意識和現代意識，更強調研究者的理論素養和分析思辨能力。當然，專題研究與範疇研究也有側重歷史還原，對具體問題作考辨訂正的，但基本的研究方向應該說還是趨向於理論化、現代化。這樣一來，專題、範疇研究在充分展示自己長處的同時，也就難免會暴露出若干固有的不足，譬如對歷史實感注意不夠、以今繩古、削中就西等等。另外，專題研究，尤其是範疇研究在深入考察、總結某個具體理論環節、命題、範疇時有獨到之處，然而也容易昧於一隅，犯只見樹木不見森林之病。從先前的研究來看，這些問題確實存在，且引起了學界的注意，故在此尚有予以討論的必要。

問題主要表現在四個方面。

（一）史論關係

對於專題、範疇研究來說，如何處理史論關係是首當其衝的問題。畢竟古代文論研究的對象是歷史，是中國古人的文學思想、理論見解，因此這種研究就不能完全超然於歷史之外，即使是有所側重，也不能不受歷史規定性的制約，不能不遵從歷史研究的基本法則。那種完全撇開歷史、鑿空而論的研究，自然是站不住腳的。然而，我們在強調尊重歷史的同時，還應該注意避免另一種偏頗，即過分追求特殊性而忽略了共通性，將古代文論範疇、命題僅僅作爲特定歷史時期的產物，歸屬於特定理論家的見解來進行研究。這樣做的結果往往容易導致古代文論研究走向封閉，如錢鍾書所言，成爲一種自給自足的研究，從而使得其研究價值僅在印證文學史，於當代文論建設意義不大。因此，在專題與範疇研究中強調史論結合，除了作爲古代文論研究的一般要求之外，尚須考慮這種研究自身特殊的一面。

比如聯繫創作實際問題。如果我們關注的只是某一範疇、命題在特定理論家筆下的具體含義，那麼所謂聯繫創作實際便只是就這位理論家而言，至多會考察他所處的時代的文學創作；而如果我們關注的是這個範疇、命題在

不同歷史時期的不同含義，那我們還會追問各個歷史時期的文學創作背景，以求對其含義的發展演變作出歷史的說明。除這兩種情況之外，我們的著眼點還可能是該範疇、命題在整個中國古代文論中的一般意義，這又要求我們聯繫整個中國古典文學，甚至古典藝術的創作實際來進行研究。顯然，從現實的理論建設需要出發，專題與範疇研究更傾向於第三種情況，因為只有著眼於一般意義，該範疇才具有更大的涵蓋性和普適性，才更宜於作為構築現代文論的材料。在這種情況下，由於研究之價值取向的分野，對於歷史真實便有了不同的要求，史論結合也就會有不同的選擇。

宗白華的《中國藝術意境之誕生》即為一例。這是一篇不可多得的範疇研究的優秀之作（也許應該說是典範之作），它不像常見的範疇研究文章那樣追溯字源，考辨意境在不同時期、不同理論家筆下各自的含義，最後歸納概括出意境的種種特徵，並對其基本含義進行界定，而是將古人的有關論述與中國古代詩詞書畫藝術結合起來，打通古今，融匯中外，根據自己的審美體驗去描述意境的具體表現與基本構成，從而融史於論，既描述了中國藝術意境之感性特徵，又揭示出意境作為古代文論和古典美學所具有的理論意蘊。從結合創作實際的角度看，宗白華的視野並不侷限於某個理論家本人的創作或某一時期的創作，甚至不限於某種藝術樣式，因為他關注的不是意境在不同時期或不同理論家筆下的特殊含義，而是意境作為中國古代藝術、古典美學之重要範疇的基本定性。換句話說，他的著眼點在論而不在史。而且在宗白華看來，意境固然是中國藝術特有的，但同時又是與一般藝術創作相通的。所以他認為，我們研尋意境的特殊構成，不只可以「窺探中國心靈的幽情壯采」，同時也可以印證「藝術境界主於美」這一具有普遍性的原則。〔註8〕

不言而喻，像宗白華文章那樣將範疇置於中國古代文學、藝術的大背景之下，選擇具有典型性的材料，突出範疇的基本意義，自然不免會忽略某些歷史細節，乃至削弱歷史實感。然而，如果為追求歷史實感而拒絕宏觀研究，那無疑是一種偏狹的認識，何況宏觀研究並非就絕對與歷史實感無緣。必須承認，象郭紹虞主張的「照隅隙」的研究方法，對於考辨範疇的初始義及發展演變確實行之有效，也更容易給人歷史實感，但「觀衢路」的方法運用得當，同樣可以獲得歷史實感。對於專題研究和範疇研究而言，雖說未必全都走宏觀研究的路子，畢竟應有別於純粹史的研究。

〔註8〕宗白華：《美學與意境》，人民出版社1987年版，第209－210頁。

所以，強調史論結合是必要的，卻不宜絕對化，以至於將專題、範疇研究完全納入史的研究，使之僅僅是專題史、範疇史，或者成為專人、專著研究的一部分。

（二）古今關係

與史論關係相似的問題是古今關係。在「古代文論與現代文論」一章中，我們曾討論過古代文論的現代轉換與現代闡釋，強調了這種轉換、闡釋之於建設具有中國特色的馬克思主義文藝理論的重要性和必要性。同時我們也指出，所謂古代文論的現代闡釋，最主要的也是基礎性的工作，就是對古代文論之理論範疇、命題的現代闡釋。這就意味著專題研究與範疇研究不能止於史的還原，除此之外，還必須引入現代意識，注重發掘那些既充分體現了民族特色，又能與現代文論接軌的範疇、命題的理論內涵，使之成為現代文論的有機組成部分。

問題是古代文論與現代文論分屬於不同的話語系統，在很多方面存在著重大的差異。譬如不同的思維模式，不同的價值取向，不同的理論形態，不同的表述方式等等，都成為我們進行現代闡釋的障礙。我們既不能以古解古，同時又要避免用現代文論去比附古代文論，這的確具有相當的難度。對於專題研究來說，首先就有一個理論模式的問題：我們不能不作出選擇，是根據現代文論構架去對古代文論重新組合，還是照顧古代文論自身的特徵，按其固有的體系進行論述?我們到底根據什麼原則來確定，某一古代文論命題乃至某一則材料是屬於創作論專題，還是鑒賞論專題?在第六章討論資料的利用時，我們已涉及到這一問題，即古代文論類編的分類原則。而對古代文論材料進行分類，正是專題研究 第一步的工作，它直接關係到專題研究的深淺高下、成敗得失。對於範疇研究，則有內涵的多義性、模糊性和表述的非邏輯性，同樣要求我們探尋解決的途徑。恰如本書第五章指出的，「由一種理論話語系統轉換為另一種理論話語系統，改變的不只是表述方式，同時也改變了特定的理論內涵。例如當我們用『形象思維』來詮釋『神思』，或者用『表現性』來指稱古代文論的體系特徵時，實際上已經或多或少地改變了對象本身固有的含義」。所以，如何既完整、準確地詮釋古代文論範疇的本來意義，又符合現代學術規範，適應建設新文藝理論的需要，實在是一個不易兩全的問題。鑒於五、六十年代專題研究的簡單化和教條化的教訓，以及八十年代以來範疇研究中大量存在的簡單比附現象，人們自然會格外強調尊重歷史，將

恢復歷史的本來面目擺到首要的位置。用心無疑是好的，但若是過於強調返本還原，以至劃地爲牢，不敢越雷池半步，則我們的專題、範疇研究又如何能溝通古今，實現現代轉換呢？

李澤厚在五十年代寫過一篇《意境雜談》，討論意境作爲古代文論、古典美學的重要範疇的基本構成。本書在回顧總結七十年古代文論研究進展時曾提到這篇文章，並給予較高的評價，然而，如果以是否符合古人原意爲尺度來進行評判，那這篇文章的失誤實在不少。因爲李澤厚所說的意境，在很大程度上是作者根據典型理論的框架而設計出的，與典型對等的抒情性文學理論範疇。李澤厚說得很清楚：「詩畫中的『意境』，與小說戲劇中的『典型環境中的典型性格』，是美學中平行相等的兩個範疇。它們的不同主要是由藝術部門特色的不同所造成，其本質內容卻是相同的。」〔註9〕基於這種認識，意境被分解爲意和境兩個方面，亦即藝術家情感理智的創造方面和生活形象的客觀反映方面。再進一步，意是情與理的統一，境是形與神的統一，所謂意境，就形成於這種情、理、形、神的互相滲透、互相制約的關係。簡言之，意境即「客觀景物與主觀情趣的統一」，創造意境的過程即是典型化的過程。

與王國維等人有關意境（境界）的論述相比，其間的差異是相當明顯的。意境在這裏被等同於情景交融的藝術形象，而不是詩人、藝術家那獨特而眞切的審美感受，不是那種超越於語言形象之上、可以意會而難以指陳的韻外之致。所以，這一解釋儘管使意境獲得了抒情性藝術核心範疇的地位，卻削弱了中國古典藝術所特有的理論個性，也淡化了其歷史的印痕。但文章的獨到之處也就在這裏。由於新參照系的引入，使我們對古人所說意境多了一層瞭解，並通過重新解釋使之能夠與現代文論接軌。事實上，《意境雜談》一文的價值不在復原歷史，而在於爲當時文藝理論的民族化創造條件。正如我們看到的，在六十年代編寫的文學理論教材中，這篇文章的主要觀點被作爲對意境的通行的解釋，產生了不小的影響。

毫無疑問，我們必須強調古今結合，然而，這種結合究竟如何落到實處，如何既切實可行而又有助於現代文藝理論的建設？從以往研究的情況看，較有突破、創見的專題和範疇研究大多出自理論素養較高的研究者，而不是以考辨訂正見長的批評史家。此外，提出古今結合作爲古代文論研究的一種策略，其主要意圖實爲增強研究的現代意識，如王元化所說，「用今天科學文藝

〔註9〕　李澤厚：《美學論集》，上海文藝出版社 1982 年版，第 325 頁。

理論之光去清理並照亮古代文論中的曖昧朦朧的形式和內容」。〔註10〕這是否表明，對於專題和範疇研究來說，我們更應該重視研究者的理論功底，而於古今結合偏重在現代闡釋一端呢？畢竟這類研究的目的主要在於闡發，在於今用，在於實現古代文論的現代轉換，因此，對象雖然是古代的，但研究的方法、旨趣卻是現代的。正如在史論關係問題上我們主張以論帶史一樣，在古今關係問題上我們也應明確，古今結合的立足點在今，其實質是以今解古。

（三）個別與一般

專題和範疇研究常碰到的又一問題，是如何處理個別與一般的關係，或者說是特殊性與共同性的關係。這實際上包括兩個層面。

一是中國古代文論與一般文學理論的關係。

首先明確一個問題。作爲比較詩學術語，一般文學理論指古今中外共通的文心，亦即跨民族跨時代的具有普適性的文學規律，而中國古代文論則爲國別或民族文學理論之一，二者的關係是一般與個別的關係。同時，就中國古代文論自身而言，一方面，作爲特定的歷史、文化、文學背景之下的產物，它當然會有極其鮮明的理論個性，在其體系構成、文學本論、文學分論乃至理論形態等方面都有自己的特點；另一方面，作爲世界文論的一個組成部分，它無疑也包含了某些共同性因素，反映了文學作爲人類心智活動的某些共同規律，就是說，它應該被看作是特殊性與一般性的統一體。這是不成問題的。因此，無論特殊性因素還是共同性因素都必須納入古代文論專題、範疇研究的視野，且作爲重點討論的對象。這也是無須多說的。問題在於，我們如何看待古代文論中的特殊性與一般性因素，如何在具體的研究中理順二者的關係。

在專題、範疇研究中經常可以看到一種現象，即通過中西文論的比較來確定古代文論中哪些屬於一般性因素，哪些屬於特殊性因素，在此基礎上再來進行評判、取捨。應該承認，這樣一種研究途徑並非毫無道理，但仍須注意其可能導致的謬誤。因爲，中國古代文論與西方文學理論的關係實際上並非特殊與一般的關係，中國古代文論與西方文論同屬世界文論的組成部分，各自都包含了若干一般文學理論成分，同時又有自己的民族特色。所以，對於某一古代文論範疇或命題，雖然我們確實可以將相同（相通）性作爲肯定其爲一般文學理論的依據，但根據相異而斷言其不屬一般文學理論則必須審

〔註10〕王元化：《〈文心雕龍創作論〉第二版跋》，見《文心雕龍講疏》，上海古籍出版社 1992 年版，第 323 頁。

慎。這就是說，在專題和範疇研究中，除了有必要通過中西比較以見出古代文論的民族特徵外，還應該有一個更高的參照系即一般文學理論。這樣，當我們說中西文論分屬於不同的理論體系，或中國古代文論在很多方面不同於西方文論時，並不表明我們認為中國古代文論中沒有可以上升為一般文學理論的因素。事實上，所謂一般文學理論，與其說是一套實存的理論體系，不如說是一種觀念的存在。它隱含在具體的國別或民族文學理論之中，又超越於具體的國別或民族文學理論之上，故無論西方文論還是中國古代文論，在它面前全都一律平等，不分軒輊。

　　所以，在如何處理一般性與特殊性的關係問題上，專題和範疇研究應該遵循一個基本的原則，那就是重新調整我們對古代文論的一般性因素與特殊性因素的認識，著重探討中國古代文論中那些最有可能上升為一般文學理論的部分，不論它與西方文論相同還是相異。這就要求我們的研究既要借助比較詩學又要超越比較詩學，而不能止於識同辨異。這也是專題和範疇研究不同於史的研究的地方。儘管它們研究的對象都是中國古代文論，但史的研究可以專注於中國古代文論自身的特殊性，而專題和範疇研究卻不能沒有一種一般文學理論的眼光。

　　二是中國古代文論與其它藝術理論乃至哲學、史學理論的關係。

　　要求古代文論研究應與其它藝術理論乃至哲學、史學理論聯繫起來，這種主張很早以前就有人提出，在實際的研究中也不乏成功運用的例子，如我們先前提到的宗白華論意境的文章。確實，古代文論研究，尤其是範疇和命題的研究，如果不結合中國古代哲學、史學及文學以外的藝術理論，那是遠遠不夠的。中國古人歷來認為文學不但與別的藝術相通，而且也與哲學、史學有著密切的關聯，所以古人談詩論文，往往兼及書畫樂舞等藝術，以至於哲學歷史；而若干重要的古代文論或古典美學範疇，也可以溯源到先秦哲學，或是借用自某種藝術理論。正是由於這種悠久的歷史傳統，在今天，我們已經習慣於將諸如《樂記》、《莊子》、《論衡》、《史通》等書視為古代文論典籍的一部分。相應地，打通文史哲、各門藝術來研究古代文論範疇、命題不僅可能，而且必要。但是，當我們這樣做的時候，必須明確一個問題：同樣一個範疇，其在文論中的含義可能不同於在別的藝術理論中的含義，與哲學範疇更有著明顯的差異。對這些差異我們不可不辨。我們既要注意古代文論範疇、命題與其它藝術理論，與哲學、史學相通的一面，又要注意相異的一面。

　　例如對韻、風骨等範疇的研究。一方面我們應考察它們是如何由藝術領域進入文學領域，找出這種轉換的連接點亦即共同性；另一方面我們還應考察它們作爲文論範疇和作爲某種藝術理論範疇各自的特殊性。對於道、氣等源自哲學理論的範疇，貴眞、尙簡一類史家提出的主張，我們也應該從文學理論的角度進行研究，而不能混爲一談。同樣，諸如立象盡意、以形寫神等命題，也需要我們具體分析，識同辨異。這都是專題和範疇研究不能忽略的問題。

　　當然，在個別與一般問題上我們還可以分出第三個層面，即同一範疇在不同理論家、不同文體中的含義與其作爲一般文論範疇的基本含義。但這個層面的考辨，恐怕更多地是屬於史的研究的職責，對於專題和範疇研究，重點應該是前兩個層面。

　　（四）局部與整體

　　專題和範疇研究還必須處理好局部與整體的關係。近年來範疇研究發展的一個趨勢，是開始注重探求、尋繹範疇與範疇之間的聯繫，以求把握古代文論的內在體系。這無疑是範疇研究的一大進展。而所以如此，實與研究重心的轉移即由史到論有著直接的關聯。正是因爲著眼於古代文論的理論意蘊，著眼於其現代價值，範疇研究才由早先的縱向考察轉爲橫向分析，由對單個範疇含義的孤立研究轉爲對相關範疇群的研究。同時，範疇研究也與專題研究結合起來，由微觀轉向宏觀。專題研究亦然，也開始有意識地將各個分散的理論專題統攝在某種模式之下，使之得以整合。如我們先前回顧時提到的樊德三和祁志祥的兩部《中國古代文學原理》、陳良運的《中國詩學體系論》，即表現出這種研究趨向。

　　從協調局部與整體的關係來看專題和範疇研究，有幾點尙須引起我們的注意。

　　對於範疇研究，問題主要有二。一是必須注意核心範疇與相關範疇群的關係。在拙著《經與緯的交結──中國古代文藝學範疇論要》中我曾經指出，範疇自身有主次大小之別，可以分出不同的層次。「如果不加區別地對所有範疇一律看待，則勢必造成理解上的困惑，而且難以窺見範疇間的內在聯繫。所謂美學理論、文藝學理論，正是由這樣一些不同層次的範疇、概念有機地組合起來而構成的。一旦我們抓住這些主要範疇，就可以少總多，執一統眾，用核心範疇統領從屬範疇，找出不同範疇、範疇群之間的內在聯繫，將這些

範疇群、命題、概念加以整合，使其潛在的體系得以顯豁、明朗」。〔註11〕二是在研究某一重要範疇時，要考慮到該範疇在整個古代文論體系中的位置。古代文論範疇往往幾種含義並存，因而可以歸屬於不同的理論環節，這就要求我們區別主次輕重，把握其基本指向，著眼於全局來進行研究，同時還要注意該範疇與歸屬於其它理論環節的重要範疇之間的聯繫，使之系統化、體系化。列寧曾經將範疇比喻為現象之網的網上紐結，而我們對古代文論範疇的研究，就應該通過對這種「網上紐結」的描述，提綱挈領，揭示出中國古代文論的體系構架。

　　對於專題研究，則應該考慮理論佈局如何既符合古代文論固有體系的基本特徵，同時又與現代文論體系兼容。與範疇研究一樣，專題研究也有一個納入理論體系的問題，但範疇研究之趨於體系化、整合化帶有某種必然性，或者說隨著範疇研究的深化，它自身就有一種向體系研究發展的趨勢，且隱然有自整合的功能；而專題研究之體系化卻較為外在，預設模式常常可以左右專題研究的指向。從目前研究的情況看，大致有兩種類型：第一種是基本上按照現行文學理論的框架來劃分專題，如祁志祥所著《中國古代文學原理》；第二種突出了古代文論體系自身的特徵，以重要範疇、命題來呈現體系並結構全書，如陳良運的《中國詩學體系論》。兩種類型各有所長，也各有所短。如何在此基礎上取長補短，有所突破，當是今後專題研究體系化努力的方向。

　　總而言之，無論範疇研究還是專題研究都應該有一種全局意識，不但範疇研究與專題研究應該結合起來，而且這種研究的結果，應該有助於我們對中國古代文論體系的認識，使古代文論之潛體系顯露出來。此外，作為一種更高的要求，我們希望這種研究不僅是描述性的，同時也是創建性的，就是說，不只是還原，而且還是重構。這樣，古代文論的範疇和專題研究才具有現實的理論活力，才真正有助於推進具有中國特色的馬克思主義文藝理論的建設。

三、方法的選擇

　　據說一代國學大師王國維早年的學術興趣乃在哲學，不但對西方康德、叔本華、尼采等人的著述頗有涉獵，而且對中國古代哲學也下過一番研究功夫。然而，正當他開始有所建樹時，他卻放棄哲學而轉治文學。個中原因，

〔註11〕張海明：《經與緯的交結──中國古代文藝學範疇論要》，雲南人民出版社 1994年版，第 5 頁。

一方面是有感於「哲學上之說，大多可愛者不可信，可信者不可愛」；另一方面，則是意識到哲學之發展已臻極致，「居今日而欲自立一新系統，自創於新哲學，非愚則狂也」。依王國維之見，今日所謂哲學家，其實大多不過是哲學史家。所以他說：「以余之力，加之以學問，以研究哲學史，或可操成功之券。然為哲學家，則不能；為哲學史，則又不喜，此亦疲於哲學之一原因也。」〔註12〕

當今的美學、文藝學自然不能說已經研究到頭，但面對古今中外如此眾多的學說流派，研究者們是否也有類似於王國維的感受呢？王國維可以放棄研究哲學，而對於那些仍願在美學、文藝學領域耕耘的人，又該如何選擇？回到我們的話題，古代文論之專題、範疇研究雖偏重在論的方面，但也不能完全沒有史的成分，那麼，這些研究者又是否安於做一個文論史家呢？

大凡治理論史者，總不免要有所選擇，要麼偏於論，要麼偏於史。偏於論者我注六經，易犯主觀臆測之病；偏於史者六經注我，多招泥古不化之譏。誠然，能揚二者之長而避其短，是為上策，但事實上，由於研究對象特性和研究者本身素質的制約，具體操作時很難真正做到恰到好處的結合。於是，種種爭議便由此而生，如是恢復歷史本真還是進行現代闡釋，是尊重對象主體還是突出研究主體等等。如果說，研究者本身的素質還可以通過主觀努力而得以調整乃至提高，從而在一定程度上有助於兩種方法的綜合，但研究對象自身的特性卻很難人為地加以改變，因此，真正不偏不倚，合乎中庸的理想研究，恐怕只能是一種良好的願望。

既然如此，那我們就不要過於指責上述兩種偏向，而無妨採取一種寬容的態度。就是說，無論是偏於史，六經注我，還是偏於論，我注六經，都可以任其發展。說得更準確些，可以有所側重。依我之見，研究中國古代文論，本來就有兩種方法，兩條路子，即史家的方法與論家的方法，這是由該學科的性質所決定的。中國古代文論，或者叫做中國文學批評史，本質上應該是一種史的研究，研究者的對象是既定的歷史存在，這是無可爭議的。不論研究者的目的何在，他首要的任務就是對歷史作出自己的解釋，提出自己的見解，這也是不成問題的。一旦研究者完全撇開歷史，那就不再是嚴格意義上的中國古代文學理論批評的研究。當然，即便如此，也不失為一種理論研究，但那只是將古代文論的若干觀點、論述作為某種理論建構的材料，而非真正

〔註12〕王國維：《三十自序》，見《靜安文集續編》。

將批評史作爲自己的研究對象。羅根澤當年就曾指出，批評史的編著可有兩種情況：一種爲史學家編著，一種爲文學批評家編著。「史學家所編著的文學批評史，或獨重過去文學批評的記述，或兼重未來文學批評的指導；前者是純粹的史學家，後者是功利主義的史學家。文學批評家所編著的文學批評史，也可分爲兩類：一是根據過去的文學批評，創立新的文學批評。這與功利主義的史學家有點相近。一是爲自己的文學批評尋找歷史的依據」。對於後一種情況，羅根澤認爲：「爲尋找學說證據而作史，其目的本不在史，我們也無需以史看待。爲創立新學說而作史，其創立新學說既要根據舊學說，則對於舊學說，必先明瞭眞象。否則根據的舊學說既不『眞』，創立的新學說也難『好』」。〔註 13〕這的確堪稱通達中肯之見。事實上，方法的分歧根源於目的的不同，儘管面對同一研究對象，但研究者目的爲何，這將從根本上決定他選擇何種研究方法。相應地，同屬對歷史的解釋，也就會有很大的偏差，從而表現爲兩種不同性質的解釋。

　　一種是還原性解釋。

　　所謂還原性解釋，是指研究者的目的在於恢復歷史的本來面目，盡可能貼近歷史。由於種種原因，中國古代文論在其發展演變的過程中，客觀上已經形成了模糊性、多解性的特徵；另一方面，現代人先入爲主的理論模式，又在很大程度上左右了研究者的視角和價值取向，在這種雙重的誤導下，歷史的本來面目消失了，歷史已不是既定的存在，而成爲可以隨意解釋、任人拼湊的萬花筒或七巧板，尤其當這種隨意解釋被用於某種學術以外的需要時，恢復歷史本眞必要性就空前地突出出來。因此，還原性解釋作爲古代文論研究的基本方法之一，對於堅持該學科研究的科學性、嚴肅性，便具有了不可低估的意義。大概而言，還原性解釋所要做的包括兩個層面：一是在特定的文化背景和歷史語境中去進行解讀，盡可能界定某一範疇、術語在一定理論家筆下的準確含義，乃至某一部文論著作基本觀點、傾向等，以期恢復歷史的本來面目。作爲具體的研究手段，從版本考辨、字詞校勘和訓詁，到理論概括和闡釋，都是不可少的。二是在此基礎上對中國古代文論作整體的把握，勾勒其總體特徵，尋繹其發展的內在規律，進而對中國古代文論體系的邏輯結構，有一個科學的認識並加以描述。在這一過程中，有必要引進西方文論作爲參照系，但切忌比附，切忌削中就西，還原性解釋關注的不是中

〔註13〕羅根澤：《中國文學批評史》（一），上海古籍出版社 1984 年新版，第 23 頁。

西之同,而是中西之異。換句話說,還原性解釋的學術追求,應該是正本清源,應該是研究對象的特殊性(歷史性、民族性)。在這方面,自古代文論(中國文學批評史)作爲一門學科成立以來,不少老一輩學者在這方面已做了大量的工作,取得了可觀的成績。不過,相對說來,以往的研究尙不盡如人意,尤其是問題的第二層面,還有待於當今研究者的進一步努力。必須承認,此種方法,尤須研究者學識的繁富,思理的縝密,同時還得有甘於寂寞的學術熱忱。而在當前的研究者群中,具備如此素質的人並不多見。

另一種是創造性解釋。

創造性解釋的特徵,在於給傳統的觀點、命題、範疇以新的解釋,而且這種解釋並未完全超出材料允許的範圍,因爲它的目的不是恢復歷史的本來面目,而是爲新的理論建構尋找支點。從某種意義上說,我們對古代文論的研究,不能只限於恢復歷史的本來面目,儘管那的確是該學科研究的重要方面,然而,古代文論研究到底不是考古學,它的對象不是一堆無生命的化石,研究歷史的最終目的,應該說還是爲了今人。對於古代文論,我們關注的不只是它在歷史上曾經產生過何種效用,由於理論自身的延續性,古今文學規律的共通性,我們不能不對那些在今天仍有活力的思想、見解予以特殊的注意。因此,還原性解釋是必要的,卻不是唯一的。如果我們只有還原性解釋,以恢復歷史本來面目爲唯一目的,那我們的研究將因失去理論動力而陷於停滯。創造性解釋的意義在於:它超越某一位古人對具體文學現象的見解而去探究他所以如此說的用心,領會其大意而不拘泥於個別詞句;它更關注某一命題、概念在今天的有效性,而不是該命題、概念曾經被賦予何種含義。一般說來,側重還原性解釋的多爲理論史家,而側重創造性解釋的多爲理論家。而作爲理論家,則不妨引申發揮,在現代觀念與世界意識的指導下去尋繹其潛在意蘊,作出自己的解釋。他不必爲前人的界說所縛,而完全可以別出心裁,超越前人。與理論史家不同,理論家的興趣更在於研究對象的共通性(當代性、世界性)。所謂尋求跨越東西文學的共同規律,所謂走向一般文學理論,都可作如是解。相應地,才氣、膽識、思辨應該是此類研究者必備的素質,他應該有更好的理論修養,相當的哲學頭腦,以及不同於常人的悟性。這**裏**要特別注意的,是避免厚誣古人,將自己的理解等同於古人的原意。

專題和範疇研究當然也可以選擇不同的研究方法,或者說是有所側重。譬如專題史、範疇史的研究主要爲還原性解釋,而對理論命題、範疇的現代

闡釋則主要爲創造性解釋。這種方法的分野、側重是必然的，總體而言也是有益於研究的發展與深化的。

有必要說明，雖然我認爲兩種方法各有所長，主張有所偏重，但不等於贊成各司其職，互不搭界。相反，長於史者不能無論，長於論者也不能無史，互補而不是互離，偏重而不是偏廢，這才是正確的態度，可行的方法。從前孟子論讀詩，主張「以意逆志」，但究竟如何「以意逆志」，則人見人殊，或以爲以古人之意逆古人之志，或以爲以今人之意逆古人之志，而實際上，絕對的以古人之志逆古人之意實不可能，以今人之志逆古人之意亦非等古人於今人，所以，上述兩種方法，只能說是相對而言。

《文藝爭鳴》1996 年第 4 期刊登了一組討論中國古代詩學研究方法的文章，其中童慶炳的《古今對話——中國古代文論研究的學術策略》提出了研究的三條原則：歷史優先原則、對話原則、自洽原則。在我看來，這可以說代表了理想的創造性解釋的追求，對於古代文論的專題和範疇研究尤具指導意義。或許有人會把這種策略理解爲一種折衷之道，但實際上童文說得很清楚：歷史優先只是強調對歷史的尊重而非還原歷史，我們與之對話的古人也只可能是我們所理解的古人，而自洽原則中最重要的，是辯證邏輯的自洽。因此，這還是偏於論的方法。三條原則中，最具有挑戰性，最見研究者功力，同時也最有可能令研究富於創見的，應該說是第三條。童慶炳本人多年研治文藝理論，有十分厚實的理論功底，近年涉足中國古代文藝心理學研究，即以新說獨見得到學界的稱譽。這篇文章提出的研究策略，其實正是他對自己研究古代文論經驗的一種概括。

中國古人治學，有漢學、宋學之說，漢學偏重章句，宋學偏重義理。兩種方法優劣長短，這裏不作分辨評判，值得注意的是：兩個學派都有自己的成果傳世，且有其獨特的不可替代的價值；另外，從學術發展史來看，兩種學風往往是此消彼長，各領風騷。這是否說明，史家和論家各自的方法很難完全融合呢?倘是如此，那我們正可任其發展，由人抉擇，又何必強爲牽合，斷鶴續鳧呢?只要不是過於偏頗，則膠柱鼓瑟，不妨別解爲對歷史的尊重；而郢書燕說，也可以看作是有意義的誤讀。質諸方家，不知以爲然否?

第九章　海外和台港地區的中國古代文論研究

　　如果從空海（遍照金剛）等日本遣唐使將中國古代文學理論典籍攜歸本國算起，中國古代文論傳入海外已有一千多年的歷史。這期間自然不乏闡釋、研習之舉，不過，說到海外學人對中國古代文論的較爲系統的研究，那還是近代以來，特別是本世紀以來的事。因爲嚴格意義上的學術研究必須具備兩個前提條件：一是有一套科學的研究方法，二是對研究對象有較爲眞切的瞭解。對於絕大多數海外學人來說，只是到了近代，隨著中外文化交流的進一步擴展，才揭去了長期以來蒙在古老中國文化之上的神秘面紗，使之得以窺見中國文學理論的眞實面目，從而一改先前憑藉道聽途說、一知半解的主觀臆測，眞正開始了對中國古代文論的學術研究。

　　當然，就研究的全面性、系統性而言，海外的中國古代文論研究尙不能與我們自己的研究相比。然而必須承認，儘管如此，海外的中國古代文論研究仍有其特殊的價值在。首先，它從一個特殊的角度，把中國古代文論作爲一種異質文化的產物或表現來進行考察，而這是我們自己無法做到的。其次，它所採用的方法也與我們慣常使用的有別，而新方法的引入往往可以將研究導向新的層面，在我們司空見慣、習焉不察的地方有所發現。由此形成的看法、得出的結論無論與我們同或不同，都會給我們的研究提供某些有價值的東西，或印證我們已有的觀點，或推翻我們既定的看法，或提醒我們注意到研究的不足，或啓發我們嘗試新的思路。即使是一種誤解，也可能促使我們去分析其產生的原因，進而深化我們對問題的認識。正是考慮到這一點，本

書才爲其專列一章，以期能從中獲得有益的啓示。

　　令人遺憾的是，到目前爲止，海外學人的研究並未得到我們應有的關注，除了從比較文學研究的角度有一些零散的介紹之外，眞正從古代文論研究史的角度進行總結的論述可謂鳳毛麟角。這也許和古代文論研究者自身條件所限有關，同時也受制於長期以來我們閉關鎖國的格局。畢竟實行改革開放的時間還不長，中國古代文論研究方面的國際交流剛剛起步，譯介過來的海外漢學著述更是有限，這在很大程度上限制了我們的視野，也給我們從這一方向總結古代文論研究史造成了困難。所以本章的撰寫便不能不有一種材料匱乏、管窺蠡測之感。好在本書的目的並非對以往研究成果的全面述評，而重在對問題、規律的探討，而且，自八十年代以來，還是有學者在這方面做了一些工作，使我們多少得以窺見海外學人研究中國古代文論的一些情形，並得以在此基礎上略作勾勒。凡所參考、徵引今人譯介、概述之處，我將隨文注明，至於文不符題及疏漏，則在所不免，只能留待他日再作努力了。

　　本文所用「海外」一詞，按照通常的理解，指中國境外的國家和地區。從研究的實際情況看，主要是歐美和亞洲的日本、韓國學者的研究；此外，台港地區的研究也在本文論述的範圍之內。所以本文擬分三部分來分別討論日本、韓國學者的研究，西方學者的研究和台港地區學者的研究，這樣不但易於行文，脈絡清晰，也較容易見出各自的研究特色。

一、日本和韓國學者的研究

　　在海外的中國古代文論研究中，日本學者無疑是起步最早，用功最勤的。這也許是因爲中日兩國在文化上有一種血液上的聯繫，且文化交流的歷史頻繁而悠久的緣故。從有關記載來看，至少在唐代，隨著官方和民間文化交流的開展，中國文學已爲不少日本士人所研習。唐德宗貞元二十年（公元 804年），日僧空海以學問僧的身份參與使唐，三年後歸國。在《文鏡秘府論・序》中，空海敍述了他的編撰動機：「貧道幼就表舅，頗學藻麗，長入西秦，初聽餘論。雖然志篤靜默，不屑此事，爰有一多後生，扣閑寂於文囿，撞詞華乎詩圃。音響難默，披卷函杖，即閱諸家格式等，勘彼同異」。他於是將唐代中土流行的詩格去同存異，匯爲一冊，「庶緇素好事之人，山野文會之士，不尋千里，蛇珠自得；不煩旁搜，雕龍可期」。中國文學對日本的影響，於此可見一斑。空海所編之《文鏡秘府論》，應該說是中國詩學第一次較爲系統地介紹

到海外，雖然不免於粗淺，但到底開了先河。

此後千余年間，日中之間的文化、文學交流雖未中斷，但作爲專門之學的中國古代文論研究，卻是到了本世紀初以後才眞正開始。

1925 年，鈴木虎雄的《支那詩論史》出版，〔註 1〕這通常被看作是現代日本學者研究中國古代文論的嚆矢。是書共分三篇，分別論說先秦各家有關詩的見解，魏晉南北朝的文學理論和明清詩論中的格調、神韻、性靈三種詩說。其中第三篇之第一章對唐、宋、金、元四朝的文論作了粗略的介紹，論及司空圖《詩品》和嚴羽《滄浪詩話》。1927 年，孫÷工將該書一、二篇譯出，易名爲《中國古代文藝論史》，次年由北新書局出版。鈴木虎雄這部書的出版是中國古代文論研究史上的一件大事，儘管該書有體例混亂、詳略不一之病，卻是第一部具有中國文學批評史性質的著作，爲後來中國學者撰寫文學批評史提供了借鑒。此外值得一提的是該書指出：「自孔子以來至漢末都是不能離開道德以觀文學的，而且一般的文學者單是以鼓吹道德底思想做爲手段而承認其價值的。但到魏以後卻不然，文學底自身是有價值底思想已經在這一時期發生了，所以我以爲魏底時代是中國文學上的自覺時代。」〔註2〕我們通常以爲將魏晉時期視爲中國文學的自覺時代這一見解始於魯迅，其實魯迅很可能是接受了鈴木的觀點。《魏晉風度及文章與藥及酒之關係》爲魯迅 1927 年 7 月間在廣州的一次講演，原文中「文學的自覺時代」七字是加引號的，這表明原有所本，但歷來注家均置之不理。〔註3〕以魯迅對日本漢學的瞭解，尤其是魯迅對魏晉文學的興趣，他看過鈴木原作並非不可能。倘若眞是如此，那我們就不宜掠美，而應將這一觀點的首創權還歸鈴木虎雄才是。鈴木虎雄之後研究中國古代文論並頗有成果的日本學者，則爲出自鈴木門下的青木正

〔註 1〕關於《支那詩論史》問世的時間，岡村繁《日本研究中國古代文論的概況》和興膳宏《〈文心雕龍〉研究在日本》二文均稱是 1927 年，而古川末喜所編之《日本有關中國古代文論研究的文獻目錄》則注明初版時間爲 1925 年。另據許總所譯之鈴木虎雄《中國詩論史‧譯者序》（廣西人民出版社出版 1989 年出版），鈴木原作實於 1925 年由京都弘文堂書房印行，而且該書的主要部分曾分別以「論格調、神韻、性靈之詩說」、「周漢諸家的詩說」和「魏晉南北朝的文學論」爲題，作爲論文於 1911、1919、1920 年發表於《藝文雜誌》。看來是岡村繁、興膳宏二位誤記了。倘若眞是 1927 年出版，則陳鍾凡同年出版的《中國文學批評史》將鈴木之作列爲參考書便難以解釋。

〔註 2〕鈴木虎雄：《中國古代文藝論史》，孫俍工譯，北新書局 1928 年版，第 47 頁。

〔註 3〕參見《魯迅全集》卷三，人民文學出版社 1981 年版，第 504 頁。

兒，他在 1935 年出版了《支那文學概說》，1943 年出版了《支那文學思想史》，這兩部書對於後來日本的中國古代文論研究很有影響。〔註4〕

二戰結束以後，日本的中國古代文論研究更得到長足的發展。從四十年代後期開始，以對《文心雕龍》的研究爲起點，在日本一些大學**裏**逐漸形成了研究中國古代文論的熱潮。其中最爲突出的，是以斯波六郎爲核心的廣島大學，以目加田誠爲核心的九州大學，和以吉川幸次郎爲核心的京都大學。他們的研究使《文心雕龍》成爲一門顯學，也取得了可觀的成績。如斯波六郎的《文心雕龍范注補正》和《文心雕龍箚記》、目加田誠對《文心雕龍》全書的譯注，均很能見出作者的漢學功力。吉川幸次郎本人有關中國古代文論的研究著述雖然不多，但出自其門下的興膳宏、高橋和巳卻發表了不少很有份量的論著，尤其是興膳宏，堪稱日本年青一代學人中研究中國古代文論的特出人物。他於 1968 年出版了日本第一個《文心雕龍》全譯本，並發表了多篇研究論文，其中發表於 1982 年的《文心雕龍與出三藏記集》長達十一萬字，從佛教影響的角度對《文心雕龍》作了細緻的分析。此外，東京立正大學的戶田浩曉對《文心雕龍》版本的考辨、譯注，也頗爲引人矚目。他於 1978 年撰寫的《文心雕龍小史》，是海外第一篇《文心雕龍》研究史的專論。概而言之，從五十年代到八十年代，日本學者對《文心雕龍》作了相當全面而深入的研究。在資料整理方面，先後出版了興膳宏、目加田誠和戶田浩曉的全譯本，岡村繁的《文心雕龍索引》（1950）；在理論闡釋方面，則有高橋和巳的《劉勰文心雕龍文學論的基本概念之研究》（1955）、目加田誠的《劉勰之風骨論》（1966）、林田愼之助的《文心雕龍文學原理論的各種問題》（1967）、安東諒的《文心雕龍之原理論》（1976）和《圍繞文心雕龍神思篇》（1980）等等。1983 年，王元化選編的《日本研究文心雕龍論文集》由齊魯書社出版，該書收入日本學者自五十年代以來研究《文心雕龍》的代表性論文共十三篇，從而使我們對於日本學者的研究有了一個大概的瞭解。

《日本研究文心雕龍論文集》還附帶收入了岡村繁的《日本研究中國古代文論的概況》一文，對自鈴木虎雄以來日本學者對中國古代文論研究的情

〔註4〕 1933 年，北平人文書店出版了青木正兒的《中國古代文藝思潮論》，王俊瑜譯。是書共四章，分別討論中國文藝思潮的概況、原始的文藝思潮、儒家的文藝思潮和道家的文藝思潮，似也與中國古代文論研究相關，但不詳其原著出版時間。

況作了概述性的介紹，並附「主要學者及其著作（存目）」。另外，北京大學
出版社 1985 年出版的《中國文藝思想史論叢》（第二輯）登載了由古川末喜
選編的《日本有關中國古代文論研究的文獻目錄（1945－1982）》。這兩份材
料爲我們提供了可貴的線索，加上一些譯介過來的零散論著，日本學者的中
國古代文論研究便有了一個粗線條的輪廓。

　　根據這些材料提供的情況，自五十年代以後，日本的中國古代文論研究視
野日漸開闊，研究隊伍也日漸擴大。圍繞《文心雕龍》研究，魏晉南北朝時期
的文論也爲日本學者所關注。尤其是鍾嶸的《詩品》。1959 年，弘前大學的高
松亨明出版了《詩品詳解》；1962 年，在京都成立了以立命館大學的高木正一
爲代表的「詩品研究班」，共有包括吉川幸次郎在內學者二十余人，他們共同對
《詩品》進行注疏，於 1964 年到 1971 年陸續發表了《鍾氏詩品疏》。在此基礎
上，高木正一完成了《鍾嶸詩品》一書的寫作，於 1978 年出版；而興膳宏譯注
的《詩品》（1971）也得力於該研究班的成果不少。譯注之外，還發表了不少理
論研究論著。如高松亨明的《鍾嶸詩品之研究》（1953）、高木正一的《鍾嶸的
文學觀》（1978）、林田愼之助的《鍾嶸的文學理念》（1978）、興膳宏的《文心
雕龍與詩品在文學觀上的對立》（1968）和《詩品與書畫論》（1979）等。

　　魏晉南北朝的文論是日本學者研究的重點，除了劉勰、鍾嶸之外，幾乎
所有較有影響的理論家及其著作都有專文論及。從曹丕、陸機、葛洪、沈約、
蕭統、顏之推，直到李充、摯虞、范曄、裴子野，乃至連我們的批評史都很
少提到的北魏孝文帝、溫子升、北齊邢邵，日本學者都作了研究。對這一時
期文論的整體研究也有不少成果，如目加田誠的《六朝文藝論箚記》（1947）
和《六朝文藝論中的「神」「氣」問題》（1948）、林田愼之助的《漢魏六朝文
學論中情與志的問題》（1964）和《兩漢魏晉辭賦論中的文學思想》（1974）、
興膳宏的《文學批評的發生》（1965）等，都是其中較有份量的論文。

　　有關其他時期中國古代文論的研究自然也不在少數。古川末喜選編的《日
本有關中國古代文論研究的文獻目錄（1945－1982）》共收入論著、論文五百餘
篇（種），雖然包括了翻譯在內，但這數量也是相當可觀了。從先秦儒家的詩論
到清代梁啓超、王國維的文學思想，舉凡整個中國古代文論史上略有影響的理
論家或著述，沒有不被研究到的。這的確不能不令我們感到驚異。在諸多研究
者中，除了上文提到過的興膳宏、戶田曉浩之外，還有兩位也很引人矚目。一
位是東洋大學的船津富彥，他的研究領域較爲開闊，幾乎涵蓋了中國文學批評

史的所有重要時期，在岡村繁的文章中多次提到他。他於 1977 年出版的《中國詩話研究》不僅在日本是第一部研究中國詩話的專著，同時也是世界第一部。另一位是九州大學的林田慎之助，他主要的研究對象是漢魏六朝至唐代的文論，1979 年出版了論文集《中國中世文學評論史》，該書被認爲是日本研究中國中古文學理論「最充實、也最有系統的一部著作」（岡村繁語）。從研究選題的角度看，日中比較詩學的研究也較爲突出。出版了兩部研究專著：太田青丘的《日本歌學與中國詩學》（1958）和松下忠的《江戶時代之詩風詩論——明、清之詩論及其吸收》（1969）。此外還有不少單篇論文，如小澤正夫的《古今集序與詩大序》（1956）、《古今集序與詩品》（1956）、《從比較文學上看到的詩病說與歌病說》（1978），小西甚一的《中世紀表現意識與宋代詩論》（1951）、《本意說與唐代詩論》（1953），以及久松潛一的《六朝詩學與古代歌論》（1960）和國崎望久太郎的《滄浪詩話給近世紀的影響》（1960）等等。由此也可看出，這一時期日中詩學的比較主要是偏重在影響研究方面。

限於材料，對於日本學界八十年代以來的研究現狀我們知道的不多，不過從以上所述，可以肯定會有更大的發展，更多的成果。應該說，相比之下，在海外的中國古代文論研究中，日本學者的研究是最全面、最系統的，研究成果也是最豐富的。其研究特點，依我看主要表現在三個方面：

一是起步較早。如前所述，在對中國古代文論作現代而系統的研究上，日本學者要早於中國學者。鈴木虎雄於 1925 年出版的《中國詩論史》，無疑是中國古代文論史的開山之作，兩年以後，中國學者陳鍾凡的《中國文學批評史》才問世，而且明確將鈴木所著列爲參考書之一。類似的例子還可以舉出船津富彥的《中國詩話研究》，在該書出版十餘年後，中國學者有關詩話研究的專著才陸續出版。〔註5〕這雖然只是其中兩例，卻很值得我們思考。如果說，鈴木虎雄得以著其先鞭是受惠於日本更早地接受了新學，從而在研究方法上領先於中國學者的話，那麼船津富彥寫作《中國詩話研究》並不占此優勢，無論在方法的掌握還是材料的佔有上，中國學者都更具條件。由此我們便不能不追問更深一層的原因。事實上，儘管在古代文論研究的草創時期，日本學者先行一步，但中國學者卻後來居上，從二十年代到四十年代，其研

〔註 5〕蔡鎮楚的《中國詩話史》於 1988 年由湖南文藝出版社出版，是爲我國第一部系統的詩話史；1990 年，蔡鎮楚又寫成《詩話學》，由湖南教育出版社出版；劉德重、張寅彭的《詩話概說》也於同年由中華書局出版。

究成果遠遠超出日本同行。而且，正是中國學者這一時期的研究所得，爲後來日本學者的研究創造了重要的條件。然而自五十年代以後，中國大陸的古代文論研究偏離了正常的學術軌道，人爲地延滯了古代文論的研究進程。而恰恰是在此期間，日本學者又大踏步地追了上來，客觀地比較一下從五十年代初到七十年代末中日兩國的研究狀況，我們非但在質上不佔優勢，甚至在量上也難以稱雄。這應該是我們引以爲鑒的。

二是學風紮實。日本學者十分重視資料的收集整理，盡可能將研究建立在一個牢固可靠的基礎之上。較之其他海外學者，他們更注重材料的考辨，版本的校勘，這雖然有其獨到之便（日本保存了不少中國古代文論著作的善本），也與日本學者注重實證的研究態度相關。我們看他們的研究，第一步往往是對文本的細讀，認眞做好譯注工作，在此基礎上再作進一步的研究，如對《文心雕龍》、《詩品》即是如此。相應地，日本學者的研究論文大多以論述的細緻綿密著稱。凡所考證，必刨根究底，窮本溯源；而所作結論，也力求論據充分，材料翔實，頗有清代乾嘉學派的遺風。若與同期中國大陸古代文論研究狀況相比，日本學者很少受政治或意識形態的干擾，也不特別強調古代文論的現實意義及諸如此類的意見，從而保持了學術研究的相對獨立性。對於中國古代文論，他們似乎更傾向於作一種歷史的研究，以認識其本來面目爲目的。而這正是我們同期研究所缺乏的。在我們一些研究者看來，日本學者的某些選題實在過於瑣碎、偏狹，可以說沒有多少理論價值，這或許不爲無理。但自另一方面看，他們也不象我們那樣追趕潮流，將大量的精力用於幾個有限的課題上，而寧可去研究一些小問題。譬如抓住一句話甚至一個字，多方徵引，反復辨析，進而總結出某些有規律性的東西。所以題目雖小，研究卻很實在。古川末喜選編的目錄中有不少屬於這一類型的文章，如魏晉南北朝總論部分的《六朝時期「賞」字的例子》（小尾郊一）、《六朝詩中的「清」與「麗」》（大矢根文次郎）、《文學評語「遒」字的意義》（久保卓哉）、《魏晉之「論」》（橫田輝俊）等。另外，中國讀者較爲熟悉的笠原仲二的專著《古代中國人的美意識》（1979），也是通過字源的考辨和字義的分析，來探討中國古代美感意識的形成及衍變。

三是有一種不爲人後的意識，一種學術上的自主意識。雖然研究的對象是別國的古代文學理論，而非自己民族的遺產，但日本學者卻不甘於只是翻譯介紹，他們還希望以自己的眼光來認識，進行研究，與中國同行相互交流。當然，

日本學者這樣做與歷史上中國文論曾對日本文學產生過大的影響相關,因而這種研究便不只是一種純粹的外來文論的研究。值得注意的是,在研究中遇到與中國學者意見相左的情況時,他們並不盲從,其所徵引中國學者的有關論述,也只是作爲理解、看法之一種,而很少視爲既定的、不可易移的眞理。我們姑且不論其具體見解如何,單就這種態度本身而言,的確有可稱道之處。

韓國的中國古代文論研究狀況與日本有幾分相似。

首先是中國古代文論傳入的時間差不多,都可以上溯到唐代。據韓國學者李鍾漢的《韓國研究六朝文論的歷史與現狀》一文介紹,〔註6〕早在公元 900年前後(唐代末期),曾於唐懿宗咸通九年(868)入唐留學的崔致遠所寫的兩篇文章已經引用了《文心雕龍》中的文字。這與日本空海大師使唐而熟悉中國詩學的經歷頗爲一致,只是這位崔先生沒有將他所知道的中國詩學典籍整理出來,而空海大師則留下了傳世之作《文鏡秘府論》。而且,儘管接觸中國文論的時間很長,但眞正開始研究則是本世紀中葉以後的事。其次,韓國學者對中國古代文論的研究,同樣是從研究劉勰、鍾嶸等著名理論家及其著作開始的,而且研究的重點似乎也在魏晉六朝。李鍾漢道:「韓國學術界對中國文學重新開始研究的六十年代,其開端工作恰好是對《文心雕龍》、《詩品》的研究。」當時漢城大學教授車柱環首先對鍾嶸《詩品》進行研究,於 1961 年完成了《鍾嶸詩品校證》。這部著作和稍後完成的《校證補》在對照三十多種版本的基礎上,對於勘正《詩品》流傳中造成的訛誤作出了貢獻,有較高的學術價值,從而得到國內外同行的重視。此外,車柱環也是韓國第一個研究《文心雕龍》的。他在1966 年至 1967 年間撰寫了《文心雕龍疏證》,雖然只是開頭的六篇,也得到同行的好評。總之,在韓國的中國古代文論研究方面,車柱環是一個頗爲引人矚目的人物,他不僅是一個開創者,同時還以其研究使韓國的中國古代文論研究爲世人所知。第三,在研究方向和學風方面,韓國學者也象日本學者那樣偏重考證辨析,故其學術影響主要在資料整理方面。

繼車氏之後,韓國學者對中國古代文論作了更進一步的研究。從李鍾漢文和另一位韓國學者李章佑介紹韓國中國文學研究狀況的文章我們知道,〔註7〕到八十年代中期,韓國已有兩個《文心雕龍》的韓文全譯本,一個是崔信浩的

〔註 6〕 李鍾漢文載《文學遺產》1993 年第 4 期。
〔註 7〕 李章佑題爲《南朝鮮中國文學研究的回顧與展望》,載《文藝理論研究》1992年第 4 期。

譯本（1975），另一個是李民樹的（1984）。雖說這兩個本子主要參照日本興膳宏的日譯本因而價值不高，但對於使更多的讀者瞭解《文心雕龍》卻是非常有益的。〔註8〕在理論研究方面，八十年代以來也發表了不少論文。至於《詩品》，除車柱環的《校證》之外，還有車柱環學生李徽教的《詩品匯注》（1970）和李哲理的《鍾嶸詩品研究》。李哲理曾受教於李徽教，《鍾嶸詩品研究》爲其博士學位論文，論及《詩品》的研究概況、鍾嶸之生平與文學觀，和《詩品》之成書年代、版本、理論內涵等問題，並於篇末附有《詩品》詳釋。〔註9〕對於魏晉六朝其他文論家如曹丕、陸機、葛洪等人，韓國學者也有專文研究，只是不及對劉勰、鍾嶸那樣深入。

　　韓國學者對魏晉六朝以外中國古代文論的研究狀況如何，由於材料所限，這裏只能暫付闕如。不過，李章佑文章提到，韓國學者已經出版了兩部中國文學批評史專著：一部是車相轅的《中國古典文學批評史》（1974），另一部是李炳漢、李永朱合著的《中國文學批評史》（1988）。此外，車柱環在1973 到 1977 年間陸續發表了從《孔子的詩說》到《袁枚的續詩品》共 38 篇文章，而以《中國詩論》爲總題。雖未出單行本，但顯然是一部中國詩論史。從這些成果多少可以窺見韓國學者的研究之大概。1992 年 7 月，韓國中文學界成立了「中國文學理論研究會」，由李炳漢任會長，車柱環爲顧問，會員有四十多人。這也從一個側面表明中國古代文論研究在韓國的境況。

　　總之，與日本學者的研究相比，韓國學者對中國古代文論的研究雖然起步較晚，但仍形成了一定的規模，取得了可觀的成績，且後勁頗足，近二十年來的發展速度很快。相信正如李鍾漢文中所說，假以時日，「必會有引人注目的新成就」。

二、西方學者的研究

　　從現有材料看，中國文學對西方產生影響，最早可以上溯到十八世紀初。通過海外貿易和傳教士的活動，歐洲人開始接觸到中國文化。1735 年，法國

〔註8〕另據李鍾漢文，漢城大學教授李炳漢已完成了一部新的《文心雕龍》韓文全譯本，即將付梓。

〔註9〕張伯偉發表於 1993 年第 4 期《文學遺產》的《鍾嶸詩品在域外的研究及影響》一文稱「《詩品》的朝鮮文譯本尚未出現」，而據李鍾漢文，則自車環柱起就開始了《詩品》的韓文翻譯，李徽教也曾致力，但均爲部分，至李哲理始完成全譯。李哲理於 1990 年 8 月獲博士學位，張文所言，想來是未見其書出版之故。

傳教士杜・赫德（L.P.du Halde）的《中華帝國全誌》問世。在這部洋洋四卷的巨著中，談到了中國的經書與文學，並摘譯了元雜劇《趙氏孤兒》。這大概是歐洲人最早看到的中國文學譯本。法國啓蒙主義大師伏爾泰曾據此改編爲《中國孤兒》，而引發伏爾泰改編欲望的，是體現在原作中的那種懲惡揚善的理性精神。這種對理性的突出正是當時歐洲人所理解的中國文學的特徵。此後，諸如《好逑傳》等劇本和一些中國古詩也相繼被譯介到歐洲。據說歌德在看了《好逑傳》之後說：「中國人在思想、行爲和情感方面幾乎和我們一樣，使我們很快就感到他們和我們是同類人，只是在他們那裏一切都比我們這裏更明朗、更純潔，也更合乎道德。」歌德還由此提出了「世界文學」的概念：「民族文學在現代算不了很大的一回事，世界文學的時代已快來臨了。現在每個人都應該出力促使它早日來臨。」〔註10〕歌德的這一思想，被視爲對比較文學的突出貢獻。

中國古典詩歌對十八世紀的歐洲也產生了一定的影響。伏爾泰這樣評價中國詩歌：「在這些作品中，作爲主導的是一種睿智的調節，一種簡樸的眞實性，這與其他東方國家那種誇飾的風格大相徑庭。」〔註11〕在伏爾泰那個時代，能對中國詩歌作如此理解是不容易的，這恰與後來意象派詩人的看法不謀而合。歌德對中國詩歌的傾慕，則表現爲他模仿中國古詩風格而創作了《中德晨昏四時歌》十四首。十九世紀以後，隨著大量的中國作品被譯介到歐洲，中國文學對西方的影響更見明顯。從作爲中國詩學前導的角度來說，有兩部作品尤爲重要。一是法國貢古爾文學院第一位女院士朱迪絲・戈蒂葉（Judith Gautier）翻譯的中國詩集《玉書》，該書初版於1867年，後被輾轉翻譯爲德語、英語近十個譯本。二是英國人翟理斯（H.Giles）1901年出版的《中國文學史》。這兩部書對本世紀初葉的美國新詩運動產生了巨大的影響。此外，美國新詩運動的主將埃茲拉・龐德編譯的《神州集》，埃米・羅厄爾與人合譯的《松花箋》，則差不多成了當時詩人寫作的範本。從意象派到象徵主義，中國古典詩歌的影響一直持續不衰，以至於龐德宣稱：中國詩是「一個寶庫，今後一個世紀將從中尋找推動力，正如文藝復興從希臘人那裏找推動力」。〔註12〕

然而，儘管給予中國古典詩歌如此的評價，對於中國詩學，西方學者卻未

〔註10〕 愛克曼：《歌德談話錄》，人民文學出版社1982年版，第112頁。
〔註11〕 轉引自趙毅衡：《遠遊的詩神》，四川人民出版社1985年版，第174頁。
〔註12〕 同上，第11頁。

表現出應有的熱情。據意大利學者珊德拉（Sandra Lavagnino）的研究，歐洲學者在十九世紀中葉就知道《文心雕龍》了。〔註13〕韋萊（A.Wylie）於 1867 年出版的《漢籍解題》（Notes on Chinese Literature）提到了《文心雕龍》，稱：「《文心雕龍》是詩文評論的第一部著作，是劉勰在公元六世紀寫的，被認爲是體大思精的著作，但是目前的版本有缺點和很多錯誤，宋代出版的評論目前已丟失，清朝的黃叔琳以明朝的梅慶生的評論爲基礎，出版了《文心雕龍輯注》，是一個更完整的評論。」這段文字寫得很在行（其中「評論」二字或系誤譯），非一般人所能道。或許因爲是在上海出版，該書並未引起歐洲漢學界的注意。中國詩學著作最早譯成外文，大概始於翟理斯的《中國文學史》。該書介紹了司空圖的《二十四詩品》，並作了全譯。在他之後，英國漢學家克蘭默－賓（L.Cranmer-Byng）於 1909 年編譯出版了《翠玉琵琶：中國古詩選》，其中選譯了《二十四詩品》中的十首詩。不過，無論翟理斯還是克蘭默－賓，都將司空圖所作理解爲某種哲理詩而非詩論。翟理斯說得很清楚：「《二十四詩品》明顯是二十四首獨立的富於哲理性的詩作，它們以令人讚歎的方式表現純粹的道家思想。道家思想是每則詩品的主旨，也是詩人思想的主導。」克蘭默－賓則稱司空圖爲「善於表現豐富哲理的詩人之一」。他將《纖穠》譯爲 Return of Spring，《精神》譯爲 The Colour of Life，《含蓄》譯爲 Set Free，《典雅》譯爲 The Poet's Vision，也正是從哲理詩的角度別爲之解。所以，雖然作了翻譯介紹，卻非《二十四詩品》的本來面目，也非司空圖的寫作初衷。〔註14〕

　　不管怎麼說，這畢竟爲中國詩學的傳入提供了一種氛圍、一種契機。正是在這樣一種氛圍中，中國詩學開始被譯介到西方，而且當即受到西方學者的重視。1922 年，嚴羽《滄浪詩話》中的「詩辨」、「詩法」兩章由張彭春（Chang,Peng-Chun）譯成英文，發表於當年九月號的《日晷》（The Dial）雜誌。張彭春字仲述，天津人，爲南開學校校長張伯苓之胞弟，曾於 1910－1916 和 1919－1922 年間兩度赴美留學，就讀於克拉克大學、哥倫比亞大學，獲藝

〔註13〕　珊德拉：《文心雕龍研究在歐洲》，見《文心雕龍學綜覽》，上海書店出版社 1995 年版，第 54 頁。

〔註14〕　此處材料據王麗娜《司空圖的二十四詩品在國外》一文，載《文學遺產》1986 年第 2 期。王麗娜自八十年代以來致力於介紹中國古代文論典籍在海外的流播和研究，除此文外還發表過《嚴羽滄浪詩話的外文譯著簡介》、《國外對文心雕龍的翻譯和研究》等，爲我們瞭解海外中國古代文論的研究狀況提供了不可多得的寶貴材料。

術碩士和哲學教育博士學位，回國後以倡導新劇著稱。譯文前有當時美國文論界權威斯賓加恩（J.E.Spingarn）寫的序言，說明《滄浪詩話》的翻譯乃是應斯賓加恩的緊迫要求，並認爲《滄浪詩話》「在八個世紀之前就預示了西方世界關於藝術的現代概念」，與西方以克羅齊爲代表的現代美學理論相比，中國把藝術獨立於哲學、倫理、宗教的思想要早得多。〔註15〕1929 年，張彭春將《滄浪詩話》全書譯出，在美國匹茲堡出版。

繼《滄浪詩話》之後又一部譯成西文的中國詩學著作是陸機的《文賦》。1925 年，法國人馬果裹哀（G.Margoulies）將《文賦》譯爲法文，收入《〈文選〉中的賦：研究與原文》一書在巴黎出版。1948 年，《文賦》由陳世驤率先譯成英文出版。1951 年，修斯（E.R.Hughes）的專著《陸機〈文賦〉：翻譯與比較研究》在紐約出版，著名文論家瑞查茲爲該書作了序言。1959 年，美國西雅圖市華盛頓大學教授、美籍華人施友忠將《文心雕龍》全書譯成英文在紐約出版。1977 年，王國維的《人間詞話》由日凱特（A.A.Rickett）譯成英文，香港大學出版。

五十年代以後，西方學者對中國古代文論的研究逐漸開始形成規模。據荷蘭漢學家伊維德（W.L.Idema）於 1982 年編的《中國古代文學理論西文（英、法、德、荷）論著初編》，〔註16〕截止到八十年代初，西方學者的研究成果雖然不及日本學者豐富，但也頗爲可觀。就研究範圍而言，從先秦孔子的文學觀到清末王國維的詩學理論，從對專人專著的研究到理論觀點的闡釋、術語的辨析，都被納入研究的視野。與早先只注重詩歌理論不同，五十年代以後的研究還注意到小說理論、戲曲理論。在譯介之外，還出版了不少較有份量的研究專著，如德邦（G.Debon）的《滄浪詩話：中國詩學典籍》（1962）,劉若愚的《中國詩歌藝術》（The Art of Chinese Poetry，一譯《中國詩學》1962）和《中國文學理論》（1975），日凱特主編的《中國人研究文學的途徑——從孔夫子到梁啓超》（1978），羅納德·苗（Ronald C.Miao）選編的《中國詩歌和詩論研究》（1978）等。另外，研究者的素質較先前也有了很大的提高，不僅克服了語言的障礙，而且對於中國文化精神有著較爲深入的瞭解。從伊維

〔註15〕 參見趙毅衡：《遠遊的詩神》，第 123 頁。
〔註16〕 見《中國文藝思想史論叢》（二），北京大學出版社 1985 年版。該目錄所收爲西文著述，但不問作者所屬之地區國籍，是以包括了亞洲學者用英文撰寫的研究成果。

德目錄中論文的選題來看，其研究已進入到一個新的層面。諸如吉布斯（D.A.Gibbs）、海陶偉（J.R.Hightower）、何思孟（D.Holzmann）、日凱特等人的研究，顯然已不止於浮泛地介紹或只專攻某一問題，而確實堪稱登堂入室了。至於劉若愚、陳世驤、周策縱、葉嘉瑩等華裔學者，更學兼中西，代表了西方學者研究中國古代文論的最高水準。

　　伊維德目錄所收英、法、德、荷四種文字的研究文獻，雖然包括了絕大部分歐洲學者的著述，但仍有遺漏。事實上，要論海外的中國古代文論研究，前蘇聯學者的貢獻是不應忽略的。如有蘇聯漢學奠基人之稱的阿列克謝耶夫（B.M.Alexeiev）對中國古代文論就頗有研究。1916 年，他發表了碩士學位論文《一篇關於中國詩人的長詩：司空圖〈詩品〉的翻譯和研究》，這是西方學者第一次從詩歌理論的角度對《二十四詩品》進行研究；1926 年，他在法蘭西學院和居美博物館（Musee Cuimet）作過六次關於中國文學的講演，其中第一講論述中國文學的思想體系，第五講論述中國詩法。講稿於 1937 年在巴黎出版。〔註 17〕由此可見，不只在俄蘇，就是在整個歐洲，研究中國古代文論的先驅者這頂桂冠也非阿列克謝耶夫莫屬。繼阿列克謝耶夫之後，前蘇聯另一位研究中國古代文論的重要人物是李謝維奇（И·С·Дисевич）。他於 1979 年出版了中國古代文論研究專著《中國的文心：中國古代和中世紀之交的文學思想》，對從先秦到魏晉六朝文論中的若干重要範疇作了系統的研究。當代歐洲學者中值得一提的還有意大利的朱利安（F.Jullien）和珊德拉，他們對《文心雕龍》的研究在歐洲學者中頗為突出。朱利安目前正從事將《文心雕龍》譯為法文，而珊德拉用意大利文翻譯的《文心雕龍》已經完成並即將出版，這將是施友忠英譯本之後的第二個歐洲語言的《文心雕龍》譯本。〔註 18〕

　　黃鳴奮發表在 1994 年第 4 期《文藝理論研究》上的《英語世界中國古代文論研究概覽》一文，為我們瞭解八十年代以來西方學者研究中國古代文論的進展提供了不少新的資料。該文作者根據他 1988、1993 年在荷蘭萊頓大學期間，利用國際聯網計算機系統檢索美國哈佛大學藏書所得，對用英文撰寫的中國古代文論研究論著（主要為已出版的專著、論文集和博士論文）作了較為全面的述評，時間從本世紀二十年代至九十年代。據黃文介紹，八十年代出版的相關論著已超過二十種，九十年代問世的也有好幾部。尤其值得稱

〔註 17〕該書因用法文寫作，故為伊維德目錄所收。
〔註 18〕據珊德拉文，見《文心雕龍學綜覽》。

道的是黃文介紹了不少研究中國古代文論的博士論文，這可算是黃文的一大特色。其中有一些是完成於八十年代之前而伊維德目錄未收入的，如吉布斯的《〈文心雕龍〉的文學理論》（1970）、威克斯特（J.T.Wixted）的《元好問的文學批評》（1976）、費斯克（W.C.Fisk）的《中國中古文論與西方現代文論裏的形式主題：模仿、指涉、用喻與置前景》（1976）、博德曼（R.W.Bodman）的《中國中古早期的詩學與作詩法：空海〈文鏡秘府論〉譯析》（1978）等。從黃文介紹的情況來看，八十年代以後西方學者的中國古代文論研究進一步向多樣化、縱深化發展，無論在翻譯還是理論研究方面都又有不少引人矚目的成果。如布什（S.Bush）與穆爾克（C.Murck）合編的論文集《中國藝術理論》（1983），歐文（S.Owen）的《世界徵兆：中國傳統詩歌與詩學》（1985）、《迷樓：詩與欲望的迷宮》（1989）和《中國文學思想讀本》（1992），以及劉若愚的《語言·悖論·詩學：中國透視》（1988）等等。此外還有一大批相關的博士論文。

縱觀西方學者的中國古代文論研究，可以看出如下特點：

首先，相對於日本、韓國學者的研究而言，歐美學者對中國古代文論的研究起步較晚。這是顯而易見的。從研究起點看，有一個現象很耐人尋味，即在早期的研究中，日本和韓國學者的興趣集中在《文心雕龍》上，而歐美學者卻選擇了《文賦》、《滄浪詩話》。如果不作深究的話，我們很容易將這種現象的產生原因歸結爲語言的障礙，傳播的途徑，甚至某種偶然性因素，但細思起來，問題似乎並不如此簡單。日韓學者的選擇，恐怕更多的是基於一種歷史悠久的文化淵源，這種共同的文化淵源使他們對中國傳統文學觀念有一種天然的認同感，因而《文心雕龍》遂以其體大思精、籠罩群言而成爲他們研究的首選對象。上文曾提到斯波六郎等人的研究，其實早在二十年代，斯波六郎和吉川幸次郎的老師鈴木虎雄已經開始了對《文心雕龍》講授和研究，撰寫過《敦煌本文心雕龍校勘記》和《黃叔琳本文心雕龍校勘記》等。正是由於從鈴木虎雄到斯波六郎等人的努力，《文心雕龍》才成爲日本研究中國古代文論的一門顯學。韓國的情況多少與此相似。而在二、三十年代的歐美，正值以新批評爲代表的形式主義文論形成和發展時期，此前的象徵主義詩論對「純詩」的追求和形式主義文論對「文學性」的強調，自然會促使文論家在譯介、研究來自另一種文化傳統的文學理論時，更關注那些與自己主張類同的觀點。相比之下，較之《文心雕龍》的泛文學理論，嚴羽《滄浪詩

話》對詩歌之特殊本性的極度重視無疑更容易被歐美文論家引爲同調。我們從斯賓加恩對《滄浪詩話》的高度評價中，不難看出其價值取向之所在。同樣，陸機《文賦》之所以成爲早期歐美學者翻譯、研究的對象，也是因爲《文賦》突出了對形式因素的探討。

其次，與日本學者注重版本的校勘、文本的譯注不同，西方學者的研究明顯偏重在理論闡釋方面。如果說日本學者的研究主要是一種還原性研究，那麼西方學者的研究則突出了闡發性。這也許和中國古文迥異於西方語言有關，在對原著的字詞層面的解讀上，西方學者不如日、韓學者那樣有一種天然的便利──漢語曾經是其語言的一個組成部分。所以，西方學者便本能地揚長避短，充分發揮自己在理論上的優勢，以西方現代文學理論爲參照系來觀照、研究中國古代文論。這方面一個很有代表性的例子是對亞伯拉姆斯（M.Abrams）在其《鏡與燈》中提出的文學四要素的借鑒，如吉布斯的《〈文心雕龍〉的文學理論》和劉若愚的《中國文學理論》便引入亞氏的文學四要素，對中國古代文論性質的歸屬進行分析。這種先入爲主的闡發固然不乏望文生義的曲解，卻也有不少因視角的變換而別開生面的新意。自六十年代以後，隨著比較文學研究的拓展，比較詩學作爲一種方法開始用於西方學者的中國古代文論研究，如諾愛爾（M.G.Knoerle）的《陸機的詩歌理論及與賀拉斯〈詩藝〉之簡要比較》（1966）、列斐伏爾（A.Lefevere）的《西方的解釋學與中國文學理論的觀念》（1975）、弗克馬（D.W.Fokkema）的《中國和文藝復興時期的詩學》（1978）等，尤其是一批華裔學者的著述，比較詩學的應用更爲普遍。同時我們注意到，與日本學者偏重影響研究不同，西方學者主要爲平行研究。

再次，在西方研究中國古代文論的學者隊伍中，華裔學者占了很大的比重，研究成果也最爲突出。且不說像《文心雕龍》、《文賦》、《滄浪詩話》這些重要的中國古代文論典籍均由華人先譯爲英文，〔註 19〕爲歐美學者的研究創造了條件，即以理論研究而言，無論在量的方面還是質的方面，華裔學者的成果都最爲可觀。對於中國古代文論在歐美的傳播，華裔學者們所做的工作應該予以充分的肯定。如果稍微瞭解一下那些老一輩的海外華裔學者的經歷，我們會知道，他們大多生在中國，長在中國，〔註 20〕儘管後來移居海外，

〔註 19〕王國維《人間詞話》的第一個英文譯本爲涂經詒所譯，臺北中華書局 1970 年出版。

〔註 20〕譬如施友忠早年就讀於福建協和大學和北平燕京大學，1945 年赴美任教前曾

但對於中國傳統文化仍有一種割不斷的血緣聯繫。而新一代華裔學者也多來自中國大陸、臺灣或香港，既有著本土文化的薰陶，又對西方文化有著真切的感受和深入的瞭解。所以他們對中國古代文論的研究便能夠在跨文化的比較中取長補短，互照互省，較一般的西方學者具有更多的優勢，更大的便利。黃鳴奮文章中介紹的八十年代以後的博士論文，相當一部分都出自華裔學者之手，即是一個證明。可以預料，在今後一個時期內，對於西方的中國古代文論研究，華裔學者仍將扮演重要的角色。

三、台港學者的研究

對於台港地區的中國古代文論研究，我們本該有相當的瞭解，但事實卻非如此。由於政治方面的原因，自四十年代末以來，大陸和臺灣的學術交往基本上處於隔絕狀態，即使是近在咫尺的香港，學界的相互瞭解也不過是近十幾年來才開展起來的。所以，儘管並無語言、文化的隔閡，但對台港地區將近半個世紀以來的中國古代文論研究的歷史和現狀，我們知道的並不很多。

另外，對台港學者身份的確定也有一定困難。一方面，台港兩地學者之間的來往、交流較為頻繁，不少人往往分別執教於臺灣、香港兩地，其研究所得的發表或出版也不限於一個地區，因此對其歸屬的劃分只能是大概而言。另一方面，部分台港學者後來移居歐美，而其所著述亦多用英文寫成，對於這部分學者，我們習慣上將其劃入西方學者的範圍，這在上文介紹西方學者的研究時已經涉及。不過，其中某些學者前期的研究，仍在我們的討論之內。

準確些說，臺灣學者的中國古代文論研究是從六十年代才真正開始的。據王更生《「文心雕龍學」在臺灣》一文的介紹，〔註21〕五十年代臺灣高校中僅台大和省立師範學院（即現在的臺灣師範大學）兩校設中文系，限於各方面條件，雖有少量論文發表，但對中國古代文論的研究尚未形成規模。從六十年代初開始，隨著臺灣局勢的漸趨穩定，經濟的繁榮，高等教育有了較大的發展，從而為開展學術研究創造了有利的條件，在此基礎上，臺灣學者對中國古代文論的研究才逐漸走上正軌，顯示出自己的實績與學術個性。由於材料所限，這裏先就臺灣學者對《文心雕龍》的研究狀況作一簡單描述，藉

長期執教於河南大學、浙江大學、雲南大理民族文化書院等；劉若愚、葉嘉瑩等也都在北京生活過一段時期。

〔註21〕見《文心雕龍學綜覽》，上海書店出版社 1995 年版。

以窺見其古代文論研究狀況之一斑。

　　所以如此，是因爲臺灣的《文心雕龍》研究在大陸已有較爲全面的瞭解。
這首先要歸功於大陸已故著名學者、龍學研究專家牟世金教授所作的努力，
在他 1985 年出版的《臺灣文心雕龍研究鳥瞰》一書中，第一次以專著的形式
對五十年代以來臺灣《文心雕龍》研究的進展作了全面的述評；另外，1995
年出版的《文心雕龍學綜覽》也特別收入了臺灣學者王更生的專題文章及研
究論著目錄。這樣，臺灣學者有關《文心雕龍》的研究才得以爲大陸同行所
知。而由於《文心雕龍》一書在中國古代文論中的特殊地位，在某種意義上
說，從對《文心雕龍》的研究中即可以看出整個古代文論研究的水平和特徵。
所以，儘管不免以偏概全，但由此切入，仍不失爲一個變通的辦法。

　　五十年代研治《文心雕龍》的，主要是台大的廖蔚卿教授和師院的潘重
規、李曰剛教授。廖蔚卿在五十年代已有若干論文發表，如《劉勰的風格論》
（1953）、《劉勰的創作論》（1954）等。潘、李的成果較爲晚出。他們的貢獻
不只在於自身的研究，還在於培養了一批專門人材，如後來以研究《文心雕
龍》知名於世的王更生、龔菱、沈謙、黃春貴等均畢業於師大，這無疑爲臺
灣《文心雕龍》乃至整個古代文論研究的發展奠定了基礎。據牟世金統計，
臺灣有關《文心雕龍》研究的論文，五十年代發表 6 篇，六十年代 50 餘篇，
七十年代 130 餘篇。論著則六十年代 5 種，七十年代 17 種。其發展趨勢之迅
疾，多少可以由此見出。其研究重點，大致以七十年代中期爲界，以前偏重
校注譯釋，以後則轉向理論研究。截至 1982 年底，已出版論文集 7 種，校注
校釋 11 種，理論研究 10 種，導讀、年譜各 1 種，共 30 種。〔註22〕另據《文
心雕龍學綜覽》提供的材料，從 1983 年到 1992 年又新出了 10 餘種。以臺灣
一省之區而論，數量已頗爲可觀。其中有的著述或開風氣之先，或爲獨到之
論，均有其特殊的價值在。校釋方面如李曰剛的《文心雕龍斠詮》，理論研究
如王更生的《文心雕龍研究》、沈謙的《文心雕龍之文學理論與批評》和《文
心雕龍與現代修辭學》、王金凌的《文心雕龍文論術語析論》、彭慶環的《文
心雕龍綜合研究》等，都得到了學界的重視。

　　總之，作爲一個縮影，透過臺灣的《文心雕龍》研究，我們可以想見臺
灣中國古代文論研究之大概。事實上，臺灣不少研究《文心雕龍》的學者，

〔註22〕　參見牟世金：《臺灣文心雕龍研究鳥瞰》，山東大學出版社 1985 年版，第 5
　　　　　－7 頁。

對於《文心雕龍》之外的古代文論典籍也不乏研究，如徐復觀、王夢鷗等人便是如此。只是爲材料所限，我們知道得不多而已。1986 年，人民文學出版社出版了由毛慶其選編的《臺灣學者中國文學批評論文選》，共收入臺灣學者發表於五十年代末到八十年代初的 19 篇文章。其研究對象從漢代《毛詩序》到清代王國維的《人間詞話》，而以魏晉六朝文論占的比重最大（6 篇），其次爲金元和清代（各 3 篇）。這當然不能代表臺灣學者實際的研究方向，但至少可以表明並未侷限於《文心雕龍》一書。選編者自己也承認這不是一個理想的選本，只是希望它能夠客觀地反映最近和過去一段歷史時期臺灣學界在古代文學批評方面研究的概貌。不過老實說，這個選本在多大程度上接近事實，連編者本人也難以斷言。書後雖有編者撰寫的《編後記》，卻未對臺灣地區中國古代文論研究狀況作必要的介紹。非不願也，實不能耳。這也是沒有辦法的事。

就我個人有限的見聞，臺灣學者在中國古代文論方面所做的建樹，還有以下著述應該提到。

在資料整理方面，1978 年，由臺灣成文出版社出版了 8 卷本共 11 冊的《中國文學批評資料彙編》。該書所收資料，上起兩漢，下迄清末，除成本的理論專著如《文心雕龍》、《詩品》及後代詩話、詞話、曲話等不收外，較爲重要的零散篇章均在其內。8 卷依次爲：1、兩漢魏晉南北朝文學批評資料彙編；2、隋唐五代文學批評資料彙編；3、北宋文學批評資料彙編；4、南宋文學批評資料彙編；5、金代文學批評資料彙編；6、元代文學批評資料彙編（上下）；7、明代文學批評資料彙編（上下）；8、清代文學批評資料彙編（上下）。每卷之中又分爲「敘論」與「資料彙編」兩部分，前者綜論該時期文學批評的特點、流派及其成就；後者則按時代先後將文獻加以標點、編排。這部資料集的編成，對於臺灣地區古代文論研究的發展與深化，無疑是大有裨益的。其編選角度和體例也頗有新意，且以規模而言，實走在大陸學者之前。

在批評史撰寫方面，主要成果爲幾部斷代史。如朱榮智的《兩漢文學理論研究》、廖蔚卿的《六朝文論》、張仁青的《魏晉南北朝文學思想史》和張健的《宋金四家文學批評研究》。朱著重在討論兩漢文論產生的背景、文論家及其理論主張、在批評史上的地位，但開頭專設一章討論孔子、孟子、荀子、墨子、老子、莊子、韓非等人的文學觀。廖著基本內容爲六朝文論的綜合論列，分緒論、文德、文質、通變、文氣、神思、風骨、文體、修辭、聲律、

批評十一單元；此外還特別討論了《文心雕龍》和《詩品》。張健曾著有《滄浪詩話研究》、《朱熹的文學批評研究》、《歐陽修之文學理論》等專著，於宋代文學批評用功甚勤。這部《宋金四家文學批評研究》分別討論了蘇軾、黃庭堅、陳師道、王若虛四人的文學批評理論，雖合爲一帙，其實也可視爲四本小書。張仁青的本意，據其書之簡介，是打算寫一部完整的《中國文學思想史》，擬分先秦兩漢、魏晉南北朝、隋唐五代、宋遼金元、明清五卷，《魏晉南北朝文學思想史》先出，但其餘四卷未見。明清部分似無綜合性史論，不過分論清代詩學、詞學和桐城派文論的專著卻有幾部。

就發展狀況和研究特點而言，臺灣學者與日本學者不乏相似之處。譬如舊學風氣較濃，重視資料整理工作等，都十分接近。若以六十年代到八十年代初期的研究而論，在不少方面較大陸學者處於領先地位。這一點也和日本學者的研究狀況相一致。另外，注重吸收大陸學人五、六十年代的研究成果，亦爲其研究特色之一。1990 年，臺灣學生書局出版了由行政院大陸委員會策劃、中國古典文學研究會主編的《大陸地區中國古典文學研究》，其內容包括：大陸當前文獻學著作的類型及其得失，大陸有關中國古典文學研究述評，中國文學史中民族關係問題之探討，大陸莊學研究概況，以及大陸中學語文教材中古典文學教學情況等。其中還收入了一個「大陸地區中國古典文學研究座談會」的記錄，參加者主要是臺灣各大學研究古典文學、文論的教授。臺灣對大陸學術研究的關注，於此可見一斑。相比之下，我們對臺灣學者研究的瞭解、介紹實在是欠缺。造成這種失衡現象，固然可以歸結爲客觀方面的限制，但我們自己主觀上重視不夠，恐怕也是應該反省的。

至於香港地區的中國古代文論研究狀況，因爲有香港學者陳國球的專題介紹文章，我們知道的要較爲完整一些。陳國球本人即是研究古代文論的專家，對香港學界的情況又有切身的瞭解，故由他撰文介紹，自然更能得其眞實。他於 1988 年撰寫的《五十年代以來香港地區古代文論研究概述》，〔註 23〕和後來爲《文心雕龍學綜覽》撰寫的《香港〈文心雕龍〉研究概況》兩篇文章，爲我們瞭解香港地區古代文論研究的歷史與現狀提供了不可多得的材料。

據陳文的介紹，香港學者中最早從事古代文論研究的是饒宗頤。1952 年，

〔註 23〕文載《文藝理論研究》1989 年第 5 期。陳國球還選編了論文集《香港地區中國文學批評研究》，收入他論文中涉及到的二十篇文章，該書於 1991 年由臺灣學生書局出版。

香港中文大學開設「文學批評」，即由饒宗頤任教。饒氏於 1954、1955 年分別發表了《〈文心雕龍〉與佛教》和《〈人間詞話〉平議》兩篇論文，是爲港人研治中國古代文論之發端。同時，這兩篇論文似乎也預示了後來香港地區古代文論研究的發展方向。從五十年代到八十年代，以《文心雕龍》爲中心的六朝文論和清代的詩文理論一直是香港學者研究的重點，恰與上述饒氏兩篇論文內容相合。

在對《文心雕龍》的研究方面，主要成果有香港大學中文學會出版的論文集《文心雕龍專號》（1962）、程兆雄的《文心雕龍講義》（1963）、由台來港執教的潘重規的《唐寫〈文心雕龍〉殘本會校》（1970）、石壘的《文心雕龍與佛儒義理論集》（1977）等專著。此外還有若干學位論文和發表的單篇文章，其中陳耀南在進入八十年代以後發表的系列論文尤爲引人矚目。有關六朝文論的研究，開始主要是以陸機《文賦》和鍾嶸《詩品》爲對象，後來略有拓展，兼及沈約、蕭統等人，成果則多爲論文。

對清代文學理論的研究，起初主要是圍繞王國維的詞學和桐城派的古文理論。在五、六十年代發表的論文中，有關這兩個方面的研究占了絕大多數。七十年代以後視野漸寬，諸如錢謙益、王夫之、王士禎、葉燮、沈德潛、袁枚的詩論，王國維、朱彝尊的詞論，乃至李漁的戲曲理論和金聖歎的小說評點，都有專文論及。

當然，香港學者四十多年來的研究決不止於以上所述，對於其它時期的中國文學批評，香港學者也不乏研究，如唐、宋、明三個時期，研究著述都不在少數，只是不及對六朝和清代研究的成果豐富而已。我們注意到香港古代文論研究方面的一個特點，就是學位論文，尤其是碩士學位論文占了很大部分。這說明香港學府對傳統文論的重視，在培養古代文論的研究人材方面下了功夫。這是很可稱道的。其不足則如陳文所說：儘管七、八十年代以後研究的涵蓋面漸趨廣泛，但仍有一些薄弱部分。例如先秦諸子的文藝思想，漢代班馬、王充以至辭賦家的文學批評、宋代的《滄浪詩話》、明清的小說戲曲理論等，都未能作充分的研究。另外，四十年來還沒有一部文學批評史問世，這也是令人遺憾的。究其原因，則爲香港的學術研究多屬個別學者的自發行動，故難以進行大項目的研究；且學術論著出版不易，圖書資料又較爲匱乏，因此不免缺少一種恢宏的氣度和整體的建構。

平心而論，香港學者的古代文論研究還是有自己的獨到之處的。限於客

觀條件，香港學者的研究不以資料整理見長，而是以理論闡發取勝。雖說也
有一些校釋注譯方面的成果，但最能代表其特色的，應該說還是借鑒新的理
論、新的方法，變換視角來研究傳統文學理論。譬如黃維樑關於中國詩學的
研究即爲一例。在他的《中國詩學縱橫論》（1977）及後來發表的論文中，或
引入西方詩學理論來反觀中國傳統詩學，或將中國詩學理論與西方相關理論
進行比較，每每能別樹一幟，另創新說。又如陳國球的《鏡花水月——文學
理論批評論文集》（1987）和《唐詩的傳承——明代復古詩論研究》（1992），
亦屬借鑒新學，偏重闡釋一類。香港學者研究的另一個突出之處，則是跨語
種的研究。由於香港學府普遍重視英文的掌握，故即便是專攻中國古代文論
的學人，也都有很好的英文讀寫能力，這一點不只爲他們吸收借鑒西方最新
文論成果提供了便利，更使他們能夠：（一）將西方學者對中國古代文論的研
究與自己的見解相比較以加深認識；（二）將中國古代文論之重要典籍譯成英
文以減少訛誤；（三）將自己的研究所得用英文寫出以推向國際。其中後兩條
尤爲內地學者所不及。在這方面，黃兆傑的表現似乎具有相當的代表性。他
於 1965 年在香港大學獲碩士學位，論文爲《A Moral Approad to Chao Ming
Wen Hsuen——A Study in Poetry and Morality》（從道德觀點論《昭明文選》），
1969 年在英國牛津大學完成博士論文《Ching in Chinese Literary Criticism》（中
國文學批評中的「情」）。此後他又完成了兩種中國古代文論典籍的英文翻譯：
一是以「Early Chinese Literary Criticism」爲題將從《毛詩序》到《文選序》
共 13 篇中國古代文學批評文獻譯成英文（1983），二是王夫之的《薑齋詩話》
（1987）。他的這些研究和翻譯，對於西方學者瞭解、研究中國古代文論無疑
是很有助益的。

　　香港治古代文論的學人，大致可以分爲三代：一是在內地生長，後來於
五十年代南下並定居於香港的，如饒宗頤、石壘；二是在香港完成學業，於
六、七十年代在香港高校任教的，如黃兆傑；三是八十年代初畢業獲得學位，
並在古代文論的研究中嶄露頭角的，如陳國球。老、中、青三代學者在研究
上各有自己的特色。肇始草創之功，已爲老一輩學者所建；而繼往開來之責，
實非中青年學者莫屬。香港雖人少地狹，但在中國古代文論研究方面確有自
己的便利和長處，這是我們應該看到並引爲借鑒的。

　　通過以上對日韓、歐美和台港學者中國古代文論研究狀況的粗略描述，
我們欣喜地看到，中國古代文論研究已成爲一門世界性的學問，尤其近三十

年來，隨著世界範圍內比較文學研究的拓展，中國古代文論已引起越來越多的海外學者的興趣，而呈現出一種方興未艾的發展態勢。這就要求我們今天的古代文論研究不能只侷限於國內學者之間相互的交流、學習，還必須有一種世界眼光。這裏說的世界眼光，並非指借鑒一般文藝理論的最新研究成果，而是指瞭解和吸收海外學人研究中國古代文論所得，包括其對文本的考辨校釋和理論闡發兩個方面。當然，目前國內已有不少學者充分意識到這一點，並在自己的研究中有所體現，如蔡鎮楚的詩話研究，曹旭、張伯偉的《詩品》研究，詹鍈的《文心雕龍義證》等，都盡可能地吸收、借鑒了海外及台港學人的成果。

存在的問題是，作為一個學術整體，我們對中國古代文論在海外和台港地區的研究還缺乏必要的瞭解和介紹。應該承認，與日本、臺灣學者相比，我們還沒有形成一種自覺意識，本文所據的材料大多來自海外和台港學者的介紹，即表明我們此項工作的欠缺。事實上，我們非但不重視對大陸以外研究狀況的瞭解和介紹，而且對我們自己近一個世紀以來的研究成果也缺乏應有的總結，雖然做了一些工作，但遠不能滿足實際的需要。這是很不應該的。日本學者編寫過《近百年來中國文藝思想研究文獻目錄》（伊藤漱平）等多種目錄資料，臺灣學者也編過《中外六朝文學研究文獻目錄》（洪順隆），時間跨度自 1900－1983，語種則以中、日文為主，兼及韓、英文。而我們除了《文心雕龍》研究的資料工作差可自慰外，別的都還相當薄弱。我們連自己都不甚瞭解，又遑論瞭解他人呢？這種對研究之研究工作的輕忽無疑是一種學術上的短視，它使我們的研究難以在縱向與橫向的比較中真正認清自身的狀況而陷入某種盲目性，甚至以徘徊為前進，以蹈襲為創新，以做無用功為勤奮，而空白仍在。

當年孫俍工翻譯鈴木虎雄《支那詩論史》時曾有這樣的感慨：與近代以來日本學者對中國古典文學、文論的研究相比，中國學者自己的成果實在令人慚愧。「譬如子孫繼承了祖宗遺傳下來的一點遺產，哪怕就是荒莽的山原，自己也應該早已作過那種剪刈培植的工作了，現在這種工作卻要借助於別家人，這哪能不使我臨筆而增加了無限的慚愧呢」？周作人為王俊瑜譯青木正兒《中國古代文藝思潮論》所作序也有類似的感受，謂「到了現在研究國學的人還不得不借助於外邦的支那學，這實在是學人之恥」。這種心情不難理解，不過，以今天的眼光看，古代文論遺產不只屬於中國，也屬於世界，是

中國古人留給全人類的一筆寶貴財富。所以，對於今天的中國學者來說，一方面，我們主張學術無國界，不論研究者的國籍爲何，其對中國古代文論的科學研究都是值得嘉許的，其所取得的成果也應該是引爲借鑒的；另一方面，作爲一名中國學者，我們更有責任在自家這片土地上努力耕耘，較他人付出更多的汗水，也期冀有更大的收穫。近水樓臺，我們理應在國際的中國古代文論研究中處於絕對的領先地位，而瞭解海外和台港地區中國古代文論研究的歷史與現狀，則是我們實現這一目標的先決條件之一。

重印後記

　　承蒙臺灣花木蘭文化出版社抬愛，這本小書被列入《古典文學研究輯刊》系列得以再版，在此謹向花木蘭文化出版社社長高小娟女士、總編輯杜潔祥先生，以及促成此事的楊嘉樂博士略表謝忱。花木蘭文化出版社是臺灣爲數不多致力於出版學術著作的出版機構，已出版的《中國學術思想研究輯刊》、《古典文獻研究輯刊》、《中國語言文字研究輯刊》、《古典詩歌研究匯刊》等叢書在兩岸都有很好的反響，不僅嘉惠學界新人，更爲保存、傳播、弘揚中國傳統文化盡一份心力。拙著忝列其中，自然是我的榮幸。

　　《回顧與反思》初版於 1997 年，其時學科史研究正方興未艾，而十餘年後，學科史研究早已蔚爲大觀，即以古代文論研究而論，也有了多種著述，不但在篇幅上遠超拙著，在深度和廣度上亦多有開拓。所以腆顏重印，除了敝帚自珍之外，還因爲拙著以其簡略，便於爲初學者導其門徑，粗窺中國文學批評史或古代文論研究之大略。此外，拙著十餘年前提出的若干問題，如資料的整理、史的編撰與專題範疇研究等不盡如人意之處，至今尚未得到很好的解決，故仍有繼續回顧、反思的必要。

　　歲月不居，人事代謝，當年爲拙著作序的蔡鍾翔先生已歸道山，而其殷殷勉勵之情猶在言表。古人云：「向之所欣，俯仰之間，已爲陳跡，猶不能不以之興懷」，則臨文嗟悼，又豈只是讀他人之文章哉！

張海明

2011 年 11 月